講談社文庫

京都七不思議の真実

姉小路 祐

JN264209

本書関連　京都略地図
神門軸
鬼門軸
金毘羅山
鞍馬
三千院
賀茂川
比叡山
崇道神社
愛宕山
船形
国際会館
八瀬比叡山口
妙
法
赤山禅院
大将軍
北
高野川
叡山電鉄
修学院離宮
大
船岡山
下鴨
神社
龍安寺
地下鉄烏丸線
出町柳
鳥居
北野
天満宮
白峯
神宮
大
大将軍
西
京都
御所
JR山陰本線(嵯峨野線)
鵜池
鴨川
太秦
二条城
京阪電鉄
真如堂
桂川
神泉苑
永観堂
嵐山
大将軍
東
知恩院
四条
河原町
八坂神社
将軍塚
阪急電鉄
六道珍皇寺
三年坂
鉄輪
の井戸
六波羅蜜寺
清水寺
桂離宮
方広寺
地主神社
西本願寺
東本願寺
若一神社
耳塚
養源院
阿弥陀ヶ峰
京都駅ビル
東寺
JR東海道本線
西寺跡
羅城門跡
近鉄
伏見稲荷大社
竹田
大将軍
南
醍醐寺
長岡京跡
JR奈良線
乙訓寺
伏見桃山城
宇治川

京都七不思議の真実

プロローグ

〝安全策〟

いかにも損害がないというイメージのある言葉だ。だが、安全策というのは、飛躍のチャンスを放棄するという損害を初めから内包しているのだ。

ワタシは安全よりも飛躍のほうを採る。しかし無謀なだけの飛躍はしたくなかった。

ワタシは、犯行に使うためのナイフと遺体を切断するための鋸を用意した。もちろん、量販店で買ったものだ。それでも、買うときは慎重に変装をした。変装と言っても、派手にやったのではかえって怪しまれて店員に憶えられてしまう。べっ甲眼鏡をかけて、髪型を変える。そういう単純なやりかたが、かえって効果的なのだ。

準備は整った。犯行場所は、誰かに目撃される恐れのないワタシの住まいだ。とにかく犯罪というものは、発覚しないことが最高の形だ。発覚しなければ、そもそも捜査は始まらない。捜査が行なわれなければ、疑われる可能性はゼロなのだ。

ワタシは、共犯者に連絡を取った。共犯者を使うことは安全策ではなかった。だが、どうしても手に入れたい〝あれ〟を得るためには、共犯者の協力が不可欠だった。

序ノ章　京の異空間

1

「日本人は……首狩り民族だったのです」

曇天の梅雨空のもとで、成尾《なるお》詩織《しおり》は緊張気味にマイクを持った。カメラが回って撮影が始まっている。

「たとえば、戦国時代の武士たちは、倒した敵の首を無惨にも切り取り、それを持ち帰って自分の大将の前で陳列しました。大将はその数に応じて恩賞を与えました。また戦国時代に限らず、罪人は処刑されたあと、その生首を河原などでさらされました」

ここで撮影されるテープは放送局に送られるが、オンエア用のものではない。放送局が募集している番組アシスタントのオーディションテープなのだ。

詩織の背後には、小高い塚の上に立つ五輪塔がある。

「ここが、京都市東山区にある耳塚《みみづか》です。過去に日本人が切り落としたのは、首だけではありません。一五九二年からの文禄《ぶんろく》の役と一五九七年からの慶長《けいちょう》の役で、豊臣秀《とよとみひで》吉《よし》は朝鮮半島におのおの十万を超える軍勢を送りました。そして、朝鮮の人たちや明国の人たちを多数殺戮しました。その成果を秀吉に伝えるために初めのうちは、打ち落とした首を塩漬けにして送ったそうですが、首では嵩張《かさば》って負担が大きいので、代わりに殺した人間の耳を削ぐことにしました」

詩織は耳塚のほうを振り向いた。カメラは、耳塚にズームアップする。短い草が無数に生えた小高い塚の上で、五輪塔がうら寂しげに立っている。

「ところが、耳では二つあるために水増しが行なわれかねません。そこで、鼻を削ぎ落とすことにしたのです。そうして日本に送られた被害者の鼻が、大量に埋葬されました。現在は〝耳塚〟という通称で呼ばれていますが、当時は〝鼻塚〟と呼ばれていたそうです」

カメラはアングルを東にターンして、耳塚の斜め向かいに建つ方広寺《ほうこうじ》を映し出す。

「このすぐ近くにある方広寺には、奈良大仏に負けない大きな京大仏が秀吉によって作られました。その事業を、秀頼《ひでより》が受け継ぎました。京大仏は慶長十九年八月に開眼供養が盛大に行なわれるはずでした。しかしながら、それは行なわれませんでした。開眼供養に先だって作られた梵鐘の銘文について、徳川家康《とくがわいえやす》からクレームが出されたからです」

カメラの撮影はいったんここでストップする。そして詩織たちは、方広寺へと移動する。京大仏は、寛政《かんせい》十年の落雷によって焼失してしまう。しかし、梵鐘は現存している。

詩織はその梵鐘の前に立った。再びカメラが回り始める。

「ご存知のかたも多いと思いますが、銘文に刻まれた『国家安康、君臣豊楽』に対して、これは〃家康の名前を分断し、豊臣家のみの繁栄を祈るものだ〃という強い抗議が家康から秀頼になされたのです。そのことが、大坂冬の陣のきっかけとなってしまうのです。耳塚からほんのわずかな距離に、豊臣家没落のきっかけとなった方広寺の梵鐘があるという事実に、私は恐ろしい因縁を感じてなりません。朝鮮半島で殺戮されて、鼻を削ぎ落とされた無辜《むこ》の人たちのおびただしい怨念が今でも漂っているような気がしてならないのです」

2

詩織の携帯電話が鳴った。二時限目の授業が終わり、学生食堂へ足を向けようとしていたときだった。詩織は京都の東山山麓にキャンパスのある女子大の二年生だ。

「京都映像制作《きょうとえいぞうせいさく》の小野田《おのだ》です」

「あ、どうも」

京都映像制作は、右京区太秦《うずまさ》にある映画会社系の番組制作会社だ。

「いい知らせだよ。この前、耳塚で撮影したオーディションテープが好評価を得た。君をアシスタントに使うと、本邦《ほんぽう》テレビから連絡があった」

「え、本当ですか」

「自分の言葉でレポートをしているのがいいと、艮七星《うしとらななせい》氏が君を選んだそうだ」

艮七星は、現在売出し中の方位アドバイザーだ。彼がコメンテーターを務める本邦テレビのワイドショーのコーナーで京都を取り上げることになり、そのロケのときのアシスタント役を募集していた。

「ありがとうございます。小野田さんたちスタッフに撮影をしてもらったおかげです」

詩織は声をはずませた。

「われわれも、これで仕事がもらえるわけだから、うれしいよ」

東京キー局である本邦テレビは、京都映像制作を含めた関西にある制作会社数社にアシスタント役の女性の推薦を求め、写真と経歴で三人に絞り、それぞれに模擬レポーター役をしたビデオの提出を求めた。〝京の異空間《いくうかん》〟というテーマで候補者が自分で企画とコメントをすることがその条件となっていた。

「艮七星氏は来週早々にロケのために京都にやってくる。日曜日から四日間の予定だ。スケジュールを空けておいてくれ」

「わかりました」

テレビの仕事は、いつも急だ。何分何秒という時刻をピッタリと合わせることから〝きっちりした業界だ〟というイメージが世間ではあるようだが、実際の制作現場はかなり〝出たとこ勝負〟的な色合いが強くて、自転車操業が繰り返されている。

また、京都映像制作のような制作会社が現場の仕事を請け負い、さまざまな下支えをしていることも、あまり世間一般には知られていない。

「それと、艮氏がワイドショーに出演するのは毎週金曜日だ。明日がその金曜日だから、予習ということで、ぜひ見ておいてくれ。午後二時からの〝見《み》た者勝《ものが》ちワイド〟だ。私は上京して艮氏に会ってくる」

「はい。ぜひ拝見します」

詩織は、小野田との電話を終えると、すぐに短縮ダイヤルで篠原潤治《しのはらじゅんじ》を呼び出した。彼の大学もちょうど昼休みに入った時間帯のはずだ。

「もしもし」

潤治はすぐに出てくれた。彼は都立高校時代のクラスメートだが、高校のときは特に意識をしたことはなかった。卒業して一年目の同窓会で顔を合わせたとき、クラスで関西の大学に入ったのは二人だけということがわかった。詩織は京都の女子大の文学部、潤治が大阪の国立大学の工学部と、少し距離もあり、専攻も違ったが、話がはずんだ。

「とてもうれしい話があるの。テレビの新しい仕事が決まったのよ。番組の中の一コーナーだから、そんなに時間は長くないけれど、全国ネットなの。テロップとかで名前も出してもらえるのよ」

「へえ、すごいじゃないか」

「でしょ」

一番最初は、京都随一の繁華街である四条河原町《しじようかわらまち》で小野田にスカウトされたのがきっかけだった。小野田は、京都市内のケーブルテレビで使われるＣＭ用の女性モデルを探しているのだと声をかけてきた。初めのうちは、ナンパかもしれないと思った。しかし、ＣＭ企業の商品を見せて懸命に説明してくる小野田の態度に、その疑いは減っていった。

実際にやってみると、メイクをしてもらい、カメラの前に立つことは、予想していた以上に気持ちが良かった。しかもアルバイト料は、大学に入ってほどなくして始めたファーストフード店よりずっと高いものだった。

「何という番組なんだい？」

「〝見た者勝ちワイド〟という本邦テレビのワイドショーよ。平日の午後二時から毎日オンエアされているわ」

「知らないな。そんな主婦向けの番組は見ないよ。その中の一コーナーってわけ？」

「ええ。京都の魔界風景を七日間にわたって紹介するそうなの」

「魔界風景？」

潤治の声がちょっとくぐもったが、気分が高揚状態になっている詩織は気がつかなかった。

「三人の候補者が、オーディションの〝京の異空間〟というテーマでビデオを作ることになったの。あたしは東京で生まれ育っただけに、あれこれ考えてみたけれど、いいアイデアはなかなか浮かばなかった。でも偶然なんだけど、大学への坂道を登っていて、路上に落ちていたネックレスを見つけたの」

耳がデフォルメされたその形から、詩織は大学の近くにある耳塚のことを連想した。友人のアパートを訪ねたときに耳塚の前を通ったときの記憶が蘇ったのだ。

その日のうちに、耳塚へと足を向けた。寂しげに立つ五輪塔から陽炎のようにゆらめく怨念を感じた。急いで大学への道を戻り、図書館に入って、耳塚に関する資料を調べることにした。

何かに導かれて作らされた、という印象のあるビデオになった。

「君は、魔界なんて存在を信じるのかい」

「よくわからないけど、あると思うわ」

「じゃ、幽霊の存在も信じるのかい」

潤治は畳み掛けるように訊いてきた。

「…………」

詩織は返す言葉に困った。

「魔界なんて、実体のないものだ。あまり非科学的なことに囚われるのは感心しないな。そういうことから、人を惑わすエセ宗教が出てくるんだよ。テレビがそれを助長するのはよくないと思うよ」

3

翌日の金曜日。定刻の午後二時ちょうどに〝見た者勝ちワイド〟が始まった。

艮七星はコメンテーターとして一番端に座っているが、前半の事件ニュースや芸能ネタでは、ただ座っているだけで、ほとんどコメントはしない。彼の出番は後半である。

しかし、黙っていても彼は存在感がある。百キロはあるであろうでっぷりとした巨体を薄紫色の水干《すいかん》に包み、頭には黒い烏帽子《えぼし》をかぶっている。色白の丸顔、細い眉、切れ長の目、そして八の字の口髭と、貴族装束がよく似合う風貌だ。

「では、金曜日恒例の好評企画、艮七星さんのコーナーです」

司会者が艮七星のほうを向く。

「きょうは、まず視聴者のかたからの自宅改築にあたってのFAX相談にお答えください。場所は東京都江東区森下《もりした》四丁目です。家を建て替えたいのだが玄関はどちらの方角にしたらいいでしょうか、という内容です。初心者にもわかるように教えてくださいと書き添えられています」

「これまでに何度か申し上げていますように、北東ならびに南西に門を構えることは避けられたほうが賢明です。これらはいわゆる鬼門《きもん》もしくは裏鬼門《うらきもん》の方角に当たります。邪悪が出入りするのが鬼門と裏鬼門ですから、そこに家の出入り口を置いてはまずいわけです。それに対して北西ならびに南東は神門《しんもん》と言いまして吉なのです。これが基本ですが、そこに他の要素も加わります。たとえば、その家の世帯主の干支が丑《うし》年または寅《とら》年生まれの場合は、もしも鬼門に入り口を設けても、自分の干支の方角が開いているわけで運気を呼び込めることになり、悪いわけではないのです。ただ、その場合も裏鬼門はいけません。それから場所によっては、怨念の籠もったものが近くにあるケースがあり、そのときはそちらの方向は閉じておかなくてはなりません。江東区森下四丁目ですと、気になるのは平将門《たいらのまさかど》の首塚の存在ですね。将門は無念の死を遂げた極めて怨念の強い男ですから、千年以上も前のことだからとあなどってはいけません。森下四丁目だと将門の首塚は約四キロ離れていますが、まだ影響力を受けない遠さではありません。超一級のパワーを秘めている首塚が真西にあるわけですから、西向きの玄関はなるべく避けたほうが無難です」

「わかりました。もう一つ別の視聴者からの質問ですが、『艮さんのなさっている方位アドバイザーという仕事は、風水《ふうすい》とは違うのですか』というＦＡＸが寄せられています」

「ええ。今の日本で流行している風水とは違います。方位学というのは長い歴史の中で培われてきたものです。五行十干と呼ばれる考えに基づき、方位の吉凶を判定するわけです。ところが、今の日本の風水は、色にこだわりすぎています。今年のラッキーカラーなどといったものを掲げていますが、あんなものは根拠がありません。行き着くところは、パソコン風水とかファッション風水とかワイン風水といった〝何でもあり〟のいい加減なものになってしまっています」

「つまり、艮さんのやっていることは純粋に方位だけを見るということですか」

「方位と、それに加えて亡くなった人間が持つ怨念への配慮です。非業の死で人生の終焉を迎えた人間の霊がさまよってしまうことは、往々にしてあるのです。古来より、死者の霊を弔うためにあまたの宗教が信仰され、教義に基づく儀式や行事が執り行なわれてきました。身近なところでは、お盆の精霊流し、彼岸のお墓参りといったものがあります」

「先ほど平将門の首塚に対する配慮がありましたが、それは今おっしゃったことと関連があるのですか」

「大いにあります。先祖や近親者の霊も尊重しなくてはなりませんが、強いパワーを持って生きた人物の霊もまた無視してはいけません。平将門という男は、平安時代にあって弓矢を持ち馬に乗って戦う武士の先がけとして、常陸《ひたち》などの国府を攻め落とし、新皇と称するまでに至りながら、志半ばにして非業の討ち死にをしました。その烈しい存在は、いまだに根強い霊魂として残っていると考えたほうがいいわけです」

「それなら、平将門の首塚などないほうがいいのじゃありませんか」

平将門の首塚は、千代田区大手町一丁目のビジネス街のど真ん中に置かれている。

「いえ、そうでもないのです。東京の上空をさまよい、うごめいている無念の邪霊は数え切れないくらいあるのです。あれだけ勇猛だった将門の強い霊なら、そんなもろもろの邪霊を追い払ってくれるのです。われわれは将門の霊を敬っていれば、かえって守られるのです。それが方位学の考えです」

「鬼を祀《まつ》っている神社がありますが、それと似ていると言えますか？」

「そういうことです。鬼は人間の敵でもありますが、その反面守ってもくれるのです。強い者の力で押さえるという点では共通しています」

「では、もう一通の質問FAXに移ります。『艮七星さんというお名前はずいぶんと変わっていますが、本名なのですか』というものです」

「本名ではありません。艮というのは、方角なのです。丑《うし》と寅《とら》——すなわち東北の方位を示します。日本の姓で、乾《いぬい》や巽《たつみ》というのは少なからずお見受しますね。戌と亥は北西、辰《たつ》と巳《み》は南東で、いずれも吉とされる神門の方角です。それに対して東北の艮と南西の坤《ひつじさる》という姓がきわめて少ないのは、凶とされる方角であることが影響していると私は考えています」

「あえて、凶の方角を自分の名前に選んだわけですか？」

「ええ。先ほどの平将門の場合と同じく、凶であるからこそ強いというパワーを自分の味方にしたいという意図です。それから七星というのは、北斗七星から取りました。古くは坂上田村麻呂《さかのうえのたむらまろ》が、この北斗七星を取り入れています。征夷大将軍として陸奥《むつ》へとやってきた彼は、津軽平野に七つの神社を作っています。京都から見て、陸奥は鬼門の方角に当たります。〝東北〟地方という言葉が、そのものズバリ鬼門の方角だということを言い表しています。彼は、京都を守るために、陸奥に七つの神社を設け、北斗七星の形に配置したのです」

「本当ですか」

「ちゃんと『新撰《しんせん》陸奥《むつ》国誌《こくし》』という文献に出ています。七つの神社はいずれも現存していますので、その位置を確認してみましょう」

艮七星はフリップを取り出した。

北から逆時計回りに、大星《おおぼし》神社、浪岡《なみおか》八幡宮、猿賀《さるか》神社、熊野《くまの》奥照《おくてる》神社、岩木山《いわきさん》神社、鹿島《かしま》神社、乳井《にゅうい》神社の七つが、確かに北斗七星の形で並んでいる。

「古代では、武術と呪術は不可分のものだったのです。坂上田村麻呂は武術のみならず呪術にも長けていたということです。その坂上田村麻呂に征夷を命じたのは、桓武《かんむ》天皇です。桓武天皇は、まず最澄《さいちょう》に命じて御所の鬼門に当たる比叡山《ひえいざん》に魔界封じの延《えん》暦寺《りゃくじ》を設けさせました。そしてさらに日本全体から見て京都の鬼門に当たる津軽地方に、坂上田村麻呂を遠征させたうえで北斗七星の形に配した神社を建てさせたのです」

「壮大な構想を感じますね」

「ええ。ここでちょっと映像を見てください」

画面はビデオに切り替わり、L字形にへこんだ高い塀が映る。

「これは、どこの塀ですか」

京都御所の北東の角をへこませた塀（通称　猿が辻）

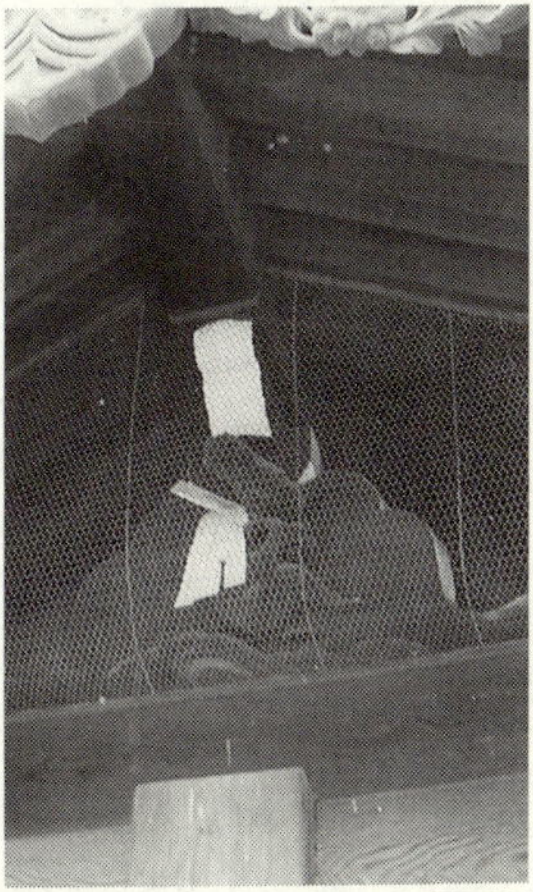

猿が辻に設けられた猿の浮き彫り
（動けないように網で覆われて、
白い御幣を担いでいる）

京の北東にある赤山禅院の屋根に設けられた魔除けの猿（御幣と鈴を手にしている）

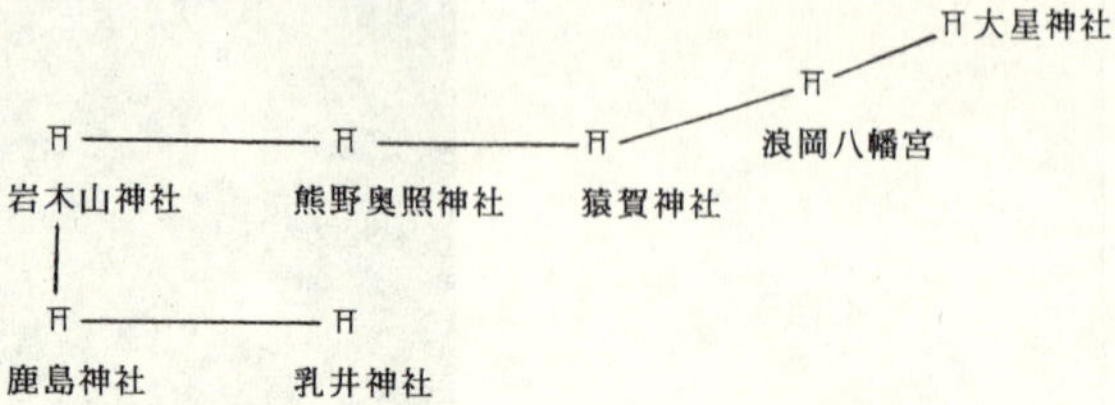

坂上田村麻呂が陸奥に置いた神社は、北斗七星の形に配置されている
（いずれも現存）

「京都御所の塀です。このへこんだ部分に注目してください」

「どうしてこんな形になっているのですか」

「鬼門に当たる北東の塀は、直接角が向かないように、あえてこんなふうにへこませているのです。平安時代は警護者としての武士階級のいない時代ですから、方位学によって、京都は二重三重の守りを固めようとしたわけです。このバリアがあったからこそ、京都は千年の長きにわたって王城の都であり続けたのです」

カメラはズームアップする。へこんだ築地塀の屋根の下に、金網で囲まれた一匹の猿の像が置かれている。その猿は白い御幣を担いでいる。

「ここを、御所の猿《さる》が辻《つじ》と言います。猿は〝去る〟に通じるわけで、禍を去らせる動物とされました。これも魔除けのためのものなのです」

ビデオは別の建物を映し出す。

「京都市左京区にある赤山禅院《せきざんぜんいん》です。京の北東、つまり御所の鬼門を守るとされている寺院です。ここの屋根の上にも猿が置かれているのです」

屋根に鎮座して下を見回すような鋭い眼を持った猿の像は、御所の猿と向き合っていると言われている。

「この赤山禅院は、陰陽道でいうところの冥府《めいふ》の主宰者、すなわち地獄を司る閻魔《えんま》大王に相当するものを祀っているのです。これもまた強い者の力に頼ろうという発想の表われです」

画面は再びスタジオに切り替わった。

「うーん、思わず聞き入ってしまう話ですが、時間が来てしまいました」

「来週はお休みをいただいて、再来週からは、新しい企画をシリーズでお伝えしたいと思います」

「どのような企画ですか」

「今話題になっていた千年の都である京都でのロケを行ない、ご覧いただきます。みなさんは、京都へは一度ならず行かれたと思いますが、観光で表面的に見る京都とは一味も二味も違った紹介をいたします」

「どのような紹介ですか」

「長い間にわたって政治の要諦地であった京都には、さまざまな怨霊が取り憑いています。それを七という数字にちなんで、〝京都の七不思議〟として七回のシリーズでお送りしたいと思っています」

「それは興味深いですね」

「ぜひご期待ください」

4

詩織は、艮に会う前にできるだけの予習をしておこうと、大学の図書館で〝京都の七不思議〟について調べることにした。

どうやら「これが京都の七不思議だ」という定番のものはないようなのだ。

複数の文献に出てきたものに、〝知恩院《ちおんいん》の七不思議〟というものがあった。

その七不思議の内容は、以下のようなものだ。
①　鶯《うぐいす》張りの廊下　御影堂《みえいどう》から大方丈・小方丈に至る廊下は、歩くと鶯の鳴き声に似た音が出て、忍者もその音を消すことができなかった。
②忘れ傘　御影堂東南のひさしの梁の間に、一本の古びた傘が置かれている。名工・左甚五郎《ひだりじんごろう》が、見事に完成した本堂を見てあまりに完璧すぎるのでかえって不吉なことが起こりかねない、とわざと傘を忘れていったという話が伝えられている。
③白木の棺《ひつぎ》　三門楼上にあり、三門の建立が予算をはるかに超過したため、その責任を負って自害した普請奉行夫妻の木像を納めるための棺である。
④抜け雀《すずめ》　大方丈にある菊の間の襖絵にはもともと、万寿菊とともに数羽の雀が描か

鶯張りの廊下

忘れ傘

白木の棺

抜け雀

三方正面真向きの猫

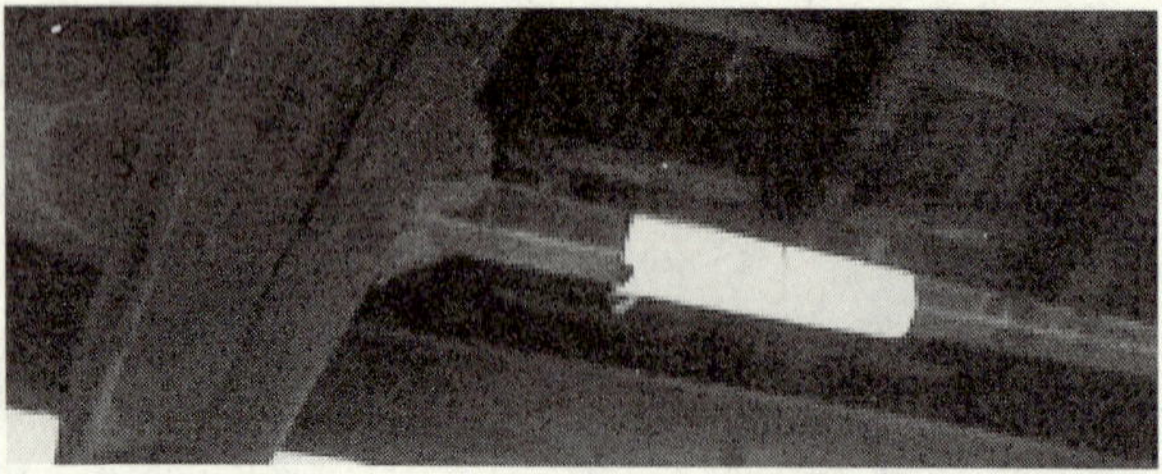

大杓子

瓜生石

れていたが、あまりによく描かれていたので飛んで逃げてしまったと言い伝えられている。

⑤三方正面真向《まむ》きの猫　大方丈の杉戸に描かれた狩野信政《かのうのぶまさ》の筆と伝えられる猫の絵は、どの角度から見ても、見る人間の正面を向いている。

⑥大杓子《おおしゃくし》　大方丈入り口の廊下の梁の上に置かれた長さ二・五メートルもある巨大な木製の杓子で、すべての人々の苦悩がすくいとられるという一切衆生救済の教えを表わしている。

⑦瓜生石《うりゅうせき》　知恩院の塀の外にあり、植えもしないのにこの石から瓜の蔓が生え、一日で花が咲いて瓜が実ったという故事がある。

詩織は小さく息をついた。

七不思議というのは、人智をもって説明できない謎のミステリーだと思っていた。しかし、こうして調べてみると、謎と言うよりも見ておくべき拝観ポイントという色合いのほうが濃い。しいて挙げれば、石から瓜が生えて花が咲いたという瓜生石は謎めいていると言えるかもしれないが、瓜が現存しているわけでもなく、実感は湧いてこない。

別の文献には、西本願寺《にしほんがんじ》の七不思議というのが書かれていた。
①逆さ銀杏《いちょう》　天明《てんめい》の大火のときに枝先から水を吹いて御影堂を火の手から守ったと言われている。
②日暮らし門　彫刻が精巧で、見ていると日が暮れてしまうことからその名が付いた。
③鬼の手水鉢《ちょうずばち》　渡辺綱《わたなべのつな》が羅城門《らじょうもん》で切った鬼の腕を入れた石櫃《せきひつ》を、手水鉢として保存している。
④三面大黒天《だいこくてん》　左甚五郎作と伝えられ、大黒天・弁財天・毘沙門天《びしゃもんてん》の三つの顔を持つ。
⑤躑躅《つつじ》の太鼓　躑躅の木をくりぬいて胴が作られている。

⑥天狗瓦《てんぐがわら》　総門の棟にあり、天狗を象《かたど》っている。
⑦沓石《くついし》　御影堂向拝柱にある大きな石。
これらもまた、いずれも拝観ポイントと言ってもよいものばかりだ。

詩織は、図書館に備えてあるパソコンを使って、インターネットで〝京都の七不思議〟を検索してみた。

いくつかヒットしたが、最もよく出てくるのは知恩院の七不思議だ。どうやら、知恩院の七不思議は観光名所として定着しているようだ。そして西本願寺の七不思議も出てきた。さらに、永観堂《えいかんどう》の七不思議というのもあった。永観堂は紅葉の名所として有名だが、詩織がクリックしたインターネットのページによると七つならぬ八つの不思議があるということだ。

その一つめは木魚蛙、すなわち木魚を叩くような声で蛙が毎年四月から五月にかけて鳴くが、その姿を見た者はいない。これは（珍しくと言うべきか）拝観スポットではなく、かなり謎らしいものだ。

だが、あとは拝観スポットの要素が濃い。たとえば抜け雀、これは知恩院のものによく似ている。ただ、永観堂のほうは、小方丈の欄間に左右それぞれ十羽の雀が描かれていたが、いつの間にか右の間の雀が一羽抜けて九羽になってしまったというものだ。知恩院のほうは描かれていた数羽すべてが飛んでいったとされている。

その他には、慈悲・智慧・真心の三つの意味が込められた三鈷《さんこ》の松、御本尊でもある見返り阿弥陀如来像《あみだにょらい》、中庭の光る砂、多宝塔へ続く臥竜廊《がりゅうろう》、長谷川等伯《はせがわとうはく》の筆と伝えられる竹虎図、火除けの阿弥陀如来像と、合計八つだ。

次にクリックした下鴨《しもがも》神社には、その境内にある御手洗《みたらし》池に関して〝都の七不思議の一つ〟という言葉が書かれていた。京都三大祭の一つである葵祭の舞台になるこの下鴨神社はいくつかの末社を有しているが、そのうちの一つである井上社の下から湧き出る水が、御手洗池と呼ばれて下鴨神社の参道沿いにある糺の森《ただすもり》のほうへ流れる。土用の丑の日には、この御手洗池に足を浸けることにより疫病を封じる祈願が神事として執り行なわれる。この御手洗池は平素はほとんど水がないのに、土用の丑の日が近づくと不思議と水量が増して、毎年神事がとどこおりなく行なわれるという。

これは、〝都の七不思議〟という名前にふさわしい現象だ。だが、それ以外の六つの〝都の七不思議〟が何なのかはいくら検索しても出てこない。

さらに、クリックを続けていると〝京都伏見の七不思議の一つ〟という言葉が載ったページに当たった。商売繁盛の神として有名な伏見《ふしみ》稲荷《いなり》大社は、その稲荷という名が示すようにもともとは五穀豊穣《ごこくほうじょう》の神であった。『山城国風土記逸文《いつぶん》』には、こんな

西本願寺の〝逆さ銀杏〞

永観堂の〝中庭の光る砂〞

伏見稲荷大社の〝おもかる石〟

清水寺の〝弁慶の錫杖と高下駄〟

故事が載っている。昔伏見に住んでいた一族が米の豊作を得たことで調子に乗って、米の餅で作った的を矢で射る遊びに興じようとしたところ、その餅は遊具として使われることを嫌って白い鳥となって稲荷山のほうへ飛び去った。一族は食べ物をないがしろに扱って遊具にしてしまったことを反省して、餅が飛び去ったところに社を建てた。これが伏見稲荷社の始まりだ。一族の子孫たちがその社に生えた木を庭に移したところ、木が生きているうちは家が栄えたが、枯れると家が傾いてしまった。

この伝説が示しているのは、〝作物を粗末にしてはならず、植物を大切にしていれば長者になれるが怠れば没落する〟という精神的な戒めである。現在の京都伏見稲荷大社にはその逸話を表わすものは残っていないが、精神面の大切さを教えるものとして「奥の院」の裏手に「おもかる石」が置かれてある。願いごとのある参拝者は胸中で祈願したあと、この「おもかる石」を持ち上げてみる。軽いと感じれば祈願は実現し、重いと感じれば願いは叶わないとされ、それがよく当たるので〝京都伏見の七不思議の一つ〟とされていると、そのページには「おもかる石」が写真入りで紹介されていた。

おそらく、石が〝軽い〟と感じられるだけの身体面の元気とメンタル面の信心深さがあれば、願いは達成できるということだろう。詩織は初詣のときに伏見稲荷大社に行ったことがあったが、この「おもかる石」の存在は知らなかった。今度はぜひ足を運んで自分の手で持ち上げてみたい。

ただ、このホームページには、それ以外の伏見の六つの不思議については書かれていなかった。

どうやら七不思議というのは、必ずしも七つにこだわる必要はないのかもしれない。それに、不可思議さというよりは、珍しさや希少価値といった意味合いのほうが強いようだ。これといった決まったものがあるわけではなく、むしろ大衆の言い伝えといった色が濃いようだ。

さらに、観光ガイドブックには、清水寺《きよみずでら》や北野天満宮《きたのてんまんぐう》に七不思議があると書かれていた。清水寺では弁慶《べんけい》の錫杖《しゃくじょう》と高下駄《たかげた》、北野天満宮では中門にある星の彫刻がその例として挙がっていたが、「諸説があって、決まったものはない」と記されていた。

一ノ章　京の七不思議――その一

1

京都駅の南玄関とも言うべき八条口の改札口で、詩織は京都映像制作の小野田とともに艮七星を出迎えた。

艮は、テレビでのいつもの水干装束とはうってかわって、ジーンズにブレザーというラフなスタイルで新幹線の改札口から出てきた。ハンチングをかぶって薄いサングラスをかけていることもあって、テレビで現在売出し中の方位アドバイザーだと気づく者はいない。

艮の横には、白地に赤の水玉模様のワンピースを着た女性が連れ添うように歩いている。年齢は、艮よりやや年下の三十代半ばといったところだ。つばの広い帽子を少し深めにかぶっている。その服装は、かつて日本を訪れたときのダイアナ妃の〝日の丸〟をあしらったファッションを連想させる。ヘアスタイルも少し似ている。あるいは、彼女はダイアナ妃を意識してそうやっているのかもしれない。

「先生、遠いところをご足労様です」

「あ、ども」

小野田が頭を下げ、艮の持つボストンバッグを受け取る。小野田は先週上京して、〝見た者勝ちワイド〟の生放送が終わったあとのスタジオで艮と会っていた。本邦テレビのアシスタント・プロデューサーは紹介をしてくれたものの、「じゃ、あとはよろしくね」と立ち去っていった。艮は講演を控えているということで名刺を交わした程度の挨拶で終わることになった。たったの数分のために、往復六時間をかけて日帰り上京をしたことになるが、テレビ局の〝下請け〟である制作会社の人間としては文句は言えなかった。

「こちらが、先生にビデオ審査で選んでいただいたアシスタントの成尾詩織君です」

小野田が詩織を紹介する。

「成尾と申します。どうかよろしくお願いします」

詩織は深く礼をした。

「ああ、そ。ビデオで、君は京都弁を使わなかったね」

艮はテレビで見るよりも、声が高い。

「はい。あたしは、実は生まれも育ちも東京なんです」

詩織は正直に答えた。京都弁を使いたくても使えないのだ。京都の大学を選んだのは、それほどの意味はない。ただ親元を離れて暮らしたかったのと、日本史を専攻するのならやはり京都がロケーションとして最適だと思えたからだ。さらに、ＪＲの『そうだ 京都、行こう。』のキャッチコピーがすごく好きだったというのも理由になるかもしれない。日本人のふるさととして、京都には帰巣本能のようなものを感じるのだ。

「京都出身かどうかを、気にすることはない。他の応募ビデオの中には無理して使っていた女性もいたがまるで急造の舞妓みたいで、かえって不自然だったよ。あはは」

艮は一人笑った。

「私がね。君を選んだのは、あくまでもビデオの内容だ。日本人は首狩り民族だったという視点からうまくまとめていたよね。関西では豊臣秀吉は抜群の人気者のはずなのに、きちんと批判の目を向けていたのもいい」

「抜群の人気者、ですか……」

詩織はちょっと小首をかしげた。

「そうじゃないかな？」

「大阪ではともかく、京都ではそこまでは言えないのではないでしょうか」

豊臣家の終焉の地となった大阪では、豊臣秀吉は親しみを込めて〝太閤さん〟と呼ばれる。けれども、京都ではあまり聞かれない。むしろ、無理やりに庶民の家屋を立ち退かせて聚楽第《じゅらくだい》の建設を進めたことや千利休《せんのりきゅう》に切腹を強いたことに象徴される秀吉の強硬さを、京都の町衆は潜在意識として嫌悪しているのかもしれない。

「そうね。阪神タイガースだって、大阪では凄い人気だけど、京都では巨人ファンもけっこう多いわよね」

〝日の丸〟のワンピース女性が口を挟んできた。

「私のスタイリストをしている長江奈美《ながえなみ》さんだ。今回のロケに同行してくれることになった」

良が紹介する。

「初めまして。よろしくお願いします」

詩織と小野田は頭を下げたが、奈美はそれに応えることなく、「立ち話は疲れるわ。どこかでおいしいコーヒーでも飲めない？　睡眠不足で、眠いのよ」と言った。

「失礼しました。この京都駅のすぐ近くに宿泊していただくホテルがありますので、ご案内いたします」

小野田はツアーコンダクターのような言いかたをした。


「さっそくですが、打ち合わせに入ってよろしいでしょうか。滞在は四日間ということで、あまり時間のゆとりはありませんから」

京都屈指の高級シティホテルであるクイーンホテルのラウンジで、小野田は少し遠慮がちに切り出した。テーブルを挟んで小野田と艮が向き合い、それぞれの横に詩織と奈美が座った。

きょうを入れて四日で、七不思議のすべてを録画撮りすることになっている。ゆっくりしたペースでは間に合わない。

「かまわんが」

「きょうはとりあえず一ヵ所を撮り、あとは一日二ヵ所ずつを三日間という配分を考えております」

「ま、気ぜわしいが、しかたがないだろう。撮影スタッフは?」

「太秦にあるうちの会社をロケバスですでに出発しています。あと二、三十分で着くと思います」

奈美は、ヴィトンのバッグを引き寄せて、中身を確認している。艮のトレードマークである水干装束が入っている。

「それで、先生。七不思議の具体的な場所は、京都に到着してから伝えてくださるということでしたが、どこに決まりましたでしょうか」

小野田は、市内地図を取り出した。

「ああ。いろいろ迷ったよ。京都の七不思議というのは決まったものはなくって、諸説あるからね」

「はい。うちの会社で担当することになったので自分なりに調べてみたんですが、有名な知恩院のほか、清水寺や西本願寺にも七不思議がありますね。それから、自分の母は代々続いている京都の家系の出なんですが、北野天満宮にも七不思議があると言ってます」

「そういう寺社ごとの七不思議というのはやりたくないんだ。私は、九州の佐賀出身なんだが、故郷の近くに『虹《にじ》の松原《まつばら》』という松の名所がある。そこの七不思議は、それぞれ謎めいていてそれでいて、ちゃんと説明がつくんだ。知っているかね?」

「いいえ、虹の松原という地名だけは聞いたことがありますが」

「たとえば、虹の松原にあるのは黒松ばかりだという不思議――こいつは、海辺に面した虹の松原では潮風に強い黒松だけが生き残ってきたからなのだよ。それとね。虹の松原には蛇が一匹もいないという不思議もある。これは乾燥して塩分の多い砂地を蛇が好まないからだ。また虹の松原はどこを掘っても海水が出るのに、ほぼ真ん中にある二軒茶屋の井戸だけは真水が出るという不思議もある。こいつは、近くにある玉島川の伏流水がその井戸には流れているからだ。こんなふうに、謎をきちんと理屈で説明できるというのが、番組的にはおもしろいわけだ」

「そうですね」

「だから、そういうネタを考えてきた。それも、方位アドバイザーらしくね」

良は、小野田がテーブルの上に置いた地図帳をぐいと引き寄せ、市街全体地図のページを開けた。そして、ブレザーの胸ポケットからペンを取り出すと、千本通《せんぼんどおり》のあたりにまっすぐ一本の線を引いた。

「いいかね。かつての平安京のメインストリートである朱雀《すざく》大路はこんなふうに位置していたんだ。二条から九条までだ。そして一条から二条にかけて設けられていた大《だい》内裏《だいり》から見て、北東に比叡山、北西に愛宕山《あたごやま》が存在する」

良は、斜めに二本の線を加えた。

「京都の鬼門軸と神門軸だ。この鬼門軸上と神門軸上に、名所や旧跡が多く残っている。そいつをクローズアップして、それぞれの謎を七不思議として取り上げたいんだ」

艮の口調が熱くなった。

それまで黙って聞いていた詩織は、あわててメモ帳を取り出した。

艮はかまわずに喋った。

「まずは……神門軸の南東に、山科の醍醐寺《だいごじ》がある。ここが、艮流〝京都の七不思議〟の一つめだ。具体的には、なぜ豊臣秀吉がこんな町中から外れた地を花見の場所としたのだろうかという謎だよ。また、醍醐の花見が行なわれたのは、今の暦にすると四月二十日となる。花見としては遅すぎないかという付随的な疑問もある」

艮はコーヒーを口にしてから、続けた。

「二つめは、伏見城だ。なぜこの地に、秀吉による天下平定が完成したあとであえて城が築かれたのかという謎だよ。そして落城についても謎がある。三つめは、神門軸上の北西に位置する龍安寺《りょうあんじ》を取り上げる。龍安寺の石庭《せきてい》は有名だが、何のために作られ、何を意味しているのかは参拝者もよくわかっていない。神門軸は以上の三つだ。四つめは七不思議の真ん中ということで、朱雀大路を取り上げる。朱雀大路の東側に西寺《さいじ》というのがあったんだ。東寺《とうじ》という名刹があるが、かつてそれと対比する位置に西寺というのがあったんだ。東寺は現在も偉容を構えているのに、なぜ西寺はなくなってしまったのか。そこにはおどろおどろしい経緯がある」

続いて艮はペンで鬼門軸をなぞった。

「残りの三つは鬼門軸上だ。まずは二条城《にじょうじょう》だ。何の目的で、なぜこの位置に造営されたのかという謎がある。次に鬼門軸上に並ぶ修学院離宮《しゅうがくいんりきゅう》と桂《かつら》離宮という二つの離宮の秘密に迫る。二つの離宮を合わせて一回でやる。最後は、やはり鬼門軸上にある比叡山を取り上げる。比叡山には掉尾《とうび》を飾るにふさわしい深遠な謎があるんだ。これで合計七つになる」

艮は〝どうだ。文句はないだろ〟という顔を見せ、腕を組んだ。

「成尾さんの意見はどうですか？」

気圧されたのか、小野田は詩織のほうに話を差し向けた。

「意見なんて……あたしは単なるアシスタントですから」

鬼門軸に関わるものを三つ、神門軸に絡むものを三つ、そしてその中間の朱雀大路を一つ挟むという構成は見事だと思う。ただ、巷間言われてきた〝京都の七不思議〟とはかなり離れてしまった印象は否めない。

特定の寺社に関する七不思議は全部はずすというのならわかるが、知恩院とか西本願寺といったところは取り上げずに、醍醐寺、龍安寺、東寺といったところはピックアップするのだ。

「成尾君はアシスタントという形で、艮先生とコンビで紹介する役割なんだから、感想だけでも率直に述べてくれたらいいですよ」

小野田はそう促した。

「じゃ、ほんのちょっとした感想ですが、従来言われている〝京都の七不思議〟に対するコメントはあったほうがいい気がします」

「ほう。従来の七不思議をテーマにしたほうがいいという意味かね」

艮が腕を組んだまま訊く。

「いえ、そうじゃなくって、これまでに民衆の言い伝えのような形で〝京都の七不思議〟というのがあります。けれども、定番といったものはないわけです。だから、〝今回は艮先生流の七不思議にする〟といったコメントが最初にあるといいなって思うんです」

「ま、それくらいなら入れてもいいが」

小野田が小さく頷いた。

「じゃあ、そうしましょう。われわれ京都人にとっては、七不思議の代名詞のようになっている知恩院を背景にして、その最初のコメントを撮りましょう。それから、本題の七不思議に入るということにしましょう」

「まず先に知恩院に行くということかね」

「そのあたりは、編集で何とでもなります。時間の余裕のあるときにスケジュールに挟んだらいいと思います」

「うむ」

「では、もう一度、取り上げるテーマを確認しておきます。醍醐寺、伏見城、龍安寺、東寺、二条城、修学院離宮と桂離宮、比叡山——この七つですね」

「そういうことだ」

「ではさっそくですが、本日は醍醐寺へ向かいましょうか。服のほうは大丈夫ですね」

「ええ」

奈美が頷いた。

「成尾さんのほうも、オッケーですね」

「はい」

きょうは一日分のロケだから詩織は着替えなくてもいいが、あすからは二着を用意してこなくてはいけない。その点、艮のほうは水干装束が制服のようなものだからその必要はない。

2

東京都港区に社屋のある本邦テレビには、毎日大量の郵便物が届く。そのうちのかなりのものは一般視聴者からだ。〝番組出演者の態度が横柄だ〟とか〝ああいう一方的な取り上げかたはニュース番組として不適切だ〟といった苦情の手紙から〝きのうのドラマに出ていた犬の種類は何という名前で、どこのペットショップへ行けば買えるのか〟とか〝女性アナウンサーのサインを送ってほしい〟といったものまで、さまざまなものが寄せられる。

視聴者係の職員はそれらをマニュアルにしたがって捌いていく。

その中に、〝見た者勝ちワイド　艮七星へ〟と定規を当てたような直線的な字で宛て名が書かれた定形封筒があった。差出人名は空白だ。それを手にしたベテランの職員は、慎重にその封筒を非破壊検査器にかけた。筆跡がわからないように書いたと思われることと、様とか殿が付けられていないことに軽い危惧を抱いたからだ。

非破壊検査器は、中に不審なものは入っていないことをすぐに教えてくれた。職員は、その薄い封筒にハサミを入れた。一枚の便箋が入っていた。

〝良七星に伝える　おまえは殺人鬼だ〟

たったそれだけの短い文章が、ワープロ登場以前の脅迫状のように、新聞の見出し活字を切り抜いて貼るというやりかたで作られていた。〝良〟の活字は新聞の見出しにはなかったようで、〝良〟の上の、が切り取られている。

「ずいぶんと手間なことをしているな」

視聴者係の職員は、そうつぶやきながらも、便箋と封筒をクリップで留めて、番組制作部へ回す参考投書の箱へ入れた。黙殺するかどうかは制作部の判断に任せる。そうしないと、万が一のときに「なぜ視聴者係のほうで勝手に捨ててしまったのだ」と責任を問われかねないからだ。

3

京都映像制作の撮影スタッフが乗ったマイクロバス型のロケバスが、クイーンホテルまで迎えに来た。

カメラ担当と音声担当の男性が各二名、それにストップウォッチを首からぶら下げた記録係の中年女性、そして運転手の初老男性が一人ずつの計六名だ。

詩織はロケバスに乗り込む。

「小野田さん。行き先はどちらなのでしょうか？」

運転手の梅津《うめづ》俊男《としお》が尋ねる。三分刈りの白髪頭とそれと対照的な色黒の肌が印象的な男だ。スタッフの中では最年長だが、小野田に対してはきちんと丁寧語を使う。

「醍醐寺です。二十分くらいで行けますかね」

小野田は腕時計を見た。

「渋滞がなければ大丈夫だと思います」

梅津は地図で道を確認した。カーナビはこのロケバスには付いていない。

前から三番目のシートに座り込んだ艮は、スタッフへの挨拶もそこそこに資料の本を取り出して読み始める。艮の隣に座った奈美は、手持ち無沙汰そうにガムを噛み始めた。

「小野田さん、オンエア時間は一回当たりどのくらいなのですか」

詩織は小野田の横のシートに腰を下ろす。

「途中CMを除くと、六分三十秒だよ。ワイドショーのコーナーとしては、やや長いほうになるだろう。本邦テレビのほうからは、京都は高い視聴率の期待できるテーマだから、できるだけ京都色のある絵を撮ってほしいと言われている。だから、先生や君のカットだけでなく、風景的なものも入れてみたいんだ」

小野田はちょっと小声になった。

「風景とかは後日でも撮れるから、とにかくこの四日間は、先生の解説と君とのツーショットをカメラに収めて、あとで編集する」

「小野田君」

良が急に振り向いた。

「は、はい」

小野田の声はちょっと上擦った。今の会話の内容が、良の耳に聞こえたのか。

「さっき、私は単純なミスをした。醍醐寺は山科にあると言ったが、正確に行政区で言うと山科区ではなく伏見区だ」

「あ、そうでしたか」

詩織との会話が聞かれていたのではなかった。

4

「そいじゃ、本番行きます」

小野田が右手をさっと降ろす。

カメラがシャーッという撮影音を上げる。

「艮先生。ここはどこなんですか」

詩織と艮のバックには五重塔が建っている。

「お寺だよ」

「それはわかってますよ。でも、京都は八百八寺と言われるくらいお寺が多くって」

「お寺は多いけど、あの太閤秀吉が盛大に花見をした場所と言うと？」

「太閤秀吉の花見と言えば、醍醐の花見ですね」

「となると、ここは？」

「醍醐寺ですか」

「そういうことです」

艮はロケバスの中でこのやりとりを台本の形としてしたためた。詩織はそれを懸命に憶えた。一回目のロケの最初の部分だけは艮が台本を作ってくれる。だが、あとはぶっつけ本番の掛け合いでやることになっている。

「でも、先生。ここが京都の七不思議の一番目になるのはどうしてなんですか」

「京都の七不思議全般については、先ほどみなさんに説明したばかりです」

ここに先立つ部分は、あとで録画をして、編集をする。

「その七不思議の一番目に取り上げるのは、ここが神門軸の一番南だからです」

艮は、北西から東南にかけて赤い線が引かれた京都市内の地図を掲げる。

「鬼門軸に相対する神門軸は、吉相のいい線なんですよね」

「基本的にはそうです」

「じゃ豊臣秀吉は、そういう吉相のいい場所だからということで、ここで花見をしようとしたわけですか」

「いいや、違いますね。百姓出身で充分な教育を受けてこなかった豊臣秀吉という人物は、方位には無頓着な男でした。参謀にしても、黒田官兵衛《くろだかんべえ》や竹中半兵衛《たけなかはんべえ》といった戦術面での軍師しか置いていません。そのあたりは、徳川家康と対照的です。家康はひとおりの帝王学を修め、さらに天海《てんかい》という方位の達人を参謀に据えていました」

「そうなんですか」

「あなたは京都在住だから、口と付く地名が京都市内にいくつかあることを知っているでしょ。丹波口《たんばぐち》とか鞍馬口《くらまぐち》とかＪＲや地下鉄の駅名として現存してますよね」

「ええっと、確か豊臣秀吉は御土居《おどい》と呼ばれる土塁で京都の中心部を囲い、そこに丹波口や鞍馬口といった出口を数ヵ所設けたのではなかったですか」

「そうです。すなわち、秀吉は物理的な要塞によって京都の街を攻撃から守ろうとしたのです。鴨川に近い寺町《てらまち》と呼ばれる通りに寺院を集めたのも防護目的です。お寺はいざというときに兵隊の駐屯所になりますからね。川と兵隊と土塁で敵の侵入を防ごうとしたわけですよ」

「物理的要塞で守るという姿勢は、よくないのですか」

「方位学を無視して、武力だけで守ろうとする考え方には賛成できません。桓武天皇は方位を重視し、鬼門や裏鬼門をきっちりと固めることによって悪霊に対する鉄壁のバリアを築き上げました。その結果、京都は千年にわたって王城の地であり続けることができたのです」

艮七星はゆっくりと歩を進めた。五重塔の西側には大きなしだれ桜の木が鎮座している。春のシーズンになれば、枝がしなるほどの花弁の束がたわわに咲き満ちるに違いない。

「醍醐の花見が執り行なわれるちょうど一年前である慶長二年春に、秀吉は徳川家康をともなってアポなしで醍醐寺を訪れているのです。そのとき、あわてて応対した醍醐寺座主《ざす》の義演《ぎえん》に対して秀吉は『見事な花よのう。じゃが寂しいのう』と言います。桜の花は咲いていたのですが、五重塔は半ば傾いていたのです。秀吉が醍醐寺を訪れたのはそれが初めてのことでした。秀吉を醍醐寺に連れてきたのは、同行した徳川家康だったと私は考えています。秀吉とは違って家康は、方位に長けた人物でした。家康は亡くなる間際に『御三家のうち水戸《みと》家からは将軍をとらないほうがいい。向こうは方角が悪い』と言い残したと伝えられています。水戸は、江戸からみて鬼門の北東に当たるのです。その水戸から迎えられた慶喜《よしのぶ》は徳川家最後の将軍となってしまいました」

良は五重塔から東に向かって伸びる坂道をゆっくりと歩いていく。ここから先の良とのやりとりには、もう台本はない。

「醍醐寺って広いんですね」

「こうして登っている山の上にいわゆる上醍醐寺《かみだいごじ》があるのですが、醍醐寺はもともと上醍醐寺から始まっているのですよ。ところで、どうして醍醐寺という名前なのか、知っていますか」

「いいえ」

「じゃあ、醍醐味という言葉は？」

「醍醐味ですか……よくわかりません」

「そもそもは牛乳を精製して得られる甘い液体のことを醍醐と言い、インドでは最も美味なるものとされています。これは私の想像ですが、ヨーグルトの上澄みのようなものじゃないでしょうか」

「え、ヨーグルトですか。それと醍醐寺の関係はどうなのですか」

「上醍醐寺の山頂近くからは清らかな水が湧き出ています。その水の味がとても澄んでいておいしいということで、醍醐の名前が冠せられたと伝えられています」

「どんな味なのか飲んでみたいですね」

「まあ水の味うんぬんより、醍醐という最高の味が、仏教の最高真理に相通ずるといった意味が込められているのだと思いますよ」

二人は、さらに道を登り、花見跡槍山に着いた。秀吉が盛大な花見を催したその当日は花見御殿と呼ばれた茶屋風の建物がここに建てられていたが、今はその面影はない。

「秀吉はなぜここで花見の宴を開いたと思いますか」

「桜の花がきれいだったから、と考えるのは単純でしょうか」

「桜は、もともとこのあたりにも咲いていたのですが、それでは足りないと近畿一円から七百本もの桜を移し植えたのです。桜がきれいだったから花見が行なわれたと言うよりも逆に、秀吉がここで花見をするために美しい桜を集めたということです。そこまで手間暇をかけた理由は何だったのでしょうか」

「さあ、わかりません。どうしてなんですか」

「秀吉は〝天下人〟という名の政治家です。その行動も多分に政治的意味合いを持っていました。まず第一の狙いは、この醍醐寺の座主であった義演に対する配慮です。花見をする前提として、秀吉は傾いていた五重塔をはじめ寺の修復を積極的にしました。三宝院《さんぼういん》の庭園は秀吉自身が設計をするほどの熱の入れようでした。これは、義演の実家である二条家に対して秀吉が恩義を感じていたことの表われです。秀吉は百姓出身ということもあって武家の最高位である征夷大将軍にはなれませんでした。そんな彼を救ったのが、二条昭実《にじょうあきざね》です。二条昭実は関白の座を秀吉に譲りました。それがあったからこそ、翌年には太政大臣にもなることができたのです。そして第二の狙いは、前田《まえだ》利家《としいえ》に対する配慮です」

「前田利家、ですか」

「秀吉は華麗な醍醐の花見に、正室のおね、すなわち北政所《きたのまんどころ》のほか、淀君《よどぎみ》たち側室を招待しています。彼女たちの華美な衣装は桜に負けない美しさであったと想像できます。その美の競演に戦国武将からはただ一人前田利家だけが招かれました。それも主賓扱いでした。秀吉は醍醐の花見の半年前の秋に病気をしています。自分の寿命がそう長くはないことを感じていたのではないでしょうか。ともに織田信長に仕えた旧友の利家に対して、秀吉は秀頼の後見を頼んだのです。その気持ちの表われが、利家招待となったわけです」

「つまり、利家に『秀頼のことをよろしく頼みます』という意味を込めて、特別に招いたということですね」

「そういうことです。その一年前に同行していた家康は招待しませんでした。死期が近いことを感じていた秀吉にとって最も警戒すべきは家康、そして一番頼りにするのは利家だった……その気持ちが醍醐の花見に表現されているのです」

「前田利家はその信頼に応えたのですか」

「応えたくても応えられなかったのです。醍醐の花見のときに、すでに利家も病んでいたのです。花見のあと加賀へ帰る途中に大回りをして上州の温泉で湯治を一ヵ月にわたってしています。その効果があってかいったんは回復するものの、暮れの十二月にはまた病の床に伏せっています。利家は秀吉の一歳年下です。そして家康は五歳年下でした。この年齢差が逆であれば、あるいは日本の歴史は変わっていたかもしれません。秀吉は、醍醐の花見を盛大に終えたあと、『秋にはここで紅葉狩りをしよう』と満足げに語りました。さらに次の年の桜の花見には後陽成《ごようぜい》天皇を招待することも考えていました。けれども、どちらも実現しませんでした。秀吉はその年の八月に他界しました。利家とその妻のまつは〝耳塞《みみふた》ぎ餅《もち》〟を実行します」

「耳塞ぎ餅？」

「当時独特の風習です。友人が死んだときに、死者から冥界に引き込まれないように、耳を餅や草履で覆って防ぐのです。まつは夫の耳を餅で固め、必死に念じました。しかし、利家は翌年の閏三月に六十二歳の生涯を閉じます。秀吉の死から八ヵ月後でした」

「そのあとは、家康の天下へと移っていくのですね」

「秀吉は、担保として家康が可愛がっていた孫娘の千姫《せんひめ》を秀頼の妻とすることを求めていました。秀頼は十一歳、千姫はわずか七歳でした」

「政略結婚ということですね」

「戦国時代は政略結婚が横行していました。好きでもない相手と結婚しなくてはならない。武将たちはその不満を埋めるために側室を持ちました」

「男の人はそれでいいかもしれないけど、女の人はかわいそうです」

「そういう時代だったのです。側室と言えば、この醍醐の花見には、正室のおねはもちろんのこと、側室として淀君をはじめ四人の側室が参加しています」

「秀吉には四人も側室がいたのですか」

「淀君は有名ですが、そのほかに松《まつ》の丸《まる》様、三《さん》の丸《まる》様、加賀《かが》様と呼ばれる側室がいたのです。四人の側室たちはそれぞれきらびやかな衣裳に身を包み、輿《こし》を並べて醍醐寺へ入っています。正室は一人しかいませんが、側室は何人でも持つことが可能です。したがって、その順序争いもきびしいものがありました。松の丸様と呼ばれた側室は秀吉にとって最も古い側室でしたが、跡取りである秀頼を産んだということで淀君のほうが上に扱われたのです。ところが、昼食のあと秀吉がこれらの女性たちに酒をふるまったときに、秀吉がおねの次に松の丸様に酒を注ごうとしました。そのとき淀君が『その盃、わらわが頂戴いたします』と声を張り上げました」

「苛烈な序列争いということですね」

「秀吉が予想だにしていなかったハプニングでしたが、正室のおねが盃を受け取り、利家の妻のまつに預けるという形で何とか収拾を得ました」

「おねはやはり賢夫人だったのですね」

「ええ。まつも才女でした。では、最後に花見の時期の謎を解明しましょう」

艮は槍山から醍醐寺を見下ろした。桜花の季節には、一面がピンク色の海となり、荘厳な寺院の建物を取り囲むに違いない。まさに京都ならではの壮観だ。

「醍醐の花見が行なわれたのは、慶長三年の三月十五日――これは旧暦なので、現在の暦にすると四月二十日となります。花見のシーズンとしては少し遅いと思いませんか」

「そうですね。入学式が行なわれる四月上旬がピークですよね」

「なぜそんな時期に執り行なわれたのでしょうか」

「あ、もしかして、地球の温暖化じゃないですか。花見のシーズンって、だんだん早くなっている気がします」

「それもあるかもしれませんね。でも、もっと大きな理由は、当時の桜は山桜だったということです。今はソメイヨシノが主流で日本の桜の代名詞のようになっています。しかし、ソメイヨシノが登場したのは江戸時代の後期で、普及したのは明治になってからなのです。醍醐の花見のときには存在しませんでした。ちなみに、関西の年中行事の一つになっている大阪の〝造幣局の桜の通り抜け〟は山桜が大半なので、毎年四月十五日から二十日前後にかけて実施されています」

5

「艮先生、いいものが撮れたと思います。ありがとうございます」

小野田は艮を持ち上げた。

「醍醐の花見という言葉は有名だが、なぜこの場所で行なわれたかということまでは案外と知られていないからな」

艮はレノマのハンカチで汗を拭いた。

「じゃあ、きょうは一本撮りということで時間的余裕があるので、このあと知恩院へ行って、京都の七不思議全般についてのコメントをお願いします。そのシーンを編集によって冒頭に持ってきて、この醍醐寺へとターンすることにします」

小野田は腕時計を見た。まだ午後三時前だから知恩院の閉門時間である四時半までには充分間に合う。ただ雲行きが怪しくなってきているので、あまりゆっくりはしていられない。

艮に続いて詩織もバスに乗る。

艮はひとりごちながらガイドブックを取り出した。奈美は座席をリクライニングにして、寝息を立てて眠っている。ロケの間ずっと待機だったのですっかり手持ち無沙汰になってしまったのだろう。彼女は新幹線の中で眠れなかったと言っていた。そんな奈美を起こさないようにという配慮からか、艮は奈美とは離れた席に座った。

「知恩院か……」

「缶コーヒーはありますか」

詩織は運転手の梅津に訊いた。

「あそこの中にあるよ」

梅津は網棚の上にある小型クーラーボックスを指さした。

「ありがとうございます」

詩織はクーラーボックスを降ろして開けた。コーヒーやジュースがぎっしりと詰まっている。

全部で十人しかこのロケバスには乗っておらず、あり余まるくらいに空席があるのだからこんな重いものを網棚の上に置かなくてもいいのではと思いながらも詩織はクーラーボックスを元に戻した。

そして缶コーヒーを艮に手渡す。

「先生は知恩院は初めてなのですか」

ついさっきまで二人での会話を収録していた延長の気分で、詩織は艮に問いかけた。

「そうだよ。もちろん、知恩院の七不思議のことは知っているさ。ただ、観光用に作られたものにはあまり興味がない。だからあえて足を向けなかったんだ」

艮は缶コーヒーのプルトップを引いた。

「あたしなりに、京都の七不思議を予習してみたのですけど、謎というよりも観光スポットという要素が強いですね」

「そうなんだよ。今回のシリーズではそんな〝観光都市〟とは違う京都の裏の姿を捉えようと思っているんだ」

ロケバスはゆっくりと動き出した。重い雲が西の空にどんどん垂れ込めてきている。雨が近い雰囲気だ。詩織は軽く礼をして後方の座席に座った。

日本の寺院の三門《さんもん》（中央の大きな門と左右の小さな門の三つをそなえた山門）では最大と言われる知恩院の三門の前でロケバスは止まった。

三門の脇にある女坂《おんなざか》と呼ばれる緩やかな石段を登って、本堂である御影堂の前に到着する。

あわただしい準備のあと、御影堂をバックに撮影が始められた。

「じゃ、今回のシリーズの冒頭シーンを行きますよ」

小野田が右手を降ろして合図を送る。カメラが回り出す。

「みなさん、こんにちは。艮七星です。きょうから七回シリーズで、〝京都の七不思議〟を取り上げます。その案内を私とともにやってくれる女子大生ギャルを紹介します。いや、女子大生ギャルという言い方は古くさいですね」

艮はかすかに苦笑いした。

そこへ詩織がひょいと跳ねるようにして、登場した。

「はーい。私が女子大生ギャルの成尾詩織です」

詩織はカメラに向かってペコリと頭を下げる。ここは打ち合わせどおりだ。

「成尾さん。どうぞよろしく」

「こちらこそ、よろしくお願いします」

二人は軽く握手を交わした。

「艮先生。今回のシリーズでは〝京都の七不思議〟を取り上げるわけですが、京都で七不思議と言えば、この知恩院が有名ですよね」

「そうですね。知恩院には、ここだけで七つの不思議があると言われています。たとえばこの後ろにある国宝の御影堂には七不思議の一つである左甚五郎の忘れ傘があります」

「忘れ傘って何ですか」

「この御影堂は徳川家光《いえみつ》公によって建てられました。その出来映えの見事さに感心した名工・左甚五郎が、魔除けのために傘を置いていったのですよ」

「どうして傘が魔除けのためになるのですか」

「どこかに不完全なものがないといけないという発想ですよ。日光東照宮にある陽明《ようめい》門《もん》の十二本の柱のうち、内側の右から二本目の柱だけは渦巻き模様が逆向きになっています。これは〝魔除けの逆柱《さかさばしら》〟と呼ばれています。それと同じ発想なんです。ピークを極めた完全なものはいつか崩れてしまうものです。したがって、不完全にしておくことでずっと続くものにしようという考えです」

「深い意味があるんですね」

「いや、そんなに珍しいことではないですよ。『徒然草』にも、〝天皇の内裏ですら必ず一ヵ所未完成な部分を残す。それは完全なものはかえってよくないからだ〟といった趣旨のことを記している文があります。日本の伝統的な考え方なのですよ。古墳の中に埋められている土偶や埴輪だって、割れた形で出てくることが大半です。当初から一部をわざと割って不完全にして埋めたからだと考えられます」

「そうなんですか」

確かに日本史の教科書などの写真で出てくる土偶や埴輪は、足や手の一部が欠けている。発掘のときに割れたものではないのだ。

「今回のシリーズでは、忘れ傘をはじめとする七不思議のあるこの知恩院は取り上げないのですね」

「ええ。一つの寺社の七不思議というのではなく、京都全体の七不思議を考えてみたいのですよ。それも、鬼門軸や神門軸に関わりを持った七不思議を取り上げます」

「艮先生流の京都の七不思議ということですね」

「そうなります。でも、これが京都の七不思議の決定版になると私は確信しています」

艮は自信たっぷりに、そう言った。

「オッケーです」

小野田が右手を挙げた。これが、今回のシリーズの冒頭に使われる。

知恩院ロケは思っていたよりも早く終わった。心配のタネであった雨に見舞われずに済んだ。

「すまんが、ちょっと寄っておきたいところがある。待っていてくれるか」

艮はロケバスに向かう足を急に止めた。

「え、どこへ行かれるんですか」

小野田が振り向く。

「この境内なんだが、先に帰ってくれてもいい」

「どのくらいの時間がかかりますか？」

「二十分もあればいい」

「じゃ、待ちます。明日のロケの打ち合わせもあとでしておきたいですから」

「そうだな。じゃ、申し訳ないが」

艮は小走りに御影堂のほうへと向かう。

詩織はその後ろ姿を見送った。カメラが回っている前では柔和な顔を作り、丁寧語も使う。しかし、詩織やスタッフに対してはかなり不遜な態度も見せることもある。

ところが、今だけは少し違って遠慮がちだった。

ロケバスの中で、奈美は相変わらず居眠っている。新幹線の中で寝られなかったというのは本当のようだ。小野田は撮ったビデオのチェックを始めた。

詩織は、艮が座っていた席の下にガイドブックが落ちているのを見つけた。詩織が缶コーヒーを手渡そうとしたので、艮は見ていたガイドブックを閉じて背中の後ろに追いやった。それが、席を立ったときに落ちたのだろう。

詩織はガイドブックを拾い上げて、埃を払った。耳が折られてあるページがあった。醍醐寺のことが書かれてあるページだ。醍醐寺の解説や境内図のあちこちに赤ペンで印がなされている。それに対してこの知恩院のページには境内図のたった一ヵ所に○印がしてあるだけだった。

艮は知恩院は足を運んだことがないと言っていた。けれども、それにしては彼はかなり流暢な説明をした。

(初めてだなんて、本当なのかしら)

詩織はガイドブックを座席に置いた。

ポツポツポツ――

ロケバスの窓から小さな音が響いた。雨が降ってきたのだ。

「梅津さん、傘はありますか」

「トランクの中にビニール傘があるよ」

「お借りして、艮先生を迎えに行ってきます」

小野田には声を掛けにくかった。小野田は記録係の中年女性・安本藍子《やすもとあいこ》と二人で撮影した画面を食い入るように見ている。藍子の手にはストップウォッチが握られている。時間だけはきちんとしておかないと、編集のときになって困る事態になりかねない。

「このぶんだと、強く降るかもしれないな」

梅津は目を細めて雲行きを見た。

ビニール傘二本を手にして、詩織はロケバスを出た。

とりあえず御影堂まで足を運ぶが、艮の姿はない。

艮はガイドブックの境内図の最も奥まったところに赤ペンで○印を付けていた。

(とにかく行ってみよう)

雨粒は少しずつ大きくなってきた。

御影堂の西に庭園がある。かなりの広さだ。だが、○印が入っていたのは庭園ではなかった。

庭園の塀づたいに歩いていくと、長い階段があり、そこを登ると、法然《ほうねん》上人の御廟《ごびょう》がある。その向かいにある勢至堂《せいしどう》は法然上人の亡くなった場所だ。その間をさらに進むと、人けのない墓地に出た。

（こんなところにお墓が……）

寺院と墓は切っても切れない関係にある。だが、こんなに観光客が多い寺で墓地を見ると、ちょっと意外に思えてくる。

（誰もいないなあ）

ここまで奥に来ると、観光客の姿はない。墓石と卒塔婆がずらりと並んでいるだけだ。

「あら」

あきらめて引き返しかけた詩織は小さく声を上げた。艮の後ろ姿が見えたのだ。

トレードマークの水干と烏帽子を雨に濡らしながら、最も奥にあるひときわ大きな墓の前で手を合わせていた。詩織はゆっくりと近づいた。艮がじっと黙禱する姿には、とても声が掛けづらい。あるいは、艮の近親者の墓なのだろうか。

艮は背中を向けたまま足を進めて、墓地のさらに奥にある小さな祠《ほこら》の前におずおずと進んだ。祠の石の鳥居には〝濡髪大明神〟という額が掛かっている。濡髪とは、ちょっと艶っぽい名前だ。

詩織は、さっきまで艮が黙禱を捧げていた墓に目をやった。〝千姫の墓〟とある。

千姫の墓
濡髪大明神
墓地
権現堂
茶室・葵庵
食堂
寺務所
小方丈
大方丈
抜け雀
勢至堂
法然上大御廟
拝殿
鐘楼
三方正面真向きの猫
大杓子
唐門
忘れ傘
経蔵
十三重石塔
納骨堂
大鐘楼

知恩院境内図

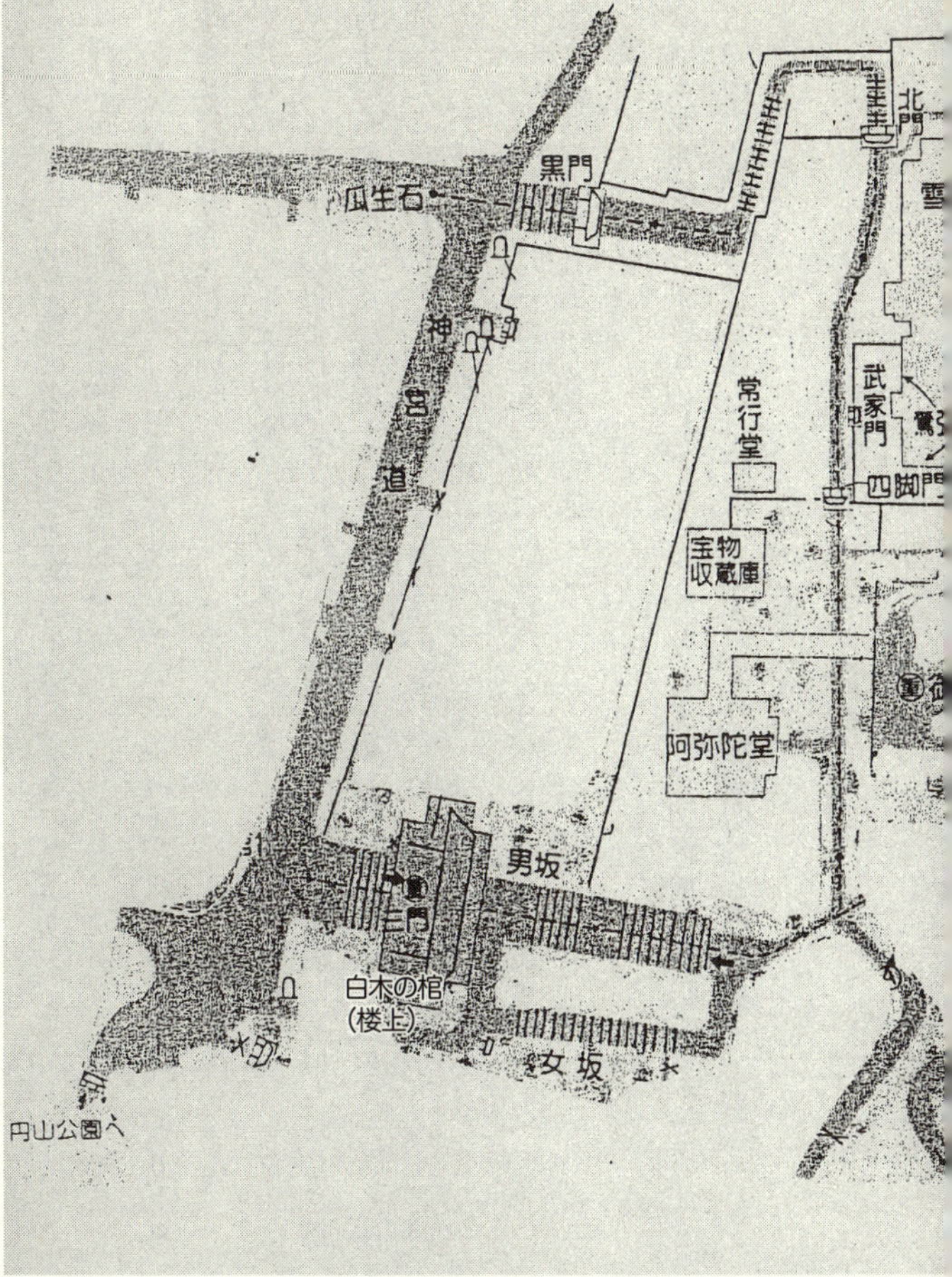

徳川家康の孫娘にして秀頼の妻となったあの千姫の墓なのだろうか。

艮は祠に向かって祈りを捧げている。

「どうかこの凡庸なる男に、力をお貸しください。鎮魂を忘れた日本人に、振り下ろす警策《きょうさく》を私にお与えください」

その声は重く、低く、そして棘々しさを含んでいた。

きょうのこれまでの艮とは明らかに違った。護摩焚きをする僧侶にも似た険しさがその背中から漂ってくる。警策というのは、座禅を組む修行僧が気を緩めたときや体勢を崩したときに打たれる棒のことだと思うのだが、それを日本人に振り下ろすというのは、どういう意味なのだろうか。

「来世は、八つ裂きにされようが野犬に食われようが文句は言いません」

艮は全身から絞り出されるように呻いた。

(声を掛けてはいけない……)

詩織は本能的にあとずさりした。そして踵を返すと、御影堂の方向に歩を進めた。

御影堂の前で待って、さりげなく雨傘を渡す。それが適切だと思えた。

二ノ章　京の七不思議——その二

1

　ロケバスの中から、小野田は所属会社である京都映像制作に電話を入れた。

「きょうの醍醐寺の収録は無事に終わりました。艮さんとの打ち合わせの結果、明日は伏見桃山城と龍安寺に行きます」

　報告の相手は、制作部長の宇野翔平《うのしようへい》だ。

「ご苦労さん。天気予報によると、雨はたいして続かないようで、今夜のうちに降り止むということだ。明日は午前中は曇りがちだが、午後からは晴れるということだ」

「それは助かります」

　雨であっても、ドラマの撮影ほどは影響を受けない。しかし、降らないにこしたことはない。

「ところで、小野田ちゃん。ちょっと気になることがあるんだ」

この業界では〝ちゃん〟付けで呼ぶことが多い。

「さっき、京都映像制作気付艮七星という宛て先で、変な速達小包が届いたんだよ。差出人は書かれていないが、消印は伊万里《いまり》になっている」

「伊万里って、佐賀県ですよね」

小野田は、艮が佐賀県の出身であると言っていたことを思い出した。

「それで、小包の中身なんだけど、猿の置物が入っていたんだ」

「伊万里焼ですか」

「いや、そいつが違うんだ。木像だよ。問題なのは、その首がざっくりと切られていることなんだよ」

「運送の途中で折れてしまったということはないですか」

「それはないよ。人為的に切り落とされているというのが明らかだ。それをご丁寧にもポリエチレンで何重にも梱包している」

「でも、どうしてうちの会社に？　もしかして関係者の仕業ということですか」

今回の艮七星のロケに京都映像制作が関わっていることを知っている人間は限られ

る。

「いや、関係者とは断言できないよ。この前の〝見た者勝ちワイド〟で、うちが京都御所の塀の映像を撮って送ったことで、本邦テレビさんは最後のロールテロップに『制作協力』としてうちの名前を出してくれている」

「それだけで、わかりますか。しかも、うちの名前が流れたのは一瞬ですよ」

衣装提供企業や本邦テレビのスタッフ名とともに、画面の下に小さい文字で流れただけだった。

「ビデオを撮ってスローで再生すればわかるさ」

「そこまでやりますか」

「やる奴はやるさ。そして電話帳で調べたら、うちの所在地はすぐにわかる」

「でも、何の目的で？」

「それはわからん。ただ、猿というのはテレビで艮さんが言っていた魔除けの動物だろ。そいつの首を切り落として送り付けてくるとは尋常じゃない」

艮七星は、京都映像制作が撮影して送った京都御所のへこんだ塀の上部にある猿の像について、鬼門の魔除けだと番組の中で説明していた。

「このことは艮さんに報告しておきますか」

「そいつは現場責任者である小野田ちゃんの判断に任せるよ」

宇野という男はこんなときになるといつも巧みに逃げる。

「まあ、イタズラ半分だと思うけど、ちょっと手が込んでるんで連絡したまでだよ。じゃ、あとはよろしくね」

宇野はイントネーションを上げながら電話を切った。


ドドーン!

突然、雷鳴が響いた。稲光もすさまじかった。

詩織は思わず耳を塞いだ。手にしていた艮に渡すためのビニール傘が濡れた地面に落ちた。

(どこか近くに落ちたのかしら……)

地響きがしたことからすると、落雷したのは間違いない。

御影堂の前に立っていた詩織は墓地にたった一人でいる艮のことが気になった。

だが、雷鳴は一発だけだった。

相変わらずの雨空だが、稲光が次々と続いて襲ってくる気配はなかった。

(でも、こんなところにじっと立っているのは嫌だな)

しばらくそのまま待ってみたものの、詩織はロケバスに戻ろうかと思った。そのとき、艮の姿が見えた。水干はすっかり雨に濡れてしまっている。

「艮先生」

詩織は傘を軽く振って、ここにいることをアピールした。

艮のほうは、まったく詩織のことが視界に入らないのか、俯き加減に早足で歩いていき、そのまま通り過ぎようとした。

「艮先生」

もう一度声をかけた。

まるでストップモーションをかけたように艮は立ち止まった。そして、おびえを含んだ目を向けた。

「傘をお持ちしました」

詩織は何か悪いことをしてしまった気さえした。

「あ、ああ……」

気が抜けたような声が返ってきた。

「雷は大丈夫でしたか」

「雷はおそろしい……いわれのない中傷で大宰府へ左遷となり無念の死を遂げた菅原《すがわらの》

道真《みちざね》の怨霊が雷雲となって清涼殿を襲い、菅原道真を追い落とした藤原氏の一員である大納言藤原清貫《きよつら》が落雷で即死した話は有名だ。そんな菅原道真の霊を鎮めるために、北野天満宮が設けられた……学問の神様も、一皮むけば怨霊なのだよ」

艮は額を拭った。雨なのか汗なのか、拭ってもなお額は濡れていた。

詩織は黙ってビニール傘を差し出した。

受け取ったものの、艮は傘をさそうとはせず濡れたままだ。

「君は耳塚のビデオを送ってきたな」

「はい」

「では、耳塚の近くにある養源院《ようげんいん》へ行ったことはあるのか？」

「いいえ」

養源院という名前だけは知っている。大学への通学路に三十三間堂があるが、その隣に寺名が書かれた案内標識が出ている。

「明日は、伏見城を説明する前提としてあそこへロケに立ち寄ろうかと思っていたが、やめにする」

「どうしてですか？」

「やめたほうがいい気がするんだ。さっきの雷鳴を聞いて、そう思った」

艮はロケバスに向かって歩き始めた。

それ以上の会話を、艮は広い背中で撥ねつけていた。

詩織はやむなくあとを付いて歩いた。

艮は詩織が手渡した傘を使うことなく、ロケバスに乗り込んだ。

「先生、ずいぶん濡れられましたね」

小野田が少し怪訝そうに詩織のほうを見た。詩織はせっかく迎えに行ったのに役立たずに終わったことを揶揄されているのかもしれないと思った。

「雨だけでなく、雷まで……それもタイミングがあまりにも……」

艮はふうっと息を吐いて、どっかと座った。

「とにかくホテルに戻りましょう。熱いコーヒーでも飲みながら、明日のロケの打ち合わせをしたいと思います」

「打ち合わせはちょっと待ってくれ」

艮は不機嫌そうな顔になった。

「どうかしたんですか」

「不吉な予感がするんだ」

「不吉……」

小野田は押し黙った。

それまで居眠っていた奈美が、車内の空気の微妙な変化に気づいたのか、うっすらと目を開けた。

艮はガイドブックを取り出すと、読み始めた。

「どうします？　車を出していいですか」

運転手の梅津が、小野田のほうへ顔を向ける。

「とりあえず、クイーンホテルへ向かってくれ」

小野田は梅津にそう言うと、艮の横の席に座った。

「一人にしておいてくれないか」

「すみません。迷ったんですが、先生の耳に入れておいたほうがいいと思うことが起きましたので」

「え」

「うちの会社気付で先生への小包が送られてきたのです。差出人が書かれておらず、中身がずいぶんとゴツゴツしたものだったので、開封したそうです。その中身は、首を切られた猿の木像でした」

「何だって」

艮の頬がピクピクと動いた。

「消印は佐賀県の伊万里でした。心当たりはありますか？」

「いや……ない。あるわけないんだ」

「どんな木像なのか、見てみられますか」

「いや、見たくもない」

艮はそれだけ言って口をつぐんでしまった。

2

「伏見城は変更しよう」

クイーンホテルのラウンジで、艮は重そうに口をひらいた。

「え、どういうことなのですか」

「観光用に建てられたものを取り上げるのは、やはりよくない。彼女には知恩院に向かう途中でもそのことを話した」

艮は詩織のほうを指さした。〝観光都市〟とは違う裏の京都を今回のシリーズでは捉えたいのだと彼は話していた。

「観光客が落とす拝観料は大きな収入になるから、観光寺院や施設はいろいろと宣伝をする。その片棒を担ぐのは好きじゃない。今の伏見桃山城は、秀吉の築いた伏見城とは名称も違うし、場所も違うし、形も違う。伏見城は、本丸、二の丸、三の丸、さらに名護屋丸に山里丸といった広い城郭を誇る城だったのに、あんな子供向けの遊園地の中にあるちっぽけな城にしてしまって、なげかわしい限りだ」

「遊園地は経営が思わしくなくて廃園になりましたけど」

小野田が口を挟む。

遊園地は伏見桃山城キャッスルランドという名称だった。

「あんなふうな貧相な城を仰々しく『伏見桃山城』と名乗るからそういうことになるんだよ。とにかく、伏見城は変更する」

艮は腕を組んだ。

「じゃあ、代わりに何を取り上げるんですか」

「清水寺から八坂《やさか》神社に向かう道に三年坂《さんねんざか》という石段がある」

「ええ、ありますね。そこからさらに北へ行ったところにも石段があって、そちらのほうは二年坂です」

「二年坂のほうはどっちだっていい。三年坂を取り上げる。あそこで転ぶと三年後に死ぬという言い伝えがある。その謎に迫りたいんだ」

「はあ、でも、それだけですか」

「それだけとは失敬な。掘り下げれば深いものがある。清水寺の周辺はかつて葬送の地だったんだ」

「すみません。言葉が過ぎました。ただ、変更というのは夢にも思っていなかったものですから」

「臨機応変ということがあるじゃないか」

「はあ。それで、三年坂は神門軸という点ではどうなのでしょう」

「多少はズレるが、神門軸のほうは、鬼門軸のような守護線という意味を持たないから、それほど多くの寺社が並んでいるわけではない。だから、それくらいはやむを得ない」

「は、はあ」

「とにかく、明日は三年坂でいく。それとあとは予定どおり、龍安寺だ」

「わかりました。それじゃ、ロケは明日の朝十時にこのホテルまで迎えにあがるということでどうでしょうか」

「もう少し遅いほうがいい。そんなにロケには時間はかからない」

「それでしたなら天候は午後になるほうが良くなるということですので、われわれもありがたいですが」

「十二時にしよう。君らは早いめに昼飯を食っておいてくれ」

「そうします。おかげでスタッフのロケ弁当代が浮くことになりました」

小野田はジョークを飛ばして笑った。だが、艮は笑わなかった。

3

詩織は、大学から自転車で十分とかからない距離にあるワンルームマンションに住んでいる。バス・トイレ付きの新築で月四万二千円という家賃は東京の相場からはもちろん、京都でも安いほうだ。ただ、かつては雑木林だったところを切り開いた住宅地の一角だけに、バス停からは少し遠いのと、近くにコンビニやスーパーがないのが難点だ。夜になると、周りはかなり暗くなるだけに、遅い帰宅はできるだけ避けるようにしている。

小野田たちとの打ち合わせもあって、きょうは午後八時を回ってしまった。今夜はいつも以上に暗闇に奥深い気味悪さを感じてしまうのは、知恩院で雨に打たれながら祈り続ける艮の鬼気迫るような姿を見たことが影響しているのだろうか。

「え」

詩織は足を止めた。

ワンルームマンションの階段の陰に人が突っ立っている。その人物がタバコを吸う赤い光が、怪しげにゆらめく。

「詩織」

タバコの主はそう声をかけて近づいてきた。

「誰なの？」

詩織は本能的に身構えた。

「誰なの、はないだろう。カレシに向かって」

近づいてきたのは、篠原潤治だった。

「急に来るなんて」

「きょう、携帯にメールしても返信はないし、電話をかけても出てくれなかったから、心配になって大阪から足を運んだんだよ」

潤治の端正な顔に不機嫌さが浮かんでいる。

「出られなかったのよ。ごめんなさい」

忙しくて、密度の濃い一日だった。電源を切っていた携帯電話の着信記録やメールの受信もチェックしていない。

「部屋へ上げてくれないかな。話したいことがあるんだ」

京都でデートをしたあと送ってもらったことは二度ある。だけど、二度とも部屋の中には入れなかった。まだそんなに親しい関係ではないと思ったからだ。

「申し訳ないけど疲れているし、明日は早いのよ」

ロケが始まるのは正午だが、それまでに準備したいことがある。

「晩メシは？」

「これよ」

詩織はバス停前のコンビニで買ったチキンカツ弁当を掲げた。

「だったら、せめて晩メシくらいは、どこかでつきあってくれよ。せっかく京都まで来たんだから」

「そうね」

京都まで来たのはあなたの勝手でしょ、と言いたい気持ちを詩織は飲み込んだ。メールや着信に気づかなかったために、潤治に心配をかけたのは確かだ。

来た道を引き返して、コンビニの隣にある回転寿司店に入ることにした。

「話したいことって何なの？」

詩織は席に座るなり訊いた。

「話よりも先に乾杯だよ。やっと会えたんだから」

潤治はビールを注文した。詩織はウーロン茶だ。もともとあまり飲めるほうではない。

「携帯をチェックしなかったのは謝るわ。でも、ロケが忙しかったのよ」

「魔界がどうのこうのというやつかい」

「ええ」

「君が言っていたテレビのワイドショーを見たよ。もちろん、昼間は大学の授業があるから、録画しておいて帰ってから見たのだけど、あの良という男はヤマ師じゃないかな」

「ヤマ師って？」

「山で鉱脈を当てるから投資しないか、って持ちかける連中だよ。詐欺師に近い存在と言ってもいい」

潤治は手酌でビールをコップに注いだ。

「詐欺師はひどいわ」

詩織は、頬を膨らませた。

「平将門なんて、千年以上も前に死んでいるんだよ。そんな霊が漂っているなんてありえないよ。もしもそんな昔の霊が残っているなら、日本列島は霊だらけになってしまうじゃないか」

「それは、平将門がとても強い武将だったから」

「あの男の受け売りはやめろよ。武将でも平民でも、人間は同じだ。そういう差別的な発想は納得できない」

潤治は不機嫌さが増した顔で、ビールを飲んだ。

雰囲気の気まずさを感じた詩織はマグロの皿を取ろうとした。だが、一つ隣に座ったカップルの男性客に取られてしまった。

「僕たちサイエンスの世界にいる者にとって、ああいうふうに人間の恐怖心を逆手にとって商売をする奴はとにかく許せないよ。紛《まが》い物の壺を高く売りつけるやりかたと変わらないじゃないか」

詩織は、反論したいがうまく反論できない。

「あの男は、金儲けと有名になるために、鬼門がどうのこうのといった非科学的な言葉を勝手に並べて、不安と弱みにつけ込んでいるとしか思えないよ」

潤治はタコの皿を取って、素手で口に運んだ。

「あたしは、非科学的だからってすべてを否定するのはどうかと思うわ。艮さんがテレビで言っていたように、お盆の精霊流しとか、彼岸のお墓参りとか、亡くなった人の霊を敬って弔う気持ちは忘れてはいけないと思うけど」

ようやくマグロの皿が目の前に来た。詩織はすかさず取った。

「霊という存在自体がナンセンスだよ。見たことあるのかい」

「それはないけど」

「人間は、ゼロから生まれて一になり、そして死んでまたゼロになる。ただ、それだけのことだよ。死んだあとの霊が溜まっていったなら、地球上はもう霊の飽和点をとっくに超えてしまっている」

「じゃ、潤治君はお墓参りなんかしないの」

「親に強制的に連れて行かされた小さいときは別にして、行こうなんて思わない。僕自身は、墓なんか造らずに散骨してくれって遺言を残すつもりだよ」

「潤治君みたいな人ばかりなら、神社仏閣はもっと少なくなるでしょうね。もしかしたら一つも残らないかもしれない」

「あんなものは、不要だよ。宗教法人として税金免除などの優遇を受けているというのも、納得できない」

「でも、科学で全部の説明がつくというわけじゃないと思うの。やはり、どこかに神様はいるような気がしないでもないのよ」

「神の存在を断言するのか」

「断言はできない。だが、完全否定もできないわ。人智を超えた何かが支配をするということはありえるんじゃないかしら」

「そんなことはない。科学ですべての説明はつくさ。人間の歴史は、神という幻を少しずつ否定してきた歴史でもある。コペルニクスは天動説を覆したし、ダーウィンは神がすべての造物主であるという聖書の教えを完全に崩した。そして、迫害も受けた。だが、結局はコペルニクスやダーウィンは正しかったんだ。これからも、神はだんだんと存在を薄めていくに違いない」

「そうかな」

「でなきゃ、僕たち理系人間は毎日研究に取り組めないよ。〝それは神が造ったことだから〟という説明で済まされるなら、研究者はやってられない」

このままでは平行線になるだけだ。

「潤治君は、そのことを言うために京都へ来たの？」

詩織は、イカの皿を手にした。

「いや、違う。これからの、僕たちのことを話し合うのが目的だ」

「どういうこと？」

「京都と大阪は関西同士とはいえ、僕たちはすぐに会えるような距離にはいない。来年は三年生になって、実験や実習が増えるし、詩織もこうしてテレビの仕事を始めたからますます忙しくなるだろう。どうしたらいいものかと考えていたら、きょう大学の掲示板で転学制度のことを知った」

「転学制度？」

「もちろんテストや面接をクリアしたうえでのことなんだが、うちの大学と京都にある国立の工科大学が相互に編入転学を認める制度があることを知ったのだよ。それを、申請しようかどうか迷っている。君の意見を聞きたい。掲示を見つけるのが遅かったので、申し込みの期限はもうすぐなんだ。僕が転学したら、今よりはずっと詩織と会いやすくなる」

「でも、そうなったら、指導教授とか研究テーマが変わるんじゃない」

「変わるね」

「あたし……そこまでしてもらいたくない」

イカに伸ばそうとした箸を止める。

大学が変わるということは、潤治の人生が変わるということになってしまう。

「でも、そうでもしなきゃ、どんどん詩織が遠くなる気がするんだ。テレビの世界なんて、僕には手が届きそうにない」

潤治の気持ちはありがたい。しかし、そこまでしてもらうのは重すぎるのだ。

「無理しないで。お願い」

それだけ言って、詩織はイカを箸で摘んだ。

4

回転寿司店の前で潤治と別れて、詩織はさらに暗くなった道を通って、ワンルームマンションに着いた。

東京にいる父・浩一郎《こういちろう》から葉書が届いていた。昔気質の浩一郎は、葉書や手紙をよく使う。メールはもちろんのこと、電話もあまりかけてこない。

〝後期授業料を本日納付した。しっかり勉強してくれているものと信じている。時間があれば、土日にでも帰京してほしい。一度ゆっくりと食事でもしたいものだ。でき

れば、綾乃《あやの》君の誕生日が今月末にあるのでそのときが理想的だが、なかなかそうはいかないかもしれない。また連絡をくれたまえ〃

短い文面の葉書だった。綾乃という女性は、詩織の義母にあたる。浩一郎が五年前に再婚した相手だ。詩織とは一回りしか違わない。そして浩一郎とは十九歳も離れている。

綾乃は、短大で西洋史を教えている浩一郎の教え子だった。最初に会ったときから、詩織は彼女のことがあまり好きにはなれなかった。派手なメイクとブランドもので身を固める姿は、清楚で地味だった実母とはあまりにも違った。その実母は、詩織が十歳のときに交通事故で死んだ。

妻を亡くして寂しいという父の気持ちはわからないでもない。だが、詩織にとって、母親はこの世で一人だけなのだ。綾乃のことを、ただの一度も「お母さん」と呼んだことはない。

詩織が京都の大学を選んだのは、京都こそが日本史を専攻するものにとって最高のロケーションだという表向きの理由のほかに、父と綾乃から離れたいという気持ちが潜在的に働いていたのかもしれない。

詩織は、携帯電話を手にした。父も携帯電話を持っている。その番号をプッシュする。いわゆるイエデンにかけると、綾乃が出てしまう可能性があった。
六、七度、コールが鳴って、父が出た。
「詩織です。授業料ありがとうございました」

「めずらしいな。そんなことで礼を言ってくるなんて……親として当然のことだよ」

「今、お忙しいんですか」

父に対してこんなふうに〝です・ます調〟を使うようになったのも、新しい母が来てからのことだった。

「いや、忙しいわけではない」

「書斎ですか」

「ああ」

二階の北東の部屋が、父の書斎になっている。艮流に言うと鬼門ということになる。北西の部屋は、父の膨大な研究書のための書庫になっている。そして日当たりのいい南向きの部屋を一人娘の詩織はもらっていた。今でもいつ帰省してもいいように、高校時代のままに置いてくれている。父がいろいろ気を遣ってくれているのはありがたいのだが、五年前までいなかった綾乃の存在がやはり馴染めない。自分のわがままもあるのかもしれないが、夫婦水入らずの生活にいきなり姑が同居するようにな

った に近いものがある。綾乃にとっても、一回りしか違わない義理の娘の存在は疎ましいものだと思う。

「一つ訊きたいんですけど、ヨーロッパにも七不思議というのがあるのですか？」

「いきなり、妙なことを尋ねるんだな。私は近代欧州史が専攻だから、あまり詳しくはないが、フランスにはパリの七不思議があるという話を聞いたことがある。しかし、それも七名所と言うべきもののようだ。世界の七不思議だって、エジプトのピラミッドとかアレキサンドリアの大灯台とか、モニュメントの要素が強い。七不思議というのは英語では the seven wonders だが、wonder には驚きとか感嘆という意味もある。驚きや感嘆をもって見るモニュメントといった色合いも込められているのじゃないかな」

「世界の七不思議って、あと五つは何なのですか」

「バビロンの空中庭園、ロードス島の巨像、オリンピアのゼウス像、トルコのアルテミス神殿、ハリカルナッソスの霊廟だよ。いずれも地中海とその周辺の大きな建築物だ。現存するのはピラミッドだけで、アレキサンドリアの大灯台は十四世紀まで残っていたが地震で倒壊してしまった。どうして、そんなことを訊くんだ？」

「実は、テレビに出ることになりました。京都の七不思議というテーマでのアシスタント役なんです」

オンエアまでそんなに日があるわけではない。もしも父がいきなり見たなら、びっくりするだろう。大学には週に三日出勤の身だから、平日のワイドショーを父が目にしないとは限らない。

「ほう。それは特集番組なのかね」

「いえ。本邦テレビの〝見た者勝ちワイド〟というワイドショーのコーナーで放映されます」

「ああ、あれか。うちの綾乃君がときどき見ているな」

綾乃の名前が出た。教え子時代からのクセなのか、父は、義母のことを〝綾乃君〟と呼ぶ。

「じゃ、毎週金曜日にコメンテーターをしている艮七星という人は知っていますか？」

「いや、知らないな。タレントなのか」

「方位アドバイザーという肩書きです。実は、きょういっしょに仕事をしたのですが、ちょっとミステリアスなところのある男性でした」

「ミステリアスなって？」

「怨念とか怨霊というのを、すごく重視するのです。水干に烏帽子という装束のせいもありますが、平安時代の陰陽師というのは、ああいう人だったのかもしれません」

「陰陽を扱うのかね」

「陰陽だけでなく、方位をからめた独自のものです」

「名前は、七つの星と書くのかね」

「そうです。北斗七星から取ったそうです」

「七という数字だが、西洋ではラッキーセブンと言うだろ」

「ええ」

「キリスト教の三位一体ということから三は神を象徴し、それに方角の四を足した七は、完全を表現する数字とされている。だから西洋占星術でも、北斗七星は重要な意味を与えられているんだ。その男は、もしかしたらそういった方面にも知識があるのかもしれないな」

学者肌の父から占星術という言葉を聞いたのは意外だった。

「イギリスでは、占星術は単なる運命論としては捉えられてはいないよ。自分の個性や深層心理を見極めるための心理学的なツールとして位置づけられている」

父は、詩織の疑問を見透かしたように言った。

「そうなんですか」

「水干に烏帽子という装束を身につけていると聞いたときは眉唾ものという印象もあったが、その男は意外と深いものを持ち合わせているかもしれないな」

「きょうは、お寺で雨に打たれながら祈る姿を垣間見ました」

「それは演技ではなく？」

「はい。演技とは思えませんでした」

5

翌朝、詩織はいつもよりも念入りにメイクをした。奥二重で睫毛が長いほうなので、あまり化粧映えのする顔ではない。それでも、詩織は三面鏡の前に一時間以上も座った。そして二本分の服を用意した。きのうはパンツルックだったから、きょうの一本目は萌黄色のフレアスカートをはき、二本目は濃紺のタイトスカートで変化を持たせたいと考えている。

きのうは思っていたよりもうまくカメラに向かってしゃべることができた。しかし、それは無我夢中ゆえにできた結果でもあった。二日目になると、ともすれば緊張感が減ってしまって初々しさに欠けるということになりかねない。

（きょうも無心でやろう）

だが無心になるには、準備はちゃんとしてあるということが前提になる。その準備はメイクだけではない。詩織は京都市中央図書館に向かった。幸いきょうのロケは午後からだから、三年坂や龍安寺については付け焼き刃的にしろ文献学習をしておく余裕はある。

図書館に着くと、詩織は〝京都資料コーナー〟へ足を向けた。

開架式の書棚に閲覧席が二十席ほど設けられている。詩織はそこで意外な光景を目にした。

艮が机一杯に広げた文献を首っ引きで読み漁っていたのだ。詩織のことにはまったく気づかない一心不乱ぶりだ。詩織は艮の背後をそっと通った。艮は三年坂や清水寺のことを調べていた。彼もまた付け焼き刃的な予習をしているのだ。ロケを午後からにすることを言い出したのは彼だったが、あるいはこのことが目的だったのかもしれない。

（そんなにしてまで、どうして伏見城を変更したのかしら）

詩織はその疑問を抱きながら、踵を返した。このままこの図書館に居ても必要な文献は艮に占領されているし、アシスタント役としては彼のじゃまをするわけにはいかない。

詩織は大学の図書館に行くことにした。

このロケの期間は、大学のほうは休んでいる。一年生のときにかなりの単位を取っているので、休まなくてはならないのは三日間で講義六コマだけで済んでいる。それでも、こうして足を向けると、授業のことが少し気になる。

（あの耳塚が始まりだったわ）

通学路にある京都国立博物館を見ながら、その近くにある耳塚でデモテープを作ったことを詩織は思い出していた。艮は、「関西では豊臣秀吉は抜群の人気者のはずなのに、きちんと批判の目を向けていたのもいい」と評価していた。

（醍醐寺のロケでも、艮先生は豊臣秀吉に対してあまり好意的とは言えなかった）

御土居という物理的防壁で京都を守ろうとした秀吉は京都のことをよく知らないという趣旨のコメントを艮はしていた。

（あ、そうだ）

博物館の正門前で詩織は足を止めた。艮はきのうの雷鳴のあと浮かない表情で、養源院のことを口にしていた。伏見城のことを説明する前提として養源院に立ち寄る予定だったがとりやめるということだった。

詩織はフレアスカートの裾を翻して、養源院へ向かうことにした。

〝血天井　養源院〟と生々しい案内看板が出ている。入り口で五百円と引き換えにもらったパンフレットによると、淀君（茶々）が父・浅井《あさい》長政《ながまさ》の供養のために建造し、長政の戒名である『養源院』をそのまま寺名にしたとある。この養源院はその後に火災によっていったん焼失するが、淀君の妹である小督《こごう》の方《かた》によって再建されている。小督の方は徳川二代将軍・秀忠《ひでただ》の正室である。その再建の際に、伏見城の遺構が使われたということである。

（遺構のことを、艮先生は触れたかったのかしら……）

本堂に入ると俵屋宗達《たわらやそうたつ》の筆と伝えられる杉戸絵の獅子が出迎える。獅子のほかに、象や麒麟も描かれてある。

そして静まり返った本堂廊下に足を踏み入れて、詩織はドキッとした。

赤黒く染まった天井が重く垂れ込めるように詩織を待っていたのだ。

かつて伏見城で戦死した武士たちの鮮血がしみ込んだ廊下の木材を遺構として、この天井に使っているのだ。

豊臣秀吉の居城であった伏見城に、その死後、徳川家康が入城した。次の天下人が家康であるということを示威する行動であった。石田三成《いしだみつなり》たち秀吉方の譜代としては、きわめておもしろくないことだ。彼らが、隙あらば伏見城を奪還したいと考えるのは当然と言える。そんなとき、家康は会津の上杉征伐のために多くの兵を引き連れて伏見城を空けて、江戸に向かった。石田三成にとっては千載一遇のチャンスが訪れたわけである。伏見城を守るのは家康より三つ年上の忠臣・鳥居元忠《とりいもとただ》が率いるわずか千八百。それに対して石田三成は四万余で伏見城を攻めた。ときに、慶長五年七月のことである。

鳥居元忠をはじめ守備陣は健闘するものの、多勢に無勢では勝ち目はない。鳥居元忠以下全員が戦死した。そのときに鳥居側の将兵が自刃して廊下に流した大量の血が、ここ養源院の血天井となって今もなお凄惨な跡を留めているわけである。

この伏見城の落城を聞いた徳川家康は上杉征伐からとって返し、関ヶ原の戦いで石田三成と天下分け目の合戦をすることになる。

(家康の行動を見ていると、わざと伏見城を手薄にして石田三成に攻めさせたという印象を受けてしまうけれど)

いったい家康はなぜそんなことをしたのだろうか。

良は、伏見城を京都の七不思議に取り上げるつもりだった。きのうの、最初の打ち合わせの時点ではそうだった。だが、彼はそれを避けるようにやめてしまった。詩織は血天井をじっと見つめた。四百年が経った今でも、手や足の形がくっきりと残っている。午前中であまり参拝者がいないせいもあって、堂内は寒々とした印象を受けてしまう。

ポタッ——

かすかな音がした。そんな気がした。

詩織は廊下を見つめた。そこに赤黒い染みのようなものが見える。

(まさか……血がしたたり落ちたってことはないわね)

背筋が震えた。

大学の図書館で、詩織は伏見城について調べてみた。

伏見城は現在の観光用の伏見桃山城が建っている場所から約一キロ南の、現在の乃《の》木《ぎ》神社のあたりにその中心が置かれていたようだ。宇治川はその近くを流れていて、湖と言ってもさしつかえないほどの大きさ(周囲十六キロ)を持つ巨椋池《おぐらいけ》が隣接していた。

秀吉は伏見城の築城に際して、宇治川の土木工事を行なっている。当時の宇治川は、宇治橋からほぼ真西に進んで巨椋池に流れ込んでいた。それを大きく北へ迂回させることで、秀吉は伏見に入る陸上ルートを遮断した。そして、巨椋池に伏見港を築いた。これにより、関東や東海から京に来る者は伏見城から見下ろせる巨椋池を通らねばならなくなった。さらに大坂から京へ向かうには、淀川からやはり伏見港を経由することになる。すなわち、西からも東からも、ともかく京に出入りするには、宇治川や巨椋池を通じて伏見城の膝元を通らねばならなくなったのだ。

秀吉の伏見城築城の狙いはここにあった。京の中心部にある御所に睨みをきかすとともに、水上交通のかなめを押さえることで全国支配をする政庁として伏見城を築いたということなのだ。しかも伏見城自体が、水に囲まれた堅牢な要塞となっていた。伏見の城と港を完成させたあと、秀吉はこの世を去る。後継者として伏見城に入った徳川家康だが、彼にとっては城も港もいらない存在だった。すでに家康は江戸で城と町の建設に着手していた。政治経済の中心を江戸に移す意向を固めていたのだ。そんな家康にとって、大坂城に匹敵する軍事能力を持つ伏見城はむしろ邪魔な存在であり、ライバルの誰かが手に入れたとしたらやっかいな要塞となるに違いなかった。

本音は、伏見城を壊したい。だが、秀吉の遺言で入城を許されたという建て前があるから、そう簡単に伏見城を壊すわけにはいかない。伏見城は秀吉が息を引き取った場所でもある。

（そうか。だから、家康はわざと——）

詩織には、家康の意図が読めた。〝伏見城の次の城主を家康とする〟という秀吉の遺言の信憑性を、石田三成は疑っており、むしろ自分こそが後継者として入城したがっていた。

上杉征伐を名目に、家康は江戸へと兵の大半を移動する。そのあとを、石田三成が力ずくで狙う。忠臣の鳥居元忠は伏見城を死守するが、三成たちは意地でも攻め落とそうとする。その戦いの中で、伏見城を焼失させればいいのだ。

家康としては伏見城を自分の手を汚さずに破壊できるうえ、石田三成に対しては無理やり武力で秀吉の後継者の座を奪おうとした卑怯な男だという烙印を押すことで、関ヶ原の戦いへの名目とすることができる。

老獪な家康はそう考えたと推測できるのだ。

（艮先生は、こういった観点から伏見城の謎に迫ろうとしたのではないだろうか。そしてその前提として、養源院にも立ち寄る予定だった……）

けれども、艮は伏見城を避けた。

（いったい、どうして？）

艮はあのとき知恩院にいた。そして、そこで急な変更を決めた。

艮が知恩院で黙禱を捧げていた墓には〝千姫の墓〟とあった。おそらく徳川家康の孫の千姫だろう。知恩院でも、徳川家康が絡んでいるのだ。

6

この日のロケは、龍安寺のほうから始まった。

艮と詩織は、龍安寺の方丈の前に立って、カメラと向き合った。

「艮先生、このお寺はいつごろできたのですか」

「記録によると、室町幕府で管領《かんれい》を務めた細川勝元《かつもと》が、一四五〇年に建立したということです」

「ずいぶんと古いんですね」

「しかしながら、応仁の乱によりその十七年後に焼失してしまいます。そのあと再建されたものの、寛政《かんせい》年間に再び焼失するなど、この龍安寺には苦難の歴史がありま
す」

「でも、今なお隆盛ですよね」

「それはやはり幸運の神門軸に位置していたからでしょう。細川勝元は神門軸のことを熟知していてここに建立したのだと思います。では、この龍安寺の中で最も有名で、かつ最も謎に包まれた石庭のほうに行きましょう」

二人は歩き出した。

石庭は方丈の南にある。

「龍安寺と言えば石庭、石庭と言えば龍安寺というくらいに、ここの石庭は有名ですね」

「そうですね。でも、名前が知られるようになったのは比較的近年のことなのですよ。かつては一日に三十人から四十人くらいの参拝客だったということです。それが今では一日に千人が訪れることも少なくない盛況ぶりです。とりわけ、昭和五十年に来日したイギリスのエリザベス女王がここを訪れて、石庭を絶賛したことから国際的にも有名となりました」

二人は方丈の廊下を通って、石庭に面する縁側に出た。

広くはない。七十五坪ということだから少し大きめの一戸建ての敷地程度だ。庭の周りには築地塀《ついじべい》がぐるりと取り囲んでいる。その屋根が異常なほど大きい。

「この庭の内側には盛土がされているのですよ」

庭の外側に比べて内側は八十センチも高い。つまり、築地塀は内側だけ八十センチも埋まっているわけだ。だから、塀の屋根が大きく見えるというアンバランスが生じる。

「それって、わざとそうしてあるんですか」

「おそらく、そうでしょう。だが、正確な答えは誰にもわかりません。この庭自体が一種の謎かけのような存在ですから」

艮は、石庭を指さした。築地塀に囲まれた庭内にあるのは白砂と石だけだ。

「謎かけ、ですか」

「庭の種類からすると、枯山水《かれさんすい》に属します。だが、他の枯山水は、文字どおり山と水を表わしています。たとえば、有名な大徳寺《だいとくじ》大仙院《だいせんいん》の枯山水は、滝が渓流に注いで大海に流れていくありさまを、水を使わずして表現しているのですよ」

「あ、そうですね。この庭には滝とか川に当たるものがないですね」

「それに、同じ庭の中に自然の木や草があって、その一部が枯山水となっている形式が多いのに、ここでは塀の中に一本の木もありません。ある意味で、とても抽象的な、そして哲学的な庭になっているのですよ」

白砂の中にある石は五つの群に分かれているが、その配置はバラバラだという印象を拭えない。

「この庭に石がいくつあるか、数えてください」

「はい。まず五つの石が固まってありますよね」

方丈から見て左側に位置する群から順に、詩織は数えていった。大きい石の陰になっている小さな石もあるから、縁側を移動しなくてはきちんと数えることはできない。

「それから、二つ、三つ、二つ、三つ、です」

「よく数えましたね。そのとおり、合計で十五個です」

艮は頷いた。

「それにしても、どうしてこんなに飛び飛びになっているのですか」

「そこなんですよ。この庭園の最大の謎が、石の配置です。何を意味しているのか、それについてこれまでいくつかの説が唱えられてきました。代表的なものとして、七五三説、心の字説、虎の子渡し説があります」

「それはどのようなものなのですか」

「まず七五三説からいきましょう。十五個の石は、吉数とされる七、五、三を表わしているという説です」

「吉数というのは何なんですか」

「中国から伝わったもので、奇数が陽のいい数字で、偶数が陰のよくない数字という考えかたです。今でも、結婚式のお祝いは一万円とか三万円を包み、お返しの内祝のコーヒーカップとかは五個セットで、といったふうに奇数を尊ぶ慣習があるでしょ。そして一月一日は元日、三月三日はひな祭りといったふうに、ハレの日も奇数です。そして、七五三もやはり奇数の取り合わせですよね」

「そういえば、七五三の日も十一月十五日と奇数でしたね」

「そんなふうに、奇数をめでたいと考える思想がこの十五個の石に表われている、とするのが七五三説です」

「七五三の合計で、十五個ということですね」

「しかし、それなら、あっさりと七五三の三群にするのじゃないですか。あなたがさっき数えたようにここの十五個の石の配置は、五、二、三、二、三の五群なのですよ」

確かに、七五三と三群にまとめるのは無理がありそうだ。

「次に、心の字説です。これは、石の配置が漢字の心という字を表わしていると考える説なんです。五群の石の二群めと五群めを線で結び、あとの三つを点と考えると、

龍安寺の石庭

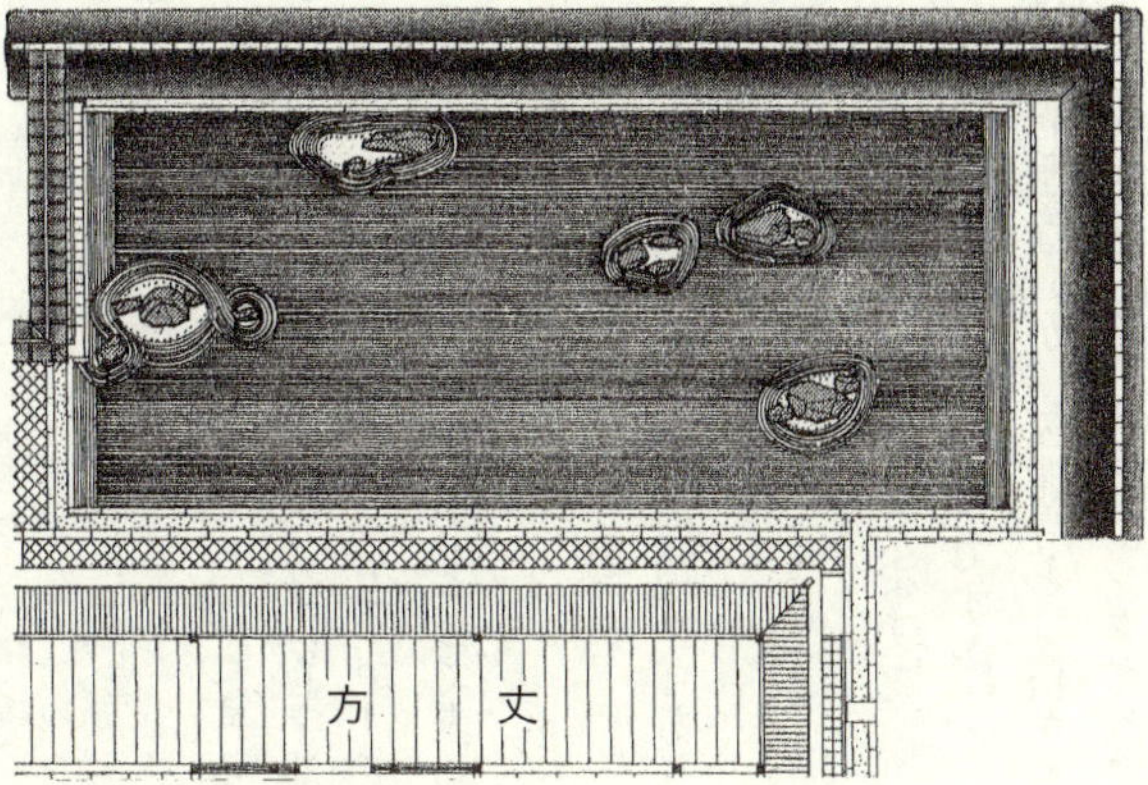

龍安寺の石庭（平面図）

『心』という字になるわけです」

「ああ、なるほど」

線で結ぶという無理はあるが、そういうふうに見えなくはない。

「日本庭園には、心字池というのがあります。『心』の文字を象った池にするのです。京都の庭園で言えば、嵐山にある天龍寺《てんりゅうじ》や苔寺《こけでら》とも呼ばれる西芳寺《さいほうじ》に心字池があります。前者は夢窓国師《むそうこくし》の創建した寺であり、後者もまた夢窓国師が手がけています。夢窓国師は『心』を禅宗の教義の一つとしており、それを池の形として表わしたわけです」

「心字池は日本独自のものなのですか？」

「いえ。もともとのルーツは、やはり中国です。白楽天の詩に『池似鏡』とありますように、池は人間の心を映し出す鏡だと考えられてきました」

「この龍安寺は、夢窓国師と関係があるのですか」

「いいえ。関係はないですね。ただ、天龍寺などと同じ禅宗ではあります」

「じゃあ、『心』の字を石で描いたと考えることはできるのじゃないですか」

「できなくはないです。ただ、この龍安寺には申し訳ないが、天龍寺とは格が違いすぎます。天龍寺は臨済宗天龍寺派の総本山で、京都五山の第一位にランクされていたほどの名刹です。それに対して、龍安寺のほうは妙心寺派に属し、京都五山から見れば一段低い寺格でした。五山最高の尊敬を集める夢窓国師を象徴する『心』を勝手に庭石の配置のモチーフにしたなら、お咎めを受けかねない立場にありました。しかも、龍安寺を創建した細川勝元は、京都五山の権威を嫌っていたと言われています」

「だとすると、考えにくいですね」

「それに池のように心を映し出す鏡だという意味合いは、石にはないわけです。この点からも、心の字説は納得しがたいのです。第三に、虎の子渡し説があります。これは中国の故事に由来する話です。親虎がいて子虎を三匹連れて川にかかる丸太を渡ろうとしたが、一匹ずつ背中におぶって渡るしかない。ところが、三匹の子虎のうち一匹は極めて獰猛《どうもう》で親虎がいないと他の二匹を食べてしまう。そこで親虎は工夫して川を渡ることになった。どんな方法だと思いますか」

「え、方法ですか……」

詩織は予想外の質問に困惑しながらも考えた。

「まず最初は獰猛な一匹を連れていくしかないですよね。そうして次におとなしい二匹のうちの一匹を連れて渡ります。あと残るは一匹です。あ、だめですね。それだと三匹目を運ぶときに、向こうへ渡した二匹のうち一匹が獰猛で親虎のいない状態になってしまいます」

「途中までは正解です。まず最初は獰猛な一匹を連れていき、向こう岸に残します。そして次におとなしいほうを連れていった帰りに獰猛な子虎をいったんこちらの岸に連れ戻すのですよ。そして獰猛な子虎をこちら岸に残したまま、おとなしいほうの二匹目を運びます。向こう岸にはおとなしいほうが二匹となります。そして、最後に残していた獰猛な子虎を運びます。いったん運んだ獰猛な子虎を連れ戻すというところがミソなんですよ。それで常時、親虎は監視できるということです」

「なるほど、それはよくわかりましたが、この石庭との関係はどうなんですか」

「親虎が子虎を連れて渡るシーンを描いているというのですよ。大きい石が親虎で小さい石が子虎です」

確かに、石には大小がある。

「だけど、五つとか二つとかの石が群を作っていますよね」

石を数えただけに、詩織はその個数にこだわった。向かって左から、五、二、三、二、三だった。

「ええ。虎の子渡し説の難点は数があわないことです。親虎一匹に子虎三匹なら、計四匹です。途中の川渡りのときは二匹になりますから、二という個数はありえても、三あるいは五というのはおかしいです。合計十五になっているのも、説明がつきません」

「では結局、どの説も成立しないということですか」

「うまく説明できるものが一つあります。合計十五の石があることに着目した考えで、あえて名付けるとすれば十五完全説です。かつて日本では太陰暦が採られていました。十五夜という言葉があるように、月は十五日で満ちるわけです。十四では足りないし、十六になると欠けていくことが始まるのです。ですから、十五がベストということになります」

「そのベストの状態を、この庭の十五個の石は表わしているということですか」

「そうです。しかし、前に知恩院の忘れ傘に関して言いましたように、完全過ぎると今度は衰退が待っています。ですからここの石は、どれかの石がどれかの石に隠れるようにうまく配置されていて、いろいろ角度を変えても一度に見渡せるのは十四個までということにしてあるのです」

個数を数えるとき、詩織はこの方丈の縁側を移動した。だから、数えることができた。一度に十五個をパノラマ的に展望することはできない。

「それは説得力がありますね」

「ところが、十五個を一度に全部見る方法があるんですよ」

「どうするのですか」

「天から見下ろすことです。つまり、神の視点からはこの十五個が容易にすべて見えるということです」

「人間では不可能だってことですね」

「しかし、実はこの方丈で一ヵ所だけ十五個すべてが見える地点があるんですよよ。五群の石から方丈に向かって線を引いたときに、その五本の線が重なる一点があるのです。そこから見ると、十五個すべてが見えます。そういうことまで意図的に設計されてある石庭だから、そんなことができるのですよ」

「その地点ってどこなんですか」

「方丈の縁側をいくらウロウロしても見えません。方丈の中へ三メートルほど引き下がるのです」

艮は方丈の中へ足をゆっくりと踏み入れた。詩織は艮に付いて歩く。

「ここですよ」

艮は立ち止まった。

その横に並んだ詩織は感嘆した。確かに、ここからだと、どの石に隠れることもなく十五個すべてが見える。

「少し動いたら、十四個しか見えなくなりますよ」

「そうですね。でも、どうしてわざわざこんなふうにしてあるのですか」

「人生への教えだと私は思っています」

「人生への教え？」

「満ちた人生など、まずないということです。しかし、ごくひとつまみの人間たちだけは、それを得ることができる。ただし、そのためには縁側で探すのではなく、少し引き下がってみるといった工夫が必要だという教えです」

艮は腕を組んで石庭を眺めた。

「教訓的ですね。勉強になります」

詩織は感心しながら、この石庭を、そして艮を見つめた。

この艮は、そのひとつまみの恵まれた人間たちに加わりつつあるのではないか。独自の視点でテレビで人気を集め始め、名前も全国で知られるようになってきた。

「しかし、こういう十五個すべてが見える地点があるということを知らないほうが幸せかもしれない」

艮はつぶやくように言った。

「どうしてですか」

「〝どこからも全部は見えない〟と思い込んでいるなら、あえてこの地点を探す苦労をしなくていい……」

艮はカメラの後ろに控える小野田のほうを向いた。

「今のコメントはカットしておいてくれ」

三ノ章　京の七不思議――その三

1

ロケバスは、次のロケ地である東山の三年坂へ向かって走り出した。

きょうは奈美が来ていない。艮は「彼女はショッピングを楽しみたいので失礼するということだよ」と話していた。奈美の仕事はスタイリストだが、彼女がいなくても艮はいつものように水干装束だから別段困ることはない。

「小野田君」

艮は小野田を呼んだ。

「君の会社に送られてきた猿の木像を見てみたい」

「はあ」

艮はきのうは「見たくもない」とにべもなかった。

「三年坂のロケを終えたら、君の会社へ寄りたい」

「あの、それには及びません」

小野田は自分が座っていたシートに置いた鞄を指さした。

「小さいものなので一応お持ちしました。実は、他にお話ししておきたいこともありまして」

「話って？」

「うちの宇野制作部長は気が小さいもので猿の木像のことを本邦テレビのほうへ報告したのです」

「おいおい、そんな大げさなことをしてもらっちゃ困るな。悪い噂やゴシップをテレビ局が嫌うくらいは百も承知だろ」

「すいません。ただ、本邦テレビのほうにも、ちょっとした投書が届いていたのです」

「投書？」

「昔ながらの新聞の切り抜きを使って、『艮七星に伝える　おまえは殺人鬼だ』とあったそうです」

艮の顔が一瞬蒼白になった。

「それだけなのか？」

「はい」

「だったら、それも悪質なイタズラだ」

「イタズラにしては、ちょっと手が込んでいませんか。『殺人鬼だ』というのは穏やかじゃありませんね」

「だから、悪質だと怒っているんだ」

艮は声を張り上げた。そして、周りを見た。スタッフたちは見て見ぬ振りをしている。詩織もバスの車窓に視線をそらした。

「お気に障《さわ》ったのなら謝ります」

小野田は自分の鞄を置いてある席まで戻った。そして封筒を手にした。

「これです。うちに送られてきたものは」

艮は黙って受け取った。そして中を開ける。モンキーセンターにあるみやげ物店で売られているような愛らしい猿の木像だ。切り株に腰をかけ、招き猫のように手を上げている。さながら、招き猿だ。だが、その猿には無惨なことに首から上がなかった。艮は封筒の底にあった首を取り出す。大きな両目につぶらな瞳が描かれている。

首だけだと、その大きな両目がかえってグロテスクに見えてしまう。

「何か思い当たることはありますか」

「あるわけないっ」

艮は猿の首を床に投げつけた。ボールのようにコロコロと転がった首が、詩織の足下まで届いた。

詩織は無視するかどうか迷った。あまりにも車内の空気は重い。まだこれからロケを続けなくてはいけないのに。

詩織は黙って猿の頭を拾い上げて、車窓に視線を移した。

さっきから運転席のサイドミラーに同じタクシーが映っている。京都ではよく見かける大手企業のものだが、運転手は中年の女性だ。増えたとはいえ女性運転手はまだまだ少ない。

「艮先生。あくまでも念のためにですが、警察へ届け出をしておきましょうか？」

小野田は遠慮がちに尋ねる。

「いや、そこまではしなくてもいい。悪質とはいえ、しょせんはイタズラだ」

「本邦テレビやうちにも投書が届いたのですから、先生だけの問題でもありません」

「そんな差出人のわからないものをまともに扱う必要はない」

艮は猿の胴体部分を封筒に入れてギュッと握った。

「もうこの件はいい。それより、打ち合わせをしよう。明日のロケ先を変えたいんだ」

「えっ？」

明日は、朱雀大路を挟んで東寺と一対に建っていた西寺が消えた謎、そして鬼門軸の一回目として二条城はなぜ造られたかという謎を取り上げることになっている。

「東寺と西寺のほうはそのままいく。だが、二条城はやめて崇道《すどう》神社にする」

「崇道神社？　不勉強ですが、あまり聞いたことがない神社ですが」

「確かに有名ではない。だが、京都を首都に定めるに当たって、極めて重要な意味を持った神社なのだ。これをはずすわけにはいかない」

「はあ」

それならもっと最初の段階で言っておいてほしい……そう口にしたげな表情を小野田は浮かべたが、すぐに仕事人の顔に戻った。

「崇道神社はどこにあるんですか？」

「八瀬《やせ》だよ。赤山禅院の近くで、ほぼ鬼門軸上にある」

艮は地図を取り出した。

賀茂川が高野川と合流して鴨川と名前を変える出町柳からは、二本の私鉄が出ている。一本は大阪へ伸びる京阪《けいはん》電鉄だ。そして、もう一本は叡山《えいざん》電鉄だ。叡山電鉄は宝《たから》ケ池《いけ》駅で分岐して、鞍馬《くらま》線と叡山本線にわかれる。その叡山本線の終点・八瀬比叡山口駅とその一つ手前の三宅八幡駅のほぼ中間に崇道神社はあった。

「あさっての予定のほうは、もう変更はないですよね」

小野田は控え目に訊いた。

あさっては、修学院と桂という二つの離宮、そして比叡山が取り上げられることになっていた。

「そいつはわからない。今夜、検討してみる」

「先生。ドタキャン的な変更は、正直なところ困るんですが」

「私だって、元々変えるつもりはなかった」

「じゃあ、どうして？」

「番組を良くするためだ」

艮は突き放すように言った。

2

本邦テレビに〝見た者勝ちワイド　艮七星へ〟と記された封筒が再び届いた。

今度は、中に小さいながらも固形物らしきものが入っていた。取り扱った視聴者係の職員は、非破壊検査器にかけたあと、慎重に中を開けた。

入っていたものは、スーパーで売っているパック寿司などによく付いている魚の形をした小さな醬油差しだ。ただし、その中身は醬油ではなく、透明の液体だった。

新聞・週刊誌の見出しの切り抜きを貼った紙が同封されていた。

〝艮七星へ　これはかんなわの井戸水だ　プレゼントする〟

記されていたのはその一文だけだった。

「また変なのが来たな。それにしても、かんなわって何だ?」

パソコンで〝かんなわ〟と入力すると〝鉄輪〟と出た。

「別府のほうに鉄輪温泉というのがあるぞ」

パソコンで調べてみる。鉄輪温泉は別府市の山手のほうに存在した。

「しかし、井戸水と書いてあるな」

視聴者係の職員は首をひねりながら、番組制作部に回す参考投書の箱に入れた。

3

ロケバスは、清水寺の参道途中にある市営駐車場に停車した。

艮は「少し待ってくれ。集中するための時間がほしい」と言って目をつむった。

小野田たちスタッフや詩織は、ロケバスを降りずに待った。

詩織は車内から、気になっていたタクシーを探した。だがこの駐車場では、バスとタクシーのエリアが分けられているので、はたしてここまで付いてきているのかどうかはわからなかった。

「よし、行こう……私がこのバスを降りたらすぐに撮影を開始してくれ」

艮は自らを奮い立たせるように、頰をパンパンと平手で叩いた。そしてすっと立ち上がると、早足でロケバスを降りていく。

詩織はあわてて腰を上げた。

アシスタントとしては、とにかく付いていくしかない。拾い上げた猿の頭部は、とりあえずブラウスのポケットの中にしまい込んだ。

スタッフも急いでカメラを回し始める。

市営駐車場の階段を登り切ると、清水寺へと向かう坂道となる。みやげ物を売る店がずらりと庇を連ねている。そしてすぐ近くに三年坂があった。それほど急な石段ではないが、かなりの長さがある。その両側には風情のある建物が並んでいて、いかにも古都らしい。

これまでのロケ地以上に観光客が多い。とりわけ修学旅行生の姿が目立つ。彼らは艮の水干姿を見つけてすぐに寄ってきた。

「テレビに出ているオッサンじゃないか」

「方角がどうのこうのと言っている奴だぜ」

「サインをもらおうぜ。写真も撮ろう」

たちまち輪ができる。

小野田は前に出た。人払いをしないとロケにならない。

「このままでいい。撮ってくれ」

艮は小野田に声をかけた。

「しかし」

「いいからカメラを回し続けてくれ」

艮は小野田を制した。

そのやりとりに何ごとが始まるのかと、ますます輪が膨らむ。

「みんなにクイズを出そう。答えた人にサインをしてあげよう」

三年坂の前で立ち止まった艮は修学旅行生たちに問いかける。

「この坂の名前は？」

「簡単だよ。三年坂じゃねえか」

輪の最前列にいたニキビ面に制服姿の男子中学生が答える。

「正解だ。紙とペンを出したまえ」

男子中学生は、〝修学旅行のしおり〟とザラ紙に印刷された学校手製のパンフレットをボールペンとともに差し出した。

「では、この三年坂はもともとどういう字を書いたか、知っておるか」

「そんなの知らないよ」

艮は、男子中学生が差し出したパンフレットの裏に〝産寧坂《さんねい》〟と書いた。

「かつては、この産寧坂という字だった。それが、三年坂に変わった」

艮は、自分のサインを書き添えた。

輪はますます膨らんでいく。誰かに押されたのか、女子生徒の軽い悲鳴が聞こえた。

「危ないぞ。ここで転ぶととんでもないことになるという伝説があるのを知っておるか」

艮は高く手を上げた。みんなの視線がその手に集まる。艮は、その手の指で三本を示した。

「ここで転んでしまった人間は、男女を問わず、年齢に関係なく三年後に死んでしまう」

修学旅行生たちは、「エーッ」「ホントかよ」と驚きの声を上げた。

「嘘だと思うなら、清水寺のお坊さんに尋ねてみるといい。転んだら三年後に死んでしまうことから、もともとは産寧坂と書いたものを三年坂と言うようになったのだ」

「おれたち、さっき八坂神社からこっちへ来るときに二年坂という坂を通ってきたけど、あそこは転んだら二年後に死んじゃうの？」

「二年坂は違う。三年坂に対しての坂の短さから二年坂と名づけられたんだ。ちなみに、平成になってからだが、一年坂という名前の坂も作られている」

「じゃあ、ここで転んでしまった人間はどうしたらいいんですか。三年後に死ぬのを待ってなきゃいけないんですか」

「いや、救われる方法はあるさ。清水寺の御本尊である観音様、あるいは八坂神社が奉るスサノオノミコトに、『どうかお助けください』と念ずれば命を長らえる可能性は残っている。ただし、軽い気持ちでお願いするという程度ではダメだ。全身全霊をかけて、必死にお祈りをしなくてはいけない」

「ずいぶんときびしいんですね」

「信仰というのは、元来きびしいものだ。真剣に救いを求める——そのおびただしいほどの大衆の熱い気持ちが込められているからこそ、仏像や寺社建物には迫ってくるものがあるのだよ。こうしてすっかり観光化してしまっているが、この清水寺だってかつては葬送の地に建っていた」

「葬送って、何ですか」

「みんなは今の時代の日本に住んでいるから、もしも死んだなら葬儀をしてもらえるだろう。遺体は親しい人たちに見送られてちゃんと茶毘《だび》に付してもらえる」

「茶毘？」

「火葬にしてもらうという意味だよ。だけど、かつて平安京の時代に、きちんと火葬をしてもらい遺骨を墓に埋葬してもらえたのは一部の上流階級の人たちだけだった。一般庶民は、大宝律令によって墓を作ることさえ禁止されていたのだ。だから、平安時代の庶民の墓など、どこを発掘しても出てこない」

「じゃあ、どうしていたんですか」

「主な方法は二つだよ。鴨川に流す水葬か、特定の場所に死体を捨てる風葬だよ。その風葬の場所の一つが、この清水寺の界隈だった。このあたりを鳥辺野《とりべの》と言う。ずいぶんと優雅な名前に聞こえるが、死体をめあてに多くの鳥が集まったからその名前が付いた。風葬というのは要するに死体を放ったらかしにしておくわけだから、鳥や野犬に食われるに任せるということなんだよ」

「気持ちわりぃ」

「そんなやりかたでしか遺体を処理することができなかった庶民だからこそ、放置した身内の冥福を心の底から祈った。それが、真剣な信仰へとつながったわけだ」

艮は三年坂のほうへは向かわずに、清水寺への坂道を歩き始めた。

詩織はあわててその横に付いた。聞き手役をすっかり修学旅行生にとって代わられてしまっている。このままでは、このテーマに関しては登場しないまま終わってしまうことになりかねない。

「艮先生。どうして、三年坂はもともとは産寧坂と書いたのですか」

詩織は、艮に話しかけた。

「それはこれから行く清水寺に答えがありますよ」

「あたしの推理ですけど、三年坂で転ぶと三年後に死ぬという言い伝えは、お寺側の宣伝のために言われたことだったのではないでしょうか。転んだからといってきっちり三年後に死ぬなんてことはそうそうあり得ないと思うんです。だから、〝転んだけれども三年後には死ななかった〟ということで、それだけご利益《りやく》があるということが強調できるというお寺側の意図があったと思えるのです」

詩織は、修学旅行生たちの輪から取り残されている間に浮かんだ考えを艮にぶつけてみた。三年後ということにしておけば、寺社としては、その三年の間は、信者を釘付けにしておくことができる。もしも、これが十年後とか二十年後とかいう長いスパンならその間に病気や事故で死ぬということもありえるが、三年後なら死んでしまう確率はかなり低い。そうやって三年後に死ななければ、〝ご利益があったからだ〟という信仰がさらに広まることにもつながる。

「いや、そんなふうには考えないほうがいいでしょう」

「どうしてですか」

「そういう形で信者を取り込むというのは少し狡猾すぎませんかね。さっきも言いましたが、当時の信仰というものはとても真剣なものだったのです」

「じゃ、なぜ三年後に死ぬという言い伝えが広まったのですか？」

「あまり結論を急ぐと、真実は見えにくくなりますよ」

詩織の焦った気持ちに、艮はブレーキをかけた。

清水寺の仁王門をくぐり、朱塗りの三重塔の横を通って、有名な清水の舞台に到着した。舞台の上は、修学旅行生や外国人観光客であふれ返っている。ほとんど釘を使わずに組み上げられた約百本の柱が広い舞台を支えていると聞くが、これだけ多くの人が乗っていて本当に大丈夫なのだろうかとちょっぴり不安になる。しかも舞台の先のほうは、やや下向きに傾斜しているだけによけいだ。

「この舞台の下に見える谷が、先ほど言っていた鳥辺野の一部です」

「じゃあ、ここに庶民の死体が」

「おそらく鳥が遺体をついばむところも、この舞台から見えたでしょうね」

詩織はその光景を想像して、少し顔を歪めた。

「仏教というのは、人間の死と生に真正面から向き合う敬虔なものでした。観光とはまったく異次元のものだったのです」

舞台の上でも修学旅行生に取り囲まれた艮だったが、今度は無愛想なほど彼らをまったく相手にせずに舞台を通り抜ける。そして舞台を出た左手の石段を上がる。そこには〝縁結びの神　地主《じしゅ》神社〟という幟《のぼり》が出ている。ここもまた修学旅行生たちに占領されている。縁結びということからか、女子生徒の姿が多い。

「あなたも若い女性ですから恋には関心があるでしょう」

「ええ、まあ」

「恋の成就を願う若い女性の気持ちは、ときとして夜叉になりませんか」

「は？」

「たとえば、好意を寄せていた男性に恋人がいるとわかったとき、そのカップルが破局してくれたならいいと思いませんか」

「思わなくはないですけど、あたしはその人が交際中だと知ったなら気持ちが引いてしまうほうですから」

「でも、それは失礼ながら、命を懸けるほどの恋をしたことがないからそんなふうに言えるのじゃないですか。もうこんな素敵な男性とめぐり合うことなんかない、と身震いするくらいの激しい恋をしたなら、何としても相手を奪いたいと思いますよ」

「かもしれませんね」

「略奪愛の最高の形は、カップルの女性が死んでくれることです。もう元の鞘に戻るなんてこともないわけですから」

「はあ」

「相手が死ねばいい——殺人行為を実行に移さなくても、それを念じることはできます」

艮は、地主神社の一番西に足を運んだ。〝一願神社〟という表示が出た小さな祠がそこにはあった。

「一つだけ願いをかなえてくれると言われる社です」

その一願神社と並ぶ形で〝おかげ明神〟という祠が建っていた。

「おかげ明神の後ろにある木を見てください」

言われるままに、詩織は後ろに回った。

「木に、いくつかの穴が開いているでしょう」

「はい」

「それらは、かつて丑《うし》の刻《こく》参りのときに五寸釘を打ち付けた痕跡です。この華やかな恋の神社の陰に、呪いのしるしがいまだに残っているのです」

「ここに打ち付けられた五寸釘は、みんな略奪愛を念じたものなのですか」

「すべてとは限りませんが、かなりはそうでしょう」

詩織は、じっと穴を見つめた。はたして、いつの時代に付けられたものなのだろうか。白装束に身を固めた女性が、呪う相手の名前を書いた藁人形をこの木に磔にして五寸釘を打ち付けるシーンが目に浮かんでくる。

「この清水寺には、呪いにまつわる話が他にもあります。中世の語りもの『信徳丸《しんとくまる》』がそうです。聞いたことはありませんか」

「ないですね。どういうお話なんですか」

艮は歩きながら説明をした。

「子供をなかなか授からない男が、清水寺の御本尊に願いを懸けます。その甲斐あってか、信徳丸という男児が生まれるのですが、いいことばかりは続きません。信徳丸は継母に疎まれてしまい、継母がこの清水寺で呪いの釘を打ち込んだことで盲目になってしまうのです。十八本もの釘を、しかも五寸釘よりもさらに長い六寸釘を打ち込んで継母は呪いを懸けたのです。呪いにより盲目となり、業病をも背負うことになった信徳丸は家を追い出されて、苦難の続く流浪の旅に出ます。怨念によって生まれた悲劇です」

「清水寺と呪詛というのは、結びつかないように見えますけど、本当はそうじゃないんですね」

「やはり葬送の地という死霊の漂う場所に清水寺が建っていたことと無関係ではない

でしょう」

地主神社の階段を降りて左手に進むと、そこには舞台を一望できる奥の院がある。この奥の院にも小さい舞台が作られている。

「この奥の院からさらに先に行くと、清水寺の塔頭《たっちゅう》である泰産寺《たいさんじ》に行きます」

艮はその泰産寺へ続く山道へと向かった。ここまで来ると、さすがに人は少なくなる。奥の院の前にある長い石段を降りて、音羽の滝へと向かうのが一般的な観光コースだ。そのコースからは、はずれることになる。

「あなたは、なぜ三年坂はもともと産寧坂と書いたのかと尋ねましたね」

「はい」

「その答えがこれから行く泰産寺にあります」

やがて木々の間から、こぢんまりとした三重塔が姿を見せた。清水寺の仁王門の横に建つ朱塗りの高い三重塔のような派手な荘重さはないが、しっとりとしたつつましさを感じさせてくれる。

「これが、子安《こやす》の塔《とう》です」

「子安の塔……安産ということですか」

「そうなのです。葬送の地は、また新しい命を大切にする地でもあったのです。仏教的な輪廻の思想も影響しているのだと思います」

「安産から、産寧坂と名付けられたのですか」

「ええ」

「それがどうして、三年後に死ぬということに……」

「その解答のヒントを得るために、三年坂へ戻りましょう」


三年坂は、先ほどと変わらず修学旅行生たちでにぎわっていた。艮は黙って三年坂を大股で降りていく。詩織は転ばないようにと気をつけて歩を進めた。

かつての産寧坂という名前からわかるように、この坂を通って子安の塔へと安産祈願に訪れる妊婦は少なくなかったはずだ。妊娠中の女性がこの石段で転んだら大変なことになりかねない。だから、その警鐘のために〝ここで転ぶと三年後に死ぬ〟として、妊婦に普段以上の注意を喚起しようとしたのではないか。三年坂を降りながら、詩織はそう思った。

もしもそうだとすると、おどろおどろしい言い伝えではなく、むしろ優しさのこもったアドバイスということになる。

三年坂を下ってしばらく行くと、左手に〝八坂の塔〟と呼ばれる法観寺の五重塔が見える。

「なぜこのあたりを八坂と言うか、知っていますか」

「いいえ」

「『八』というのは『多い』という意味です。八百屋さん、あるいは八百万の神という言葉があるでしょ」

「あ、そうか。京都は八百八寺、大阪は八百八橋って言いますよね」

「そのとおりです。このあたりは起伏に富んだ坂が多いので八坂と言います」

二年坂を降り、高台寺《こうだいじ》を通りすぎると、ほどなくして円山公園が見えて、そして八坂神社の境内に入る。

「日本三大祭の一つである祇園祭はもちろん知っていますね」

「はい。この八坂神社のお祭でしたね」

「祇園祭の始まりは何だったか、知っていますか」

「いえ」

祭自体は何度も目にしたが、その由来までは知らない。

「日本の祭というのは農耕民族の国らしく、その多くが五穀豊穣を祈り、感謝する性質のものです。でも、祇園祭は違います。貞観《じょうがん》年間ですから、今から千二百年近く前のことになりますが、京都に疫病が大流行し、次々と死者が増えていったのです。いったい何の祟《たた》りでこんなおぞましい病が蔓延するのかと人々はおびえ出しました。庶民はしだいに、疫病除けの神様が祀ってある八坂神社に縋《すが》るようになります」

「八坂神社は、厄除けの神様なのですか」

「ええ。八坂神社は神話に登場するスサノオノミコトとともに、牛頭天王《ごずてんのう》を祀っているのです。牛頭天王というのは、釈迦が止宿した祇園精舎の守護神で、頭は牛の形をしています。そのすごい形相で疫病を退散させるパワーを持っていると言われています」

「祇園祭が行なわれるのは暑い七月ですが、それは菌が繁殖しやすく疫病がはやることが多いという季節と関係があるのでしょうか」

「ありますね。都会に人が集まれば、それだけ不衛生にもなりやすいです。医学知識などないに等しい当時としては、祈禱しか対策はなかったのですよ。祇園祭のハイライトである山鉾《やまぼこ》巡行でいつも先頭を行くことになっている鉾を知っていますか」

「知っています。長刀鉾《なぎなたほこ》ですね」

「長刀は、すなわち厄除けの象徴なのです。そして、祇園祭のコンコンチキチンの鉦《かね》の音は疫病で亡くなった人への鎮魂歌なのですよ」

「けっして優美なだけの祭ではないのですね」

「そういうことです。疫病平癒の効験がある八坂神社は庶民の信仰を集めました。観音様のご利益のある清水寺の人気と、おそらく比肩していたことでしょう」

下河原《しもがわら》通から南楼門《ろうもん》をくぐって八坂神社の境内に入った。高台寺の前から石《いし》塀《べ》小路《こうじ》と呼ばれる石畳の風情のある道を抜ければ、この下河原通に出ることができる。

「ここにある南楼門が、実は八坂神社の正面入り口なんですよ。だから、本殿はこちらを向いて建っているのです。四条通の西楼門から入る観光客が大半ですが、あちらは言わば通用口です」

確かに、本殿は南向きに建っている。

「この八坂神社は、神仏習合の時代には祇園感神院という名前のお寺でもあったのです。奈良の興福《こうふく》寺《じ》の末寺とされていました」

「奈良ですか」

「奈良の宗教勢力というのは強かったのです。ところが、さっきわれわれが参拝した清水寺もまた興福寺の末寺だった時期があるのです」

「じゃあ、八坂神社と清水寺は、兄弟分ってことですか」

「そうなります。ただ、兄弟でも仲のいい場合もあれば、悪い場合もあります」

「八坂神社と清水寺はどっちだったのですか」

「いさかいを続けていました。清水寺は新参で、しかも東寺のような国家によって公認された寺ではありません。けれども、葬送の地という場所に建っており、一般庶民に人気がありました。一方の八坂神社もまた一般庶民から厄除けの信頼を受けていました。両者は、境界争いもしていました。お互いの僧による乱闘がきっかけで、さっき横を通った八坂の塔が火事になってしまったという記録もあります」

「そんなに仲違いしていたのですか」

「ちょうど三年坂あたりが、清水寺エリアと八坂神社エリアの境界だったと思えます」

「あ、もしかして」

「何か思いつきましたか？」

「お互いが参拝客を取られないように、三年坂は危険だということにしたのじゃないですか」

「それが正解でしょう。こうして歩いていける距離にあるだけに、清水寺は自分のところの参詣者を八坂神社にまで行かせたくないし、逆に八坂神社も参詣者が清水寺に足を伸ばすことはしてほしくなかった。その競争意識の産物が、三年坂に目に見えないバリアを築かせることになったわけですよ」

「ちょっと姑息な気もしますが」

「いや、今のような商売的な観光を念頭に置いてはいけません。信仰はもっと真摯なものだったのです。うちへ参拝したついでにライバルの寺社に立ち寄られるのは不本意だ、という思いがあったわけです。清水寺側も八坂神社側も、どちらも自分のところの観音様や神様に強い信頼を寄せていて、参詣者の願いを十二分に聞き入れてあげられるという自負を持っていたのです。それが、掛け持ちで来られたなら、せっかくのご利益が薄められてしまう。そして願いがかなったとき、どちらのご利益の結果なのかわからないことになってしまいかねない。だから、お互いが掛け持ちの参拝を嫌うことになったわけですよ」

「なるほど。純粋さを重んじるという理由なのですね」

「信仰というのは、命がけの厳しいものです。救いを求めて縋り付くというのなら、それは二つ以上あってはいけないのです。簡単にあちらこちらに願を掛けまくるという浮わついた気持ちでは、成就は受け入れられません」

良は眉間に皺を寄せた。その語気には鋭いものが籠もっていた。

4

ロケバスは円山公園の地下駐車場に移動していた。そのロケバスに乗ろうと駐車場への降り口に向かっていた小野田の携帯が鳴った。

「もしもし」

電話をかけてきたのは、本邦テレビのアシスタント・プロデューサーだった。

「撮影は、ほぼ順調に進んでいます」

小野田は相手に先回りするかのように答えた。

ロケ地の変更はあったものの、一日目と二日目で三つの謎を消化するというノルマは果たせている。

「電話したのは撮影の進行を知りたいからじゃないんだ。実は、一応耳に入れておいたほうがいいなと思うことがあってね」

「はあ……」

電波の受信状態が悪くて、声が聞き取りにくい。小野田は場所を移動した。

本邦テレビのアシスタント・プロデューサーは、〝艮七星へ　これはかんなわの井

戸水だ　プレゼントする〃と記された手紙が届いたことを小野田に告げた。

詩織は、小野田より一足早くロケバスに乗り込んだ。

清水寺から八坂まで歩いて、少し足が疲れた。

クーラーボックスにある炭酸飲料を飲んで、一息入れる。

（あれ……）

詩織は地下駐車場の奥に目を凝らした。一台のタクシーが停まっている。龍安寺を出たこのロケバスを追尾するように付いてきたタクシーではないのか。もちろん、確証があるわけではない。しかし、タクシー会社は同じだし、運転席に座っている女性運転手も同一人物のように見える。

詩織は炭酸飲料の空き缶を手にロケバスを降りた。ゴミ箱を探すふりをして、地下駐車場の中を横切る。そしてそっと観察をする。

タクシーの後部座席には、小柄な一人の人物が乗っていた。サングラスをかけ、キャプリーヌハットのような帽子をかぶっている。男か女かもはっきりとはわからないが、髪が長く肩の線がなだらかなことからすると、女性ではないだろうか。地下駐車場の、しかも暗い車内にいるだけに、顔や表情は見えない。ただ、視線がこちらに向

鉄輪の井戸

地主神社の〝おかげ明神〟の木に残る五寸釘の跡

いているのはわかる。詩織の様子をじっと警戒しているかのような強い眼差しを感じるのだ。

詩織はゴミ箱がなくてあきらめたかのようなそぶりをして、ロケバスに戻った。これが精いっぱいだった。

梅津が運転席からそんな詩織のことを目をしばたたかせながら見ていた。だが、詩織のほうはまったく気づかずに乗車した。

「みんな揃っているな。じゃ、発進しよう」

小野田はそう言ったあと、艮の前の席に座った。

詩織は、タクシーが見える側に席を取り、カーテンを引いて自分の顔を隠しながら目だけを出して観察をした。

動き出したロケバスのあとを追うかのように、タクシーはゆっくりと発進した。やはり、あとを付いてきている。

「艮先生、かんなわの井戸水って何なのですか」

小野田が小さな声で尋ねた。

「謡曲『鉄輪』のもととなった京都の井戸のことか?」

「それはどういうものなのですか」

「井戸の水を、別れたい相手に飲ませると、縁を切ることができると言われている」

「謡曲になっているのですか」

「嫉妬深い女の話なのだが、どうしてそんなことを尋ねる？」

「もう少し話を聞かせてください。どういうふうに嫉妬深い女なのですか」

「小さな井戸の近くに、一組の夫婦が住んでいた。女は、何かにつけて夫が浮気をしているのではないかと疑いを持ち、嫉妬深く詮索を繰り返す。男のほうはそれが嫌になり、とうとう一方的に離婚してしまう。そして新しい妻を迎えることにする。男の再婚を知った前妻は、さらに嫉妬に狂い、洛北の貴船《きぶね》神社に丑の刻参りの願をかける。その形相はさながら夜叉のごとく顔には丹を塗り、頭には五徳の鉄輪を逆さにかぶり、そこに蠟燭を灯し、口には松明をくわえて、洛中からはるか貴船まで髪を振り乱して白装束姿でひた走った。まさしく怨嗟の塊となった女だ。丑の刻参りは七夜連続で藁人形に五寸釘を打ち付けなければならないが、その満願の夜に怨念の鬼と化した女は家を出たものの精根尽き果てて井戸のところで倒れ、息を引き取ってしまう。そのあと恨みを果たせなかった女の怨霊がなおもさまよっているかのように、不幸な出来事が次々と起こるので、人々は女がかぶっていた鉄輪を井戸の近くに埋めて塚を築いて祀った。それ以降、その井戸は鉄輪の井戸と呼ばれるようになったんだ」

「つまり、男女の愛のもつれということですか」

「もつれという表現では甘い。怨嗟だよ。それで、なぜそんなことを尋ねるのだ？」

「実は、また本邦テレビのほうに怪文書が届いたのです。醬油差しの小さな容器に水のような液体が入れられ、〝艮七星へ　これはかんなわの井戸水だ　プレゼントする〟と記されていたということです。もちろん、差出人は書かれていません。今度は、消印は京都市下京区となっていたそうです」

艮の顔がたちまち曇った。

「どうかしましたか？」

艮は地図を取り出して確認した。

「鉄輪の井戸があるのは、下京区の堺町松原だ」

艮は地図をバタンと閉じた。

「先生のほうに心当たりはありませんか」

「あるわけないだろ！」

思わず梅津が急ブレーキを踏むほどの大声だった。

四ノ章　京の七不思議——その四

1

「艮先生。明日の集合は何時にしましょうか」

小野田はようやく声をかけた。ロケバスがクイーンホテルに着くまで、艮は沈黙を続けていた。

「明日のことなど、わからん」

艮はつぶやくように言った。

「そんな投げやりは困りますよ」

「投げやり？　いや、そうではない」

艮は首を振った。

「明日のロケは、東寺と、二条城に替えての崇道神社でよかったのですね」

「それでいい」

「どちらを先にしますか」

「東寺を先にしよう」

「何時からロケを始めますか」

「午後からにしてくれ。きょうだって、それで間に合ったじゃないか」

「ただ、あすは後半から雨になるかもしれないという天気予報なのです」

六月の撮影は雨に悩まされる。

「雨くらいかまわんではないか」

艮は不機嫌そうに横を向いた。

ロケをしてすぐに詩織は感じたことだが、この男はカメラが回っているときとそうでないときで、言葉遣いも表情もかなり違う。

「一日くらい雨のロケがあっても、変化があっていいかもしれませんね」

詩織なりに気遣って、その場の雰囲気を取り成そうとした。

「しかし、あすは二本撮りだから、二回連続で雨の絵になってしまうんだ」

小野田は、あえて雨のときに撮影をしなくてもいいのではないかと言いたげだ。機材が濡れないように配慮もしなくてはならず、スタッフにも負担をかけることになる。

「じゃあ、あすは一本だけ撮ろう」

「艮先生。それではスケジュールがあとに押してしまいます」

「最終日に三本撮ることはできるだろ」

「まあ、できなくはないですが」

「じゃあ、あすは東寺だけにしよう。それなら、午前中のロケでもいい」

「待ってください。午前中に東寺が撮れるなら、午後から崇道神社に行きましょう」

「午後からは雨の予報じゃないのか」

「ですから、雨は一本だけなら」

「ダメだ。嫌なら、私はこの企画を降りる」

「そ、そんな」

「本邦テレビには、君の対応が悪くてロケはできなくなったと申し出る。それで、制作会社は交代だ」

下請けの制作会社としては、そんなことになったなら本邦テレビからの仕事はもう来ないかもしれない。

「わかりました。先生のおっしゃるようにします。じゃあ、あさってが一日三本になります。あさっては、崇道神社、二つの離宮、比叡山、というテーマでいいですね」

「いや、崇道神社以外は変える」

「何にするのですか？」

「それは、明日に話すことにする」

「はあ」

小野田は息を吐いた。制作会社の現場責任者としてはここは我慢をしなくてはならないところだ。

「成尾君のほうは都合はどうだ？」

小野田は詩織のほうを向いた。

「あたしは、それでもかまいません」

ロケの本数が変わったとしても、持参する服の数が増減する程度の影響しかない。

「では、明日は朝十時に。ホテルまで迎えに来てくれ」

良は半ば通告するように言った。

詩織は、ロケバスの最後尾に移動した。

あのタクシーは、詩織たちの乗ったロケバスがクイーンホテルの駐車場に入ったところで、それを確認するかのように追走をやめてUターンをした。

（いったい何の目的なのかしら……）

タクシー代だってバカにならないだろう。

そして、艮宛てに送られてきた手紙とは関係があるのだろうか。

（丑の刻参りか）

きょう、詩織は若い女性たちでにぎわう華やかな地主神社の境内で、丑の刻参りの五寸釘の跡をはっきりと見た。その印象が強いだけに、さっきの鉄輪の井戸のことが気にかかる。艮宛てに鉄輪の井戸水が送られてきたということは、彼が丑の刻参りのような怨嗟の対象になっているということなのか。

（そして、あの変更ぶり……）

当初の予定から、伏見城の謎と二条城の謎が消えた。そして、修学院と桂という二つの離宮、そして比叡山をめぐる謎も変更される予定だ。七不思議のうちの四つまでもが入れ替わることになる。

2

艮をクイーンホテルまで送り届けたあと、小野田はロケバスの中で立ち上がった。

「前日にならないと予定が決まらなかったり、その予定すら急に変更が入ったりして、本当にすまない」

小野田はスタッフ全員に向かって謝った。

「小野田さんが詫びる必要はないですよ」

記録係の安本藍子《やすもとあいこ》が首を振る。

「いや、私が東京に打ち合わせに行ったときに、もっときちんと詰めておけばよかったんだ」

「いくら詰めていても、あのわがままな方位アドバイザーさんなら、きっと変更を言い出していたに違いないです。ちょっと売れてきたからといってイイ気になりすぎよ。もともとはフリーターだったんでしょ」

藍子は不満そうに唇を尖らせた。

「艮先生って、元フリーターだったのですか」

詩織は藍子に確かめた。

「美容院で読んだ週刊誌にそう書いてあったわよ。彼は佐賀県の高校を卒業したあと東京に出てきて営業マンをしていたけど、そこの社長と折り合いが悪くて退職して、そのあとはフリーターやバーテンをしながら、古い木造アパートで三畳一間の貧乏暮らしを続けていたそうよ。今では、東京の北区にある高級マンション暮らしだということだけど」

「もう艮先生の話題はやめよう」

小野田は手を左右に振った。

「そんなことより、きょうはどこかで中打《なか》ち上げをしよう。もちろん、私の奢りだ」

小野田はそう提案した。収録が全部終わったときに打ち上げをするのはこの業界の常識だが、長期のロケのときなどは前半が済んだころに中打ち上げをすることがある。今回は長期ロケではなかったが、変更が続いたことに対する小野田なりの詫びの気持ちということだろう。

「いいですね」

藍子が賛成する。

「だけど、梅津さんに飲酒運転させるわけにはいかないから、太秦の会社まで帰ってこのバスを置いてから、近くの居酒屋になだれ込みましょう」

藍子は梅津への気遣いをした。

「成尾さんも一緒にどうかな？」

小野田が小さく訊いた。

「ありがとうございます。せっかくですけど、あたしはお酒は苦手ですから」

詩織は丁重に断った。

アルコールが苦手なのは嘘ではない。それに、藍子以外は全員男性だ。しかも彼らは同じ会社の気心の知れた仲間だ。そこへ一人詩織が入るとかえって神経を遣わせてしまうことになりかねないと思えた。

詩織はロケバスを降りたあと、京都市中央図書館へ向かった。午後八時半まで開館しているから、まだ間に合う。艮が本来ならば明日に取り上げる予定だった二条城について調べてみたくなったのだ。

〝京都資料コーナー〟に足を運ぶ。今は、艮の姿はなかった。

棚から二条城に関する文献をピックアップして、読んでいく。

詩織は、二条城へは三回ほど行ったことがある。とりわけ桜の季節は美しい。二条城は、城と言うよりも公園に近いイメージがある。庭園が広くて、天守閣がない。建物の内部も、その大きな広間に似合うのは武士よりも貴族だ。

文献を調べてみると、その印象が間違っていなかったことがわかった。二条城の本丸御殿と呼ばれるメインの建物は、もともとは御所の今出川門の内側にあった桂宮《かつらのみや》の本邸を移したものだった。ただし、この移築は明治になってからの話だ。二条城の建設自体は、関ヶ原の戦いから二年後の慶長七年に起工しその翌年に完成している。二条城の建設を命じたのは、徳川家康だ。記録によると、四千戸の家が立ち退きをさせられたということである。

この中央図書館のすぐ近くには、豊臣秀吉が京都の居所として築いた広い聚楽第があった。秀吉は多額の費用をかけて聚楽第を築き、天正十六年には後陽成天皇の行幸を仰ぎながら、秀吉自らが潰していた。聚楽第の跡地から二条城までは、一キロ程度しか離れていない。聚楽第の跡地を使えば、立ち退きをさせなくてもいいのに家康はあえて二条城を築いていた。もちろん、秀吉の単純な後継者ではないということを示したかったという理由もあるだろうが、それだけではない気がする。

(へえ、二条城には天守閣があったんだ)

文献を読んで、詩織は初めて知った。

徳川家康が創建した当時は、武家の城らしく天守閣が存在した。その天守閣は江戸中期に焼失した。

詩織は京都市内の地図を広げた。洛中にあって、二条城は京都御所に次ぐ緑の広いスペースを有している。そして両者の位置関係は、京都御所の南西の方向に二条城が位置している。

(裏鬼門だわ)

二日間、艮のアシスタント役を務めてきた詩織は方位を考える癖が自然と身に付いてきた。

豊臣秀吉が築いた聚楽第は御所から見て、ほぼ真西になる。これでは鬼門軸からは大きく外れてしまう。だから家康は立ち退きを強行してまで、御所の裏鬼門の位置に二条城を築いたのではないか。

醍醐寺に足を運んだとき、秀吉は鬼門軸や神門軸に関しては無知で、それと対照的なほど家康は精通していたという話を艮がしていたことを思い出す。

(やはり、ここも徳川家康か)

二条城と同じように、秀吉と家康が絡んだ伏見城を艮は避けるようにして、三年坂にテーマ変更をしている。

(家康は、なぜ京都御所の裏鬼門に二条城を配置したのか)

それは、表向きは〝天皇の住まいである御所を守る〟という意図だと説明されたのではないか。家康が天皇から授かり就いた役職は〝征夷大将軍〟である。征夷大将軍というのは、坂上田村麻呂が東北遠征をしたことからもわかるように、天皇を鬼門軸の敵から守り排斥するのがその役目である。家康以降、徳川家の頂点に立った男たちはこの将軍職を受け継いでいった。それに対して、秀吉が就いたのは将軍ではなく、関白だった。

室町時代末期の足利義昭《あしかがよしあき》は、やはり将軍職に就いていた。足利義昭が退位して以降、征夷大将軍は空位になっていたが、家康はそこに座した。鬼門軸である二条城を築いた家康は、ここを朝廷対面の儀式の場とした。そして、逆に徳川家が十五代にわたって続いた将軍職を辞するとき、その最後の将軍・徳川慶喜による大政奉還の儀式は、やはり二条城が舞台とされたわけである。

鬼門や裏鬼門に配置されるのは、〝守護としての強いパワーを持った者〟である――このことも、詩織は艮から学んだ。

家康としては、ここに二条城を置くことにより、もはや他の戦国大名が追随できない強固な地位にまで昇り詰めたことを示威したかったのではないか。

そのうえ、二条城は神泉苑《しんせんえん》を取り込んで作られた。現在の神泉苑は二条城の南に隣接しているが、かつては現在の八倍ほどの広さがあった。家康が神泉苑の土地を取り込んだため、神泉苑はその一部のみが残ったことになる。

かつての神泉苑のあった場所は元々は湿地帯で、掘ればすぐに地下水が湧き出た。庭園を作るには格好の地で、中国・周の文王が築いた霊囿《れいゆう》をモデルにして桓武天皇によって神泉苑が作られた。家康はその泉や池を、堀として二条城のために利用した。

そこには、平安京を造営した桓武天皇の築いた神泉苑でさえ自らの城に取り込むという強いメッセージが込められている気がする。そして、建設当時に存在した天守閣からは、御所が見渡せたに違いない。

諸国大名に対しては将軍としての威光を示し、朝廷に対して表向きは守護の姿勢を見せつつもその実質において優位を象徴するものとして、二条城は造営されたのではないか。詩織にはそう思えてならない。

（この二条城を、艮先生はどうして取り上げなかったのかしら）

二条城なら全国的に知名度は高い。そこにかつて天守閣があったことは案外と知られていないし、広くて緑の多いその敷地はテレビ的にも絵になるのに……。

閉館の午後八時半になった。詩織は中央図書館をあとにした。

詩織の携帯電話が鳴った。小野田からだった。

「成尾さん。ちょっと、いいかな」

小野田の後ろは少し騒がしい。おそらく太秦の会社近くの居酒屋にいるのだろう。

「はい、大丈夫です」

「実は今、艮先生から電話がかかってきたんだ。あすのロケで使う略地図のフリップを作ってほしいという要請が私にあったんだが、君にも依頼したいことがあるので、艮先生が泊まっているクイーンホテルまで電話をしてほしいということなんだ」

考えてみれば、艮とはお互いに携帯電話番号を知らなかった。

「どういう依頼なんですか」

「明日の東寺のロケのときに着てきてほしい服があるということだ」

「わかりました」

小野田に教えられたクイーンホテルの電話番号と部屋番号を控え終わると、すぐに電話をした。

「もしもし」

艮の低い声がワンコールで出た。

「成尾詩織です」

「すまない。言い忘れていたことがある」

「何でしょう」

「あすのロケでは、赤色の服を着てきてほしいんだ」

「上下とも赤色ですか」

「いや、そこまでしてもらわなくてもいい。明日は朱雀大路に立つことになるから、朱系統にしてほしいんだ。それにゲン直しもある」

「ゲン直しですか」

「赤は戦闘の色だよ。関ヶ原の戦いで勇壮ぶりを発揮した井伊直政《いいなおまさ》の軍勢は赤色の鎧を着た。それによって士気を鼓舞するとともに、周囲から目立つだけにいい加減なことはできないと自らにプレッシャーをかけた。私はさっき赤色のスプレーを購入してきた。それを烏帽子に吹きかけて、朱の烏帽子で明日のロケに臨むことにする」

「先生、何かあったんですか」

朱色の烏帽子など聞いたことがない。しかもスプレーを吹きかけるとは。

「また怪文書が届いた」

「バスの中で、聞くとはなしに聞きました」

「鉄輪の井戸水ではない。新しい怪文書だ。ホテルに届けられていたんだ」

「え」

「私への恨みつらみが書かれてある。やはり、同業者による嫉みに違いない」

「あたし、先生にお話ししたいことがあります」

ロケバスの後を追いかけるようにしていたタクシーのことを言っておきたい。

「君は今、どこにいる？」

「中央図書館の前です」

「そうか。じゃ、こちらまで来てくれないか。君には怪文書を見てもらいたい」

「あたし一人で伺うのですか」

「大丈夫だよ。こっちには、長江奈美もいる」

詩織は、現場責任者である小野田を同行しなくてもいいのかという意味で訊いた。

だが、艮は女性一人で夜に男の宿泊先へ行くことへの抵抗を口にしたと感じたようだ。

「今からだと、三十分はかかると思います」

「それでいい。ロビーで待っているから」

詩織は、タクシーで艮が宿泊する京都クイーンホテルへ向かった。国際観光都市・

京都にあって五本の指に入るであろう名門シティホテルだが、三年ほど前に東京のホテルグループと提携してその傘下に入った。京都資本単独では経営が安定しないのが理由だと新聞に書かれてあった。経済力という点では、京都は東京にはもちろんのこと、大阪にも名古屋にもかなわない。やはり京都が勝るのは千年にわたって王城の都であったという歴史の重さなのだが、内外の観光客はその表面をなでるようにして急ぎ足で名所と呼ばれるスポットを回るだけだ。いや、観光客だけではない。京都商工会議所が主催する〝京都・観光文化検定〟を詩織は受験してみたが、そこでテストされていたのは、あくまでも〝表の京都〟としての教科書的な知識であった。

艮七星という人物は佐賀県出身の人間だということだが、京都人が知らないことにも精通している。

（けれども……）

詩織は、けさ中央図書館で一心不乱に文献と首っ引きだった艮の姿を目撃している。

彼の仕事は方位アドバイザーだ。日本全国が対象となる。京都についてだけ知悉していればいいというものではない。その陰に努力あり、といったところだが、見方を変えれば彼は必ずしも京都の隅々まで熟知しているわけではないということになる。

クイーンホテルの玄関で降りる。イギリスのアイリッシュガーズ風の服を着たドアボーイが恭しく礼をしてくれる。

ロビーを探すが、艮の姿は見当たらない。詩織はしばらく待つことにした。

せっかくの機会だ。艮に会って訊きたいことがある。まずどうしてそんなに急にロケの目的地を変えようとしているのかということだ。きのう初めて会ってこのクイーンホテルのラウンジで打ち合わせをしたとき、艮は自信満々で京都の七不思議を選定した。ところが、きょうも、そして明日も、そのロケ地が変わってしまった。

次に、知恩院のことだ。艮は知恩院に足を運んで、かなりの衝撃を受けたようだった。いったいあの雷のときに何があったのだろうか。

そこへ追い討ちをかけるかのように怪文書が相次いでいる。最初に本邦テレビに、そのあと京都映像制作のオフィスへ、さらに再び本邦テレビに、そして今また艮のもとに新たな怪文書が届いたということだ。

(あれこれ訊くのは失礼かもしれない。だけど)

短い期間だが、詩織はアシスタントという立場で艮とコンビを組んでいる相方なのだ。うまくコンビネーションが取れないと、映像にも支障をきたす気がする。

カツッカツッカツッ——

ロビーにハイヒールの音が鳴り響いた。手にブランド物のバッグを持った一人の女性がロビーを小走りに駆けていく。長江奈美だ。

後ろから艮が追いかけてきた。いつもの水干姿ではなく、ジーンズにポロシャツだ。

「待ってくれ」

「やめて、みっともないでしょ」

奈美は甲高い声で、艮が伸ばしてつかまえようとした手を振り払う。ロビーに居合わせた客も従業員も呆気にとられている。

「先生」

詩織は立ち上がった。

「ああ、こいつが急に東京へ帰るなんて言い出すから」

艮はバツが悪そうな顔をした。

「とりあえず、外へ出ませんか。ここでは他の人に迷惑でしょうから」

詩織はロビーを見回すように言った。

「わかった。そうしよう」

少し歩いて、クイーンホテルと京都駅のほぼ中間にあるシアトル系のコーヒーショップに三人は入った。

奈美はふてくされたように頬を膨らませたまま何もしゃべろうとしない。

「悪いが、ちょっと席を外してくれないか」

「わかりました」

詩織はノンカロリーシュガーを入れたばかりのエスプレッソを手に、窓際の席に移動した。

観察するような位置になってはよくないだろうと詩織は二人に背を向けて座った。

だが、どんな様子なのか気になってしかたがない。他にすることがないのだ。

(あたしって、いけない女かな)

そう自問しながら詩織はバッグの中からコンパクトを取り出した。そして鏡を立てて化粧直しをするふりをして、そっと覗き見る。

艮は何かを懸命に話しかけていた。奈美はじっと黙り込み、ときおりハンカチで目を拭っている。ちょっと見ると、男から別れ話を切り出されている女のような印象を受ける。

(あの二人の関係って何なのかしら)

詩織は、最初にスタイリストだと紹介された。しかし、きょうなどは奈美はまったく現場に立ち会っていない。だいいち、艮は水干姿がトレードマークだからファッションを変える必要はない。

（恋人、それとも不倫の愛人……）

艮が独身なのかどうかもよく知らない。四日間のパートナーとはいえ、詩織は艮のプライベート部分についてはまったく未知だ。

鏡の中で詩織の目と艮の目が合った。気まずい思いになって、詩織はコンパクトを閉じた。艮がこちらの動きに気づいたのかどうかはわからなかった。

詩織は膝の上に両手を置いて目を閉じた。大学の講義の合間に退屈な空き時間があるときは、図書館へ行ってこの体勢をとる。そうすると、浅い眠りにつくことができることが多い。だが、きょうは神経が高ぶっているのか、いくら目を閉じても居眠ることはできなかった。

「すまないね。ずいぶんと待たせてしまった」

十五分ほどして、突然艮が声をかけた。

詩織はあわてて目を開けた。

「こっちへ来てくれたらいい」

艮は自分が座っている席を顎でしゃくった。そこには奈美の姿はなかった。

「あのう、長江さんは？」

「ようやくホテルに戻ってくれた。まったくお騒がせな女だよ」

艮は珍しく額に汗をかいていた。

詩織はエスプレッソを持って艮の前に座った。艮は黙ってハンカチで汗を拭う。

「あの、失礼なこと訊きますけど、先生は独身なのですか」

何から話したらいいのかよくわからなかった。

「独身だが、彼女との関係は単なる仕事上のつきあいだ。もちろん、クイーンホテルの部屋も別々のシングルルームだ」

ハンカチの下から覗く艮の目が鋭くなった。

「スタイリストさんということでしたけど」

「それだけじゃない。マネージメントもしてもらっている。講演やテレビ出演がバッティングしないようにスケジュール管理に気を配ってくれている」

「長江さんは、どうして東京へ帰りたいとおっしゃったのですか？」

「脅迫まがいの中傷が相次いだからだよ。どれも根拠のないものだが、彼女は気が強そうに見えて、ずいぶんと神経質なところがあるから精神的にまいっている」

「長江さんが東京へ戻れば、それは解消されますか」

「そんなことはない。それよりも、ああいう脅迫まがいの中傷には何の根拠もないということをきちんと理解してもらわなくては」

「はあ」

「たとえば、鉄輪の井戸水を考えてみればいい。鉄輪の井戸というのは、前夫への独占欲と嫉妬にかられた女の話だ。さっきも言ったように、私は独身で結婚歴もない。だから、あんなものは何の関係もないわけだ」

「だったら、この猿の頭はどうなんですか」

詩織はブラウスのポケットの中に入れていた猿の頭をテーブルに置いた。

「猿というのは鬼門を守る動物だ。京都御所の北東の塀の上だけでなく、鬼門軸上の赤山禅院にも猿の像がある。そして比叡山延暦寺の守護社である日吉《ひよし》大社の使いは猿だ。古来から、猿は魔物の侵入を食い止める霊力があるとされてきた。インドの『ラーマーヤナ』物語では、猿は聖なる動物として登場する。有名な『西遊記』では三蔵《さんぞう》法師《ほうし》を再三にわたって助けるのは猿の孫悟空《そんごくう》だ」

「その猿が首を切られて送られてきましたね」

「だから、私に対する当てつけなんだよ。〝おまえを守っている猿を殺したぞ〟というメッセージだ」

艮はテーブルの上の猿の首をつまむように持った。

「最初の怪文書はどうなんですか」

〝艮七星に伝える　おまえは殺人鬼だ〟という短いものだった。

「あれは単なるコケオドシだ。それでこちらが反応を見せないから、あのあと手を替え品を替えてしつこく送ってきた。それだけのことだ」

「新しい怪文書が届いたのですね」

「そうなんだよ。現物を見てほしいが、ホテルの部屋に置いてきてしまった。内容はこうだ。『艮七星に告ぐ。本邦テレビの〝見た者勝ちワイド〟をはじめ、いっさいのテレビ番組から降りろ。さもないとおまえに果てしのない厄災が降りかかる。今すぐに言うとおりにしろ。従わないときは直ちに魔手が動く。それだけではない。同行しているアシスタントにも、強い厄災が及ぶ』と書かれていたんだよ。同行しているアシスタントというのは、もちろん君のことだ。君には、その事実を知っておいてほしくて、ここまで来てもらった」

「今までのものに比べるとずいぶんと長文ですね」

詩織は冷静を装った。だが、まさか自分までもが脅迫の対象になるとは思ってもいないことだった。

「そうだな」

「やはり新聞活字の切り抜きですか」

「いや、パソコンで打たれたものだった」

詩織は飲みかけのエスプレッソを口に運んだ。ノンカロリーのシュガーを入れたはずなのに、苦く感じられる。恐怖を感じていないと言ったら嘘になる。

「いったい誰がそんなことを……」

「だから、嫉みというやつだよ。一世を風靡した風水占いが飽きられ始めてきて、後釜である〝ポスト風水〟を何人もの人間が狙った。そして、私がその最有力候補になった」

「先生は、どうして方位アドバイザーになろうとしたのですか？」

「なぜそんなことを訊くんだい？」

「先生のことを知りたいのです。同じように脅迫の対象になっているということは、大げさかもしれませんが、あたしも一種の運命共同体だと思うのです」

「共同体か……そうかもしれないな。私のことは、どこまで知っているんだ？」

「どこまでって、言われましても――。週刊誌で、元フリーターだって書かれてあったそうですけど」

「フリーターだったのは事実だよ。三畳一間の貧乏生活で、拾ってきた放置自転車が交通手段だった。それが今では、高層マンションの最上階に住み、高校生のころから憧れていたフェアレディに乗っている。ある意味では、成り上がり者だ。だが、金や名声だけを求めたのではない。それは、理解してほしい」

「と言いますと?」

「鎮魂を忘れた日本人に対して、警鐘を鳴らすことが自分のライフワークであり、使命だと思っている」

「鎮魂、ですか」

知恩院で雨に打たれながら、艮は祠に向かって〝どうかこの凡庸なる男に、力をお貸しください。鎮魂を忘れた日本人に、振り下ろす警策を私にお与えください〟と祈っていた。

「戦後の日本人は、明らかに平和ボケをしている。終戦、いや敗戦から六十年以上が経ち、戦争の語り手もどんどん少なくなった。鎮魂の気持ちなど、今の若者はほとんど持っていない。それが証拠に、イラクでの戦争に自衛隊が派遣されたにもかかわらず、ほとんど無関心だ。君は、関心があるかね」

「あるとは言えません」

「古代なら、敗戦は民族の衰退に繋がった。バビロン捕囚《ほしゆう》の例をひくまでもなく、苦難の道を歩むことになった。ところが、日本だけは、あれだけの侵略をしながら、ろくに戦争責任も問われずに、むしろ敗戦によって民主化がなされ、経済発展を遂げるという異例の結果となった。それが、日本人に戦争に対する畏怖と三省の気持ちを忘れさせてしまったのだよ」

「先生は、ずいぶん戦争にこだわりを持っておられるのですね」

「私の祖母は沖縄の出身だ。祖母だけはかろうじて難を逃れたが、その一族は沖縄戦で惨死した。爆撃を受けて、誰の遺骨かわからないくらいの状態に家は全壊した。祖母も顔に火傷を負い、一生苦しんだ。私は小さい頃から、何度も悲惨な話を聞かされた。だが、私がこだわりを持っているのは、戦争に対してだけではない。権力抗争で犠牲になった者たちへの鎮魂も日本人は忘れている。千年にわたって都であった京都は、今の永田町など足元にも及ばないくらいの権謀術数《けんぼうじゆつすう》の地であり、憤死した人間や犠牲になった人間も数知れない。そういう者たちへの鎮魂を忘れて無礼な土足で入り込むのは厳に慎まなくてはいけない。京都の寺社を観光商品化して金儲けに走っている寺社も問題だし、行政にも責任がある。京都はどんどん俗化され、舞妓の扮装をしたバカな女どもが、くわえタバコで祇園を闊歩していても、誰も文句を言わない」

艮の目が鋭さを増していった。

「私は、若者たちに鎮魂の大切さを説きたい。だが、素性のわからないオッサンがいくら声を嗄らしても一般大衆は付いてはこない。今の時代は、マスメディアに出て、名前と顔を売り、地位を得ないことには、どんな主張も聞いてもらえないのだ。もちろん、活動には資金も必要になる。そのために、私はがんばっているのだ。名声とか金儲けが最終目的ではないんだ。志《こころざし》なしに、こんなことをしているのではない」

「艮先生。あたし気になることが一つあるんです」

少し迷ったが、詩織はロケバスを追っていたタクシーのことを話すことにした。

「タクシーが……」

艮の顔が曇った。

「乗っていた人を、あたしは見ようとしました」

「誰だったんだ？」

艮は身を乗り出すようにした。

「はっきりとは見えなかったのです。でも、おそらく女性でした。小柄でサングラスをかけて、セミロングのヘアでした。先生のライバルにそういう人はいませんか」

「それだけでは見当もつかんな。それに、誰かを使って追わせているのかもしれない」

「そうですね」

「もし、明日のロケも追いかけてくるようなら、私に教えてくれ」

「わかりました」

「服の件はよろしく頼む。きょうは、少ししゃべり過ぎた」

艮は腰を浮かしかけた。

「もう一つ教えてください。先生はどうして当初決めていた七不思議のテーマを変えようとされるのですか」

「そのテーマのほうがテレビとしておもしろいと思うようになったからだ。それに七不思議については初めから確定的に決めていたわけではない。いくつかスペアを持っていて、準備もしてあった」

「でも、あたしはけさの中央図書館で先生をお見かけしました」

艮は一瞬、目を泳がせた。だが、すぐにポーカーフェイスに戻った。

「君も人が悪いな。今まで黙っていたのか」

「図書館で声をおかけしようとしたのですが、あまりに一心不乱に取り組んでおられたので遠慮したのです」

「きちんと下調べをすることが、いけないのか」

「そうは言っていません」

「だったら、もういいだろう」

艮は席を立った。

「あの……先生は徳川家康を避けようとしておられませんか」

詩織は思い切って疑問をぶつけた。

「どうしてそんなことを尋ねる?」

「当初の予定にあった伏見城がなくなりました。そして、あすは二条城が変更になりました。どちらも、徳川家康が絡んでいるのではありませんか」

「それは偶然だ。君の考え過ぎだ」

艮はくるりと背中を見せた。少し肩が落ち気味のように見える。

「知恩院で何があったのですか? あの雷が鳴ったときです」

詩織はその背中に向かって声をかけた。

「何もない。ただ雷に驚いただけだ」

艮は振り向かずに答えた。そして猿の頭を握り締めたまま立ち去っていった。

詩織はクイーンホテルへと足を向けた。もう一度艮に会うためではない。

詩織はフロントに向かった。

「つかぬことを伺いますが、こちらに連泊中の艮さん宛てに届けられた手紙を受け取った従業員のかたはどなたでしょうか？」

フロントの男性は面食らった顔をした。

「あなたはどちら様なのですか」

「本邦テレビの番組制作に携わっている者です。艮さんが脅迫を受けて一人で苦しんでおられるようなので、あたしも困っているのです」

嘘ではない。艮が揺れ動いたのではあの番組は成り立たない。とりわけアシスタント役の詩織としては対処に困惑してしまう。

「しかし、お客様に関わることは私どもとしては」

立場上答えることができない、とやんわりフロントマンは拒否した。

「プライバシーに踏み込むような問題ではないのです。むしろ艮さんは被害者です。あたしは、手紙を届けにきた人物がどんなかただったかを知りたいだけなんです。サングラスをかけた女性ではなかったですか？　お願いします。イエスかノーだけでも答えてください」

「あの、そうおっしゃられても、答えようがありません。私どもはそのかたを見ておりませんので」

「は？　どういう意味ですか」

「いや、まあ」

「教えてください。けっしてご迷惑はおかけしません」

詩織は頭を下げた。

「外線電話がかかってきたのですよ。〝ロビーにある観用植物の鉢の下に手紙が置いてあるから、艮七星様に渡してほしい〟という内容でした。私どもが確認すると、艮様の宛て名が書かれた手紙が確かにありました。艮様に館内電話をおかけして、お見せしました。艮様は『そうですか』と受理されました」

少し手の込んだやり方だ。よほど顔を見られたくないということだろうか。

「その電話の声は、女性でしたか」

人の良さそうなフロントマンは首を横に振った。

「男性の声でした」

クイーンホテルを出たところで、マナーモードにしてある携帯電話が着信を告げた。

篠原潤治からだった。

「今、東京の実家へ帰省しているんだ」

いきなりそう言ってきた潤治の声はかなり暗い。

「さっき、伝言メッセージを入れておいたけど、聞いてくれたかい？」

「ごめんなさい。忙しくって」

「いつも忙しいんだな」

「テレビの仕事が入ってきたって、説明したでしょ」

「そんなにテレビが大事なのかい……じゃ、いいや」

潤治はほとんど一方的に電話を切った。

詩織は、伝言メッセージを聞いてみる。

〝もしもし、篠原だ。両親に編入転学の話をしたら、反対された。せっかくの旧帝大を中退して、わざわざランクの低いところへ転学する必要はないという理由だった。正直に、詩織とのことを話した。そうしたら、両親は『とにかく一度、その娘さんに会わせてほしい。京都まで行ってみる』と言った。忙しいとは思うけど、時間を作ってほしいんだ〟

重い……と胸の中でつぶやきながら、潤治の携帯に電話する。潤治の親は、息子の学歴を変えてまでの値打ちのある女かどうかを品定めするために、わざわざ京都まで足を運んでくるというわけだ。

「もしもし、メッセージを聞いたわ」

「いつ、両親と会えるかな？」

「そんなにあわてないでよ」

「転学の申し込み期限まで、あと十日ほどしかないんだ。ゆっくりはしていられない。だからこうして帰省もした。そして、親に事情を打ち明けた」

「あたし、あなたに転学してほしいなんて、望んでいないけど」

「しかし」

「会える時間が長いとか短いとかいう問題じゃないと思うの」

「僕もそれは同感だよ」

「だったら、どうして？」

「近くにいないと、詩織を守れない気がするからだ。今だって、詩織はあのヤマ師に翻弄されているのじゃないかって気になってしかたがない」

「またヤマ師だなんて」

「インターネットで、あの艮七星という男のことを調べたよ。博学ぶっているけれど、しょせんは高卒じゃないか」

「高卒とか大卒とかは関係ないわ」

「おれは、あの男の姿勢が許せないんだ。人間には誰だって不安とか心配という心理はある。それにつけ込んで、鬼門だから家の玄関の方角を変えろとか、悪霊が跋扈《ばっこ》しているから気をつけろとか、いかにもまことしやかなアドバイスをして金儲けをしている。しょせんは、虚業だよ」

「でも」

詩織は、ついさっき、テレビには映らない艮の一面を見た。彼は成り上がり者であることを自認したうえで、なぜ有名になりたいのかという彼なりのポリシーを語った。

「詩織は、あの男にたぶらかされているんだよ」

「そんなふうに決めつけないでよ」

詩織は、二重の意味で残念だった。

一つは、理系オタクの少年がそのまま大学生になったような潤治が科学万能の旗印のもとに、霊や魂といった存在をまったく受け入れようとしないことだ。

そして、もう一つは詩織自身が〝近くにいないと守れない〟と言ってくれる潤治に頼り切れないことだ。ホテルに寄せられた脅迫文には詩織に対しても厄災が及ぶ可能性が書かれてあった。詩織としては、本当なら潤治に「恐いことがあるの」と打ち明けて、精神的に縋《すが》りたい気持ちがあった。きっと話すだけでもかなり楽になると思えた。だが、潤治に言ったなら、「そんなくだらん仕事を引き受けるから、トラブルに巻き込まれるんだ」と答えるのが関の山だろう。

「潤治君は、あたしがテレビの仕事をするのに反対なの？」

「嫌だね。女性タレントなんて、やたらみんなに媚を売って、一億人の娼婦みたいなところがあるじゃないか」

「そんなふうな言いかたをしないでほしいわ」

「とにかく、編入転学申請の期限ぎりぎりまで待つ。そのときまでに、詩織の返事がほしい」

潤治は言うだけ言うと、電話を切った。

3

翌日は、かなりの曇天となった。小野田が懸念していたように、午後からは雨になるかもしれなかった。

詩織は赤地に白のストライプが入ったカッターシャツに橙がかった赤のスカートをはいてきた。

ロケバスはクイーンホテルで艮を乗せて、東寺に向かった。きょうも奈美は同乗してこなかった。

「おはようさん。なかなかいい服だね。バッチリだよ」

赤い烏帽子を手にした艮は、上機嫌そうな顔で詩織に声をかけてきた。

「ありがとうございます」

「さて、きょうはカメラマンさんの腕の見せどころだな。しっかり頼むよ」

艮はカメラマンにも声をかけた。

京都駅から東寺までは一キロもない近さだ。東寺の五重塔と京都タワーが並ぶ光景は、京都のシンボル的な絵としてよくテレビにも登場する。

「まずは、東寺の位置の説明だ。フリップは用意してきてくれたかい」

「ええ。確認してください」

小野田はフリップを差し出した。

「これでいい。それじゃあ、張り切っていこう」

艮はみんなに気合いを入れた。こんなことは初めてのことだった。

「京都の表玄関と言ったら、何を連想しますか」

東寺が面する九条通でカメラが回り始めた。

艮と詩織が九条通をゆっくりと歩いている。

「やはり京都駅ですよね。そして京都タワーです」

詩織が答える。

「現代ならそうですよね。でも、平安時代ならどうでしょうか」

「平安時代なら……うーん、ちょっとわかりません」

「平安時代の京都に入るには、大きな門をくぐらなければならなかったのです。それが羅城門です。記録によると、二層の楼門を備え、緑色の瓦屋根に鴟尾《しび》を置き、柱は丹塗《にぬ》りという堂々たる偉容だったのです」

「芥川龍之介の小説に、『羅生門』というのがありますね」

「ええ。あれは羅城門が荒廃した時代のお話です」

艮は九条通から小さな児童公園に入った。

「現在では、荘厳だった羅城門の面影を知ることはまったくできません。ここに碑が一つ建っているだけです」

児童公園のすべり台の横に〝羅城門遺址〟と刻まれた細長い石碑が設けられている。

「羅城門の礎石すら、どこに行ったのかわからないままで、寂しいかぎりです。けれども、平安京が造営された当時の光景を今に伝える建造物が一つだけあります」

「何ですか？」

「それが、これから足を向ける東寺なんですよ」

艮はフリップを差し出す。

造営時の平安京の全体図を示したフリップだ。平安京の最南の中央に羅城門が設けられ、そこからまっすぐに大内裏に向かって朱雀大路が伸びる。そして二条大路から一条大路まで大内裏が広がる。

「この羅城門を挟んで、東寺と西寺という二つの官寺が左右対称に並んでいたのです」

「官寺って何ですか」

「朝廷が公認したお寺という意味です。それ以外は私寺と呼ぶわけですが、遷都当初の平安京では私寺は建てることができなかったのですよ」

「どうしてなんですか？」

「奈良の平城京から遷都をすることになったのは、仏教勢力が強くなり過ぎて政治に介入をしてきたことが大きな原因だったのです。ですから、平安京は都市計画の段階で、奈良にある仏教寺院の進出を拒絶しました。そして仏教をきちんと管理することが朝廷の大事な政策となったのです。朱雀大路から東半分は東寺が、そして西半分は西寺が担当区域として平安京の鎮護をし、国家の安泰を祈ったのです」

「西寺はどこにあるのですか」

「今はありません。かつて西寺があった区域の一部がこの羅城門跡の児童公園よりはやや広めの公園になっていて、ここと同じように石碑が一つぽつんと建っているだけです。現在では、東寺だけが平安京創建時の姿を現代に伝えているのです」

「どうして東寺は残って、西寺はなくなってしまったのですか」

「そこが東寺をめぐる最大の謎ですよね。まずその東寺のほうへ行ってみましょう」

良はゆっくりと歩き出した。

東寺は、九条通、大宮通、八条通、壬生通に囲まれた長方形の広い寺域を持つ。東西は二百五十メートル、南北は五百メートルを超える。この中には伽藍《がらん》のほか、中学校・高校（洛南高校）があり、そして少し前までは大学（種智院《しゅちいん》大学）も置かれていた。

西寺もほぼ同じ広さの寺域を有していた。南大門、金堂、講堂、食堂《じきどう》と南から北へと直列に並ぶ伽藍配置も共通であった。ただ、五重塔だけは羅城門から見て左右対称の光景を保つために、東寺は南東の隅に、西寺は南西の隅に置かれた。

良と詩織は九条通に面する南大門から東寺に入った。すぐ目の前に荘厳な金堂が姿を見せる。

「この金堂は創建当時の姿とほとんど変わっていません」

「千二百年前にタイムスリップしたみたいですね」

「金堂の中に、東寺の本尊である薬師如来が安置されています」

「薬師如来って、どういうものなのですか」

「薬という漢字からもわかるように、仏法の力によって病を取り除き、国家の安泰と繁栄を導いてくれる如来です」

「如来というのは？」

「仏をたたえて呼ぶ尊称です」

金堂に入る。中央に薬師如来坐像が安置され、左右に脇侍《きょうじ》としての日光菩薩と月光菩薩の立像《りゅうぞう》が配された三尊像スタイルだ。

「この薬師如来坐像の大きさは丈六と言われています。丈六というのは一丈六尺のことです。換算すると、四メートル八十五センチになります」

「そんなに大きいのですか」

「立ったときに、四メートル八十五センチの身の丈だということです。こうして座っているので、そのときの高さは二メートル九十センチです」

「立ったときのことも考えているのですか」

「深夜の人の見ていないところでは、立ち上がって病気の民衆を救うために歩き出すこともある、と考えられていたわけですよ」

「両脇の日光菩薩と月光菩薩にはどんな意味があるのですか」

「二つの菩薩は、昼夜交代で世の中を照らし続けるという役割をになっています」

二人は、金堂を出て講堂に向かった。

「東寺は密教《みっきょう》である真言《しんごん》宗の寺院です」

「密教って何ですか」

「簡単に説明するのは難しいですね。経典から学ぶのではなく、加持祈禱などの実践を大事にするのが密教ということになりますが、密教以外の仏教を顕教《けんぎょう》と言います。顕教では、仏陀の教えが書かれた経典を奥義とします。つまり、文字や言葉の形で教義があらわされているわけです。それに対して密教は、そういうものがはっきりしない秘伝の仏教と言ってもいいでしょう」

「秘伝の仏教ですか」

「密教は誤解されやすい性質を孕んでいます。真言宗が浄土真宗《じょうどしん》のように大衆に浸透しなかったのは、その教えの複雑さがあったからだと思いますよ。その密教ワールドを最も感じることができるのがこの講堂です」

講堂の中には、長大な壇が設けられ、その上に二十一体もの仏像がずらりと並んでいる。詩織はその迫力に圧倒された。

「中央に置かれているのが真言密教の主尊である大日如来です。大日如来を中心に五つの如来像が配置されています。そして、その右横には金剛波羅蜜《こんごうはらみつ》菩薩を中心にする五つの菩薩像が置かれ、左横には不動明王を中心にする五つの明王像があります。これで、十五体ですよね」

「菩薩とか明王というのは何なのですか」

「菩薩というのは、みずから菩提を求めるとともに民衆を導く行者のことで如来の次の位にあります。明王のほうは悪魔を退散させ仏法を守護する者です。菩薩の次くらいのランクになります」

「仏像にも階級のようなものがあるんですね」

「階級と言うより役割の違いですよね。四隅に置かれているのが四天王です。そして、東端にあるのが梵天《ぼんてん》、西端にあるのが帝釈天《たいしゃくてん》です」

「映画の〝フーテンの寅さん〟で帝釈天が出てきますよね」

「あれと同じです。真言宗の教えでは、四天王や梵天、帝釈天はいずれも荒々しい敵神であったが、釈迦に出会い、むしろ仏を守る神となったのです。強いパワーを持った敵の力を借りて、守護にするという方式は、これまで見てきた鬼門の考え方と共通するものがあります」

艮と詩織は、金堂を出て食堂に向かう。

「南大門から入った参拝者は、まず金堂の薬師如来によって心身の病を直してもらいます。そして、講堂において二十一体の尊像によって普遍的な真理に触れます。そのあと食堂で、生活の場でその教えを生かしていくことを学ぶわけです」

「食堂って、食事をするところなんですか」

「ええ。食するというのは、人間の欲求にまみれた行為です。一つ間違えれば、われわれは美味と飽食を求め続けて、きりのない食欲に囚われてしまう存在です。食うために、他の動物の命を奪ってもいます。しかし、そんな食事という行為にも、けがれない何かを求めることは可能であり、それを見いださなくては汚濁したこの世で生きていくことはできないという教えが込められているのですよ」

心身の病気を治してくれる金堂、真理を教えてくれる講堂、生活の場である食堂、という順に並ぶ伽藍配置は、それぞれ、仏に救いを求め、真理を教わり、日々の暮らしの中で実践していくという過程を表わしているわけだ。すなわち、仏・法・僧ということになる。

「西寺のほうも同じような伽藍配置ということでしたから、その教えは同じだったのでしょうか」

「西寺についてはほとんど記録が残っていないのでよくわからないのですが、その教えは東寺と違っていないはずです」

食堂の前を通って、二人は五重塔のほうへと向かう。

「東寺は誰が開いたか、知っていますか」

「空海《くうかい》ですよね」

「空海のライバルは知っていますか」

羅城門遺址

西寺址

「ええっと、高校の日本史で習いました。最澄《さいちょう》です。弘法《こうぼう》大師に対して、伝教《でんぎょう》大師と呼ばれますよね」

「そうです。最澄は空海と同じように中国で密教を学んできましたが、その留学のときの肩書きや待遇は空海よりも上でした。中国からさまざまな成果を持ち帰った最澄に対して、朝廷は比叡山を任せることにしました。それだけ、鬼門の守護を最重要視していたということです。そして、鬼門の次が、都の表玄関です。帰国後めきめき力をつけていた空海に白羽の矢が立ちました。ところが、西寺のほうをゆだねる人材がなかなか見つかりません。そのころ、最澄は没しましたので、最澄の弟子は比叡山を守るだけで精いっぱいです。やむなく、守敏大徳《しゅびんだいとく》という僧が選ばれました」

「聞いたことがない名前ですね」

「傍流の真言僧だったようです。もちろん、空海の弟子でもありません。そういうパワーのバランスを欠いていた人選ですが、それ以外にも失敗がありました」

「どのような失敗ですか」

「都の正面玄関に、左右対称に官寺を置くというやり方は、平城京と同じやり方です。奈良には、東寺と西寺に似た名前の寺院があるでしょう？」

「あ、わかりました。あのお寺です」

「あのお寺、では正解にはなりませんよ」

「すみません。ええっと、東大寺と、西大寺です」

「そうなんです。奈良仏教の勢力を排除するために平安京を造ったはずなのに、桓武天皇は長安を模倣するあまり、平城京と同じように東西二つの左右対称寺院を置いてしまったのです。空海と守敏大徳にそれぞれ東寺と西寺を任せた嵯峨《さが》天皇の頭には、〝西寺は潰れてしまったほうがいいかもしれない〟という計算があったように思えるのです。それが証拠に、東寺のほうは『教王護国寺《きょうおうごこくじ》』という鎮護国家としての寺院の名称が与えられたのに対して、西寺のほうは何も寺号がありませんでした」

「ちょっと待ってください。嵯峨天皇でいいんですか？　空海と守敏大徳に両寺を任せたのは桓武天皇ではないのですか」

「桓武天皇は八〇六年に亡くなっています。平安遷都を行なったのが七九四年ですが、その二年後に東寺と西寺の建立が始まっています。ところが蝦夷征伐による財政圧迫もあって、平安京の建設ピッチはかなり遅れてしまいます。東寺と西寺が完成したのは八二三年のことです。そしてそのときに在位していた嵯峨天皇によって、東寺は空海に、西寺は守敏大徳に与えるという勅命が出されるのです。その翌年に、空海と守敏による雨乞い対決があったと『今昔物語』などで伝えられています」

「雨乞いですか」

「この年の夏は日照りが続いて、農民も貴族も困り果てました。嵯峨天皇のあとを受け継いで即位した淳和《じゅんな》天皇は、神泉苑における降雨祈願を空海に命じましたが、守敏がこれを遮り、自分に先にやらせてほしいと申し出ました。そして祈ること七日間、わずかに雨は降ったものの、乾き切った都の土を潤すにはほど遠かったのです。代わって空海が雨乞いを始めましたが七日を経ても効果はありませんでした。空海が心眼を凝らして見れば、雨をもたらす竜王は何と守敏によって水瓶の中に封じ込められていたのです。先陣を買って出ながらも失敗をした守敏が、空海が成功しないように妨害していたわけです。そこで、空海は天皇の許しを得てもう二日間祈りを捧げることで、竜王を神泉苑に招き入れることに成功し、待ちこがれていた京の人々の頭上に恵みの大雨を降らせました」

「すごいですね。劇画のストーリーみたい」

「いったんは守敏の計略に陥りかけた空海が、危機を脱して効験あらたかな法力を示すという勧善懲悪的な言い伝えになっています。それどころか、守敏の死そのものさえ、空海の死を願う守敏が呪いを込めた矢を放ったところその矢が跳ね返った結果だと言われているのです。すなわち、東寺が唯一の京の鎮護寺となっていく一方で西寺が圧迫されて衰えていくありさまが、これらのエピソードで窺い知れるわけです」

「西寺をなくしていったのは、西寺を建てた朝廷自身だという印象を受けますけれど、桓武天皇と嵯峨天皇とでは考え方が違ったということでしょうか」

「私はそう思います。嵯峨天皇は、京に二つの官寺はいらないし、二つあるとかえって内輪揉めの原因になりかねないと考えたのではないでしょうか。空海と守敏という力量も知名度も差がある僧二人に東寺と西寺を任せた時点で、すでに両寺の命運は決まっていたと言える気がします」

「でも、左右対称という平安京の形は崩れてしまってもよかったのですか」

「左右対称の中心であった羅城門すら、暴風雨で倒壊して以降は再建されませんでした。唐の真似さえしていればいいという考え方から、朝廷は脱却しつつあったのです。だから、遣唐使も八九四年に取りやめになるのです。それと、東寺と西寺については方位学的な欠点もありました」

「どのような欠点ですか」

「この東寺と西寺以外に、京都を鎮護するものとして五つの大将軍が置かれました」

「五つの大将軍？」

「まずは、鬼門の方角である東北地方を平定した征夷大将軍・坂上田村麻呂を祀る東山の〝将軍塚《しょうぐんづか》〟です。それ以外に、中国の呪術で言うところの星神と日本古来の神道の神を合体させた〝大将軍〟を祀る大将軍社を四ヵ所に置きました」

「今も、存続しているのですか」

「ええ。派手さがないために知名度は低いですが、四つとも現存してます。順に言いますと、東は大将軍神社と呼ばれます。東山三条の交差点を西へ入った住宅街にあります。西は大将軍八神社という名称で、北野天満宮からほぼ南へ三百メートルほどいったやはり住宅街にあります。南の大将軍社は、伏見区深草にある藤森《ふじのもり》神社の本殿奥に摂社として置かれています。北は西賀茂にある大将軍神社で、新興の住宅地の中に静かに佇んでいるといった感じです」

良は手にしていた平安京のフリップに、四つの大将軍の所在地を書き込んでいった。

「この四ヵ所に配置されたのは、何かの意味があったのでしょうか？」

きちんと東西南北というわけではない。四つの大将軍を結ぶと、いびつな四角形ができてしまう。

「意味はあります。まず南の大将軍と北の大将軍を結びます。そして次に、東の大将軍と西の大将軍を結びます。これで二本の線が引けましたが、その交差する地点は平

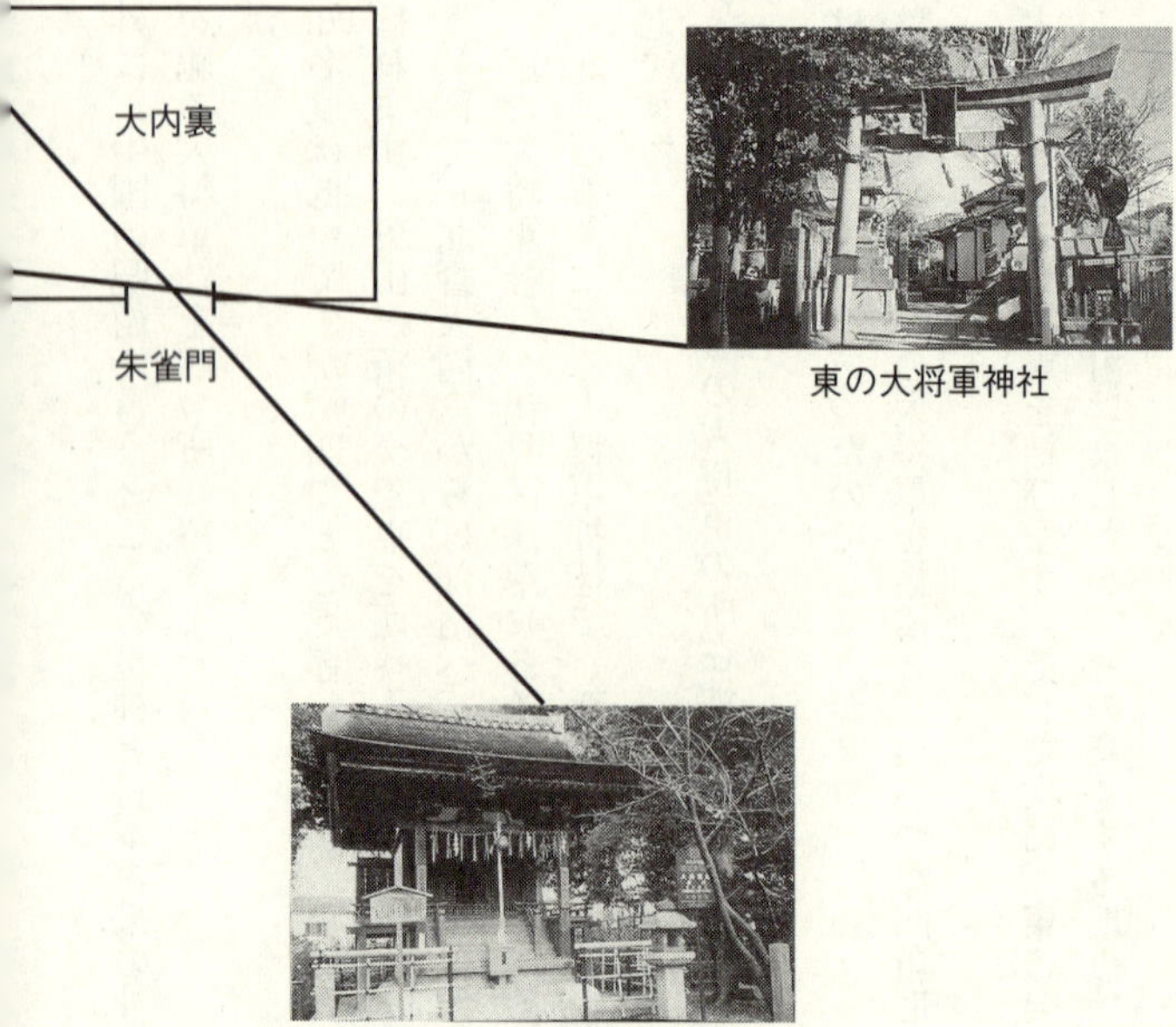

東の大将軍神社

南の大将軍社

北の大将軍神社

西の大将軍八神社

安京の大内裏の入り口である朱雀門なのです」

四つ全部を結ぶのではなく、二つずつを結んでその線をクロスさせると意味が出てくるのだ。

「さらに、もう一つの意味を、この四つの大将軍に持たせることもできたはずなのに、それはなされませんでした」

「どういう意味ですか？」

艮は、東寺・西寺と四つの大将軍が記された平安京のフリップに、将軍塚をフェルトペンで書き込んだ。

「坂上田村麻呂は東北地方を平定したあと、北極星を守る北斗七星のパワーにあやかり、七つの神社を青森に配置しました。その坂上田村麻呂を祀る将軍塚が含まれているにもかかわらず、この七つの京の守護のシンボルは東寺と西寺が隣接しているがために、北斗七星の配置になりませんでした」

西寺の位置がもし違うところにあったなら、北斗七星を描くことが可能だった。

「ですから、やはり京都の守護役として、西寺は不要だったのです。西寺を置かずに、今回のシリーズロケの最初に見た醍醐寺あたりに、別の官寺を配置していたならば、ちゃんと北斗七星の形になっていたのです」

4

東寺のロケは順調に終わった。心配された雨にも降られずに済んだ。

「じゃあ、あすは三本撮りでいいのですね」

ロケバスの中で、小野田は艮に確認した。できればもう一本きょうのうちに撮れれば、という思いが言外に匂っていた。

「それでいい」

艮はあっさりと答えた。

「スケジュールはどうしますか？」

比叡山と二つの離宮を変更することは聞いていたが、その代わりの場所については艮は言及していなかった。

「まず、崇道神社へ行って、それから大文字山《だいもんじやま》、そして最後に白峯《しらみね》神宮を取り上げる」

「大文字山ですか」

「大文字山には、京都人も知らないさまざまな謎があるんだよ」

「最後の白峯神宮というのは、どこにあるのですか」

「今出川堀川の近くだ」

「じゃあ、鬼門軸にはならないのではありませんか」

今出川堀川だと御所の西になる。

「いや、白峯神宮は京の鬼門軸と大いに関係がある。そのあたりは、明日のロケでちゃんと説明させてもらう」

艮は自信たっぷりに言った。

詩織はロケバスの周りを見渡していた。きょうは、尾行してくるタクシーの姿はないようだ。

「成尾さん」

突然、艮が横に来て座ったことに詩織は驚いた。

「きのうはいろいろとすまなかった」

艮は小声で謝った。

「あ、いえ」

「きのうのお詫びということで、今夜食事をおごらせてくれないか。奈美もいっしょだ。彼女もトラブっているところを見せてしまって、君に恥ずかしいと言っていた」

「そんな恥ずかしいだなんて」

「今夜は何か予定でもおありかな？」

「いえ、それは別に」

「じゃあ、ぜひとも来てほしい。午後七時に四条河原町にある阪急デパート前で待ち合わせよう。じゃ、よろしく」

艮はやや強引だった。


ロケバスはいつものようにクイーンホテルに着いた。

クイーンホテルの駐車場に、ジャンパー姿の一人の男が立っていた。ロケバスを見つけると、小走りに寄ってきた。そしてロケバスのボディに描かれてある〝京都映像制作〟の文字を確認する。

詩織はちょっと嫌な予感がした。

「あのう、こちらにウシトラという名前のかたは乗っておられますか」

ジャンパー男は、運転手の梅津に声をかけた。言いかたは丁寧だ。

「何の御用ですか」

梅津は警戒しながら尋ねる。

「お届けするように頼まれたものがありまして」

男は定形サイズの封筒を手にしていた。

「私が艮だが」

艮がそのやりとりに気づいてロケバスの窓を開けた。

「これをお届けにきました」

男は封筒を掲げた。

「君は誰だね？」

「洛中キャリーサービスの者です。配送とか引っ越しを手伝う仕事を主にしています。要するに便利屋です。ここで待っていて〝京都映像制作〟と車体に描かれたマイクロバスが来たならウシトラさんという人に手渡すように、と言われました」

「誰から頼まれた？」

「スズキさんとおっしゃる女性でした」

「ここで封筒を開けてくれ」

「えっ、いいんですか」

「かまわない」

「でも、ハサミを持っていません」

「ハサミなんてどうでもいい。とにかく開封しろ」

艮は苛立った声を出した。男は言われたまま、指で開封した。

中には、寿司に付いている醤油差しに透明な液体が入っていた。小さな紙が同封されていた。〝ぬえいけの水〟とだけ六文字が、活字の切り抜きで貼られていた。

「依頼してきたのは、どんな女性でしたか？」

詩織が尋ねる。

「中年の女性でした。先に電話があって『一日がかりの仕事ですけど頼めますか』っていうことなので、引っ越しか何かだと思ったのですが、ただこうして待って渡すだけの仕事でした」

「小柄でサングラスをかけていませんでしたか」

「はい、そうです」

「もういいっ」

艮は詩織を遮った。

「受け取る気はない。どこかに捨ててくれ」

「いや、そうはいきません。受け取ってもらって受領のサインをいただかないと、私の仕事になりません。そのあと、お客様のほうで捨てていただくのはご自由ですが」

艮は軽く舌打ちをしながら、窓越しに封筒を受け取り、男が差し出したボールペンでサインをした。

艮は封筒を懐にねじ込んだ。そして不機嫌そうにロケバスを降りてクイーンホテルへ入っていく。取りつく島もないという感じだ。小野田も「お疲れさまでした」と小さく声をかけただけだった。

5

詩織は「大学にちょっと用事がありますので」と東山七条の交差点でロケバスを降ろしてもらった。午後七時の艮との待ち合わせ時間までを利用して図書館で調べてみたいことがいくつかあった。

まず、〝ぬえ〟を国語辞典で調べてみる。漢字は、鵺もしくは鵼と書く。伝説上の怪鳥で、頭は猿、手足は虎、胴は狸、そして尾は蛇の姿をしている。転じて鵺は、正体がつかめないはっきりしない人を指すこともある。

(正体がつかめない人か……)

艮七星という男は、詩織にとってはある意味で鵺かもしれない。出身でもないのに、京都のことにかなり精通している。しかし中央図書館で資料と首っ引きだったように、必ずしも身に付いた知識ではないようだ。冷静なのか感情的なのかもよくわからない。

『平家物語』によれば、近衛《このえ》天皇の治世であった仁平《にんぺい》年間に、毎夜丑の刻になると東のほうから黒雲が湧き出て御所の上空を埋め尽くして天皇をおびえさせた。高僧に厄払いの祈禱をさせたが効果はなかった。そこで源頼政《みなもとのよりまさ》に御所を特別警備させた。源頼政は黒雲の中に怪しい気配があることを察知して、弓を取り矢を放った。鵺は矢に射られて落ちてきた。頼政の部下に刀で刺されて、鵺は絶命した。

そのときに鵺を射た矢のやじりを洗った池が鵺池である。二条城の北にある二条児童公園の北端に、朱塗りの鳥居が立つ鵺神社があり、そこに隣接して鵺池がある。

その〝ぬえいけ〟の水が、わざわざ手間と費用をかけて、艮に届けられたということになる。

この鵺は一匹ではなかった。応保《おうほう》年間に鵺はまたも宮中の上空で無気味な鳴き声を上げ、再び源頼政が射落とすことになる。

（鵺は、猿の頭をしていたのね）

ここでも猿が関わってきている。

鵺神社

鵺池

しかも、鵜池のある二条児童公園は、二条城のすぐ近くだ。二条城は、艮が取り上げる予定でありながら、避けた場所だ。

詩織は、大学をあとにした。できれば受講しておきたい講義の行なわれている時間帯であったが、詩織には足を向けておきたい場所があった。

（原点は、やはり知恩院にあるはず……）

京都では七不思議の代名詞にさえなっている知恩院を、艮は取り上げようとしなかった。最初に、〝艮流の七不思議になる〟と視聴者に前置きすることを提案され、やや不満そうながらも同意して知恩院に向かった。そして、知恩院で落雷にあってから、艮は用意してきた七不思議の予定を変更した。

詩織が知恩院に着いたとき、前と同じように雨が降り出してきた。ただし今回は、傘をさすまでもないパラパラした小雨だ。

詩織は前回と同じように三門の脇にあるなだらかな女坂を通って、御影堂の前を横切って奥へと進み、さらに勢至堂を左手に見ながら知恩院の最も奥にある墓地へと足を向ける。この墓地は細長い敷地で両側には緑あふれる山が迫っている。きょうも訪れる人は見かけず、ひっそりとしている。

墓地の中で目を引くのは、やはりひときわ大きくて高い千姫の墓だ。墓石の中央やや上にある二つの葵の紋がまるで両目のように見える。

その千姫の墓の背後に控える位置に、〝濡髪大明神〟と書かれた額が石の鳥居にかかった祠がある。艮はこの祠に向かってひたすら祈りを捧げていた。

近づいてみると、祠の正面に掛けられた奉納幕には、やはり葵の紋が入っていた。濡髪というのは、いったい何の神なのだろうか。寺の境内に鳥居の神社があるという姿は、神仏習合としてときどき見受けられる。けれども、ここは浄土宗の総本山という地位にある有名寺院だ。それなのに、この祠の存在は、知恩院では七不思議の一つにも入っていない。

（わからない）

詩織は、大学図書館にある文献で知恩院のことを調べてみたが、なぜ千姫の墓がここにあるのか、といったことは出ていなかった。

詩織は勢至堂まで足を戻した。ここまで来ると、観光客の姿がある。そして、勢至堂の前を熊手で清掃する若い僧侶もいた。

「あの、すみません」

詩織は若い僧侶に声をかけた。

千姫の墓（奥にあるのが濡髪大明神）

濡髪大明神（奉納幕には葵の紋が入っている）

「はい」

彼は熊手を止めた。

「どうしてこの知恩院に、千姫のお墓があるのですか」

「それは、この知恩院は徳川家の菩提寺になっているからです」

菩提寺には先祖代々の位牌が納めてある。

「どうして、ここが徳川家の菩提寺になったのですか」

「そのいきさつはよく知りません。ただ、うちには徳川家康・秀忠・家光の徳川三代を祀る権現堂《ごんげんどう》もあります」

「どこにあるんですか」

「小方丈の北側になります」

「濡髪大明神という祠があったのですが」

「あれは、この知恩院の守護神だとされています」

「葵の紋があることからすると、江戸時代になってから建てられたものですね」

「はい。徳川家康の寄進によるものだと聞いています」

「濡髪というのは何の神様なのですか」

「よくは知りませんが、天下に打って出るのにご利益があるそうです」

「つまり、天下人であった徳川家康を祀っているわけですね」

「いえ、そうではなくダキニと呼ばれるものを祀っていると聞きました。詳しいことはわかりませんが」

「ダラニではないのですか」

陀羅尼《だらに》なら、梵語の呪文だ。

「いえ、違うはずです」

6

午後七時を前にした四条河原町は、若者で溢れ返っていた。

わいわいと騒ぎながら合コン相手の到着を待つ学生風のグループもいれば、入念にデート前の化粧チェックをする着飾った女性もいる。いかにもホストといった感じの黒服の男もいて、道行く女性に声をかけている。

「三十分でいいですから、ちょっと寄り道して行かはりませんか？　貴女にお似合いのとってもお洒落な店があります」

詩織もその黒服に声をかけられた。

無視をして、艮と奈美の姿を探す。

（いない……）

数十人はいるであろう阪急デパートの前にいる人たちを端から端までチェックしたが、見当たらなかった。

（もしかして、すっぽかしなんてことはないと思うけど）

鵜池の水がわざわざ届けられるといったハプニングもあった。

（ともかく、待つしかないわ）

詩織は阪急デパートの壁ぎわの人垣にほんのわずかな空きスペースを見つけてそこに立つことにした。

こうしてみると、都会には実にたくさんの人間がいることをあらためて感じる。大阪はもっと多くの人間がいるし、東京はさらに上を行く。しかし、これだけの人間がいても、その中で知り合えるのはごくわずかだ。

午後七時になると、それぞれの待ち合わせ相手が現われて、阪急デパートの壁ぎわからどんどん人がいなくなる。

「やあ、待ったかな？」

隣に立っていた女性は、背の高いイケメンの男にそう声をかけられて、「うううん、全然」と嬉々として答え、自分から腕を組んだ。それまでの俯き加減の暗かった表情とは別人のようだ。

もしかすると、彼女にとって、彼が来るかどうかは何らかの賭けだったのかもしれなかった。

「やあ、待ったかな？」

しばらくして、偶然にも同じセリフが詩織に投げかけられた。

振り向くと、艮が立っていた。その横に奈美がいる。艮は新幹線から降りたときと同じ服を着ている。それに対して、奈美のほうは勾玉模様のワンピースだ。

「こんにちは。あ、いえ、こんばんは」

詩織は頭を下げた。

「先斗町《ぽんとちょう》の店を予約してあるから」

「はい」

先斗町なら、ここから近い。

歩き出した艮は、濃いサングラスをかけ、ハンチングをかぶった。

「顔が売れている有名人というのは、何かと不自由だ。すぐにサインを求められたり、写真を撮られたりする。携帯電話にカメラ機能が付くようになってからは、よけいに鬱陶しいことになった」

　これだけの人がいながらも、お互いは他人同士という繁華街だが、有名人だけは別だ。顔の売れた人間がいたならその周りには人の輪ができてしまう。

　サングラスとハンチングで顔を隠した艮は、奈美の手を取った。奈美は少しためらいながらも手を繋いだ。こうなると、詩織は浮き上がってしまう。二人のあとから黙って付いていくしかない。

　先斗町に入る四条通の角に交番がある。その横に、先斗町の由来が書かれた札が立っている。ポントというのはポルトガル語に語源があるといったことが記されている。

「成尾君は、『お座敷小唄《ざしきこうた》』という歌を知っているかい」

　艮は詩織のほうを振り向いた。

「ええ。『懐かしのメロディ』で聞いたことがあります」

〝♪富士の高嶺に降る雪も　京都先斗町に降る雪も　雪に変わりがあるじゃなし　とけて流れりゃみな同じ〟

　誰もが覚えやすい歌詞とメロディだ。

「東京オリンピックの前後に大流行して、先斗町の名前を全国に広めることになった歌だけど、作詞者は誰なのかわからないんだ」

「そうなんですか」

「有名になりたいとがんばっている作詞家はいっぱいいるのに、作者不詳のものが歌い継がれるとは皮肉なもんだね」

良は、四条通から十数軒目の〝京やさい屋〟という小さな提灯が出た店の暖簾をくぐった。先斗町の東側は鴨川に面していて、五月から九月にかけて鴨川にせり出した床《ゆか》で涼を求める人も多いが、ここはその反対側だ。

「おこしやす」

和服姿の女性が出迎える。

「予約をしました長江です」

良はそう言った。

「ようこそ」

案内されたのは、畳敷きの小部屋だった。

床の間に、白百合の一輪挿しが飾られてある。

テーブルの上座に良が座り、奈美はその横に腰を下ろした。詩織は必然的に良の向かいの席となった。

「電話でお願いしたコースを頼みます。それから、ビールを持ってきてほしい」

「かしこまりました。しばらく待っとうくれやす」

和服姿の女性は愛想笑いを作って、姿を消した。

「あの、先生はご本名は長江さんなのですか」

詩織は遠慮がちに切り出した。艮はさっき「予約をしました長江です」と言った。

「いや、彼女の名前を拝借したまでだよ」

艮はサングラスを取った。

奈美は、セーラムを取り出して火を点けた。

「もしかして、奈美さんと御結婚なさって長江姓になられたのかと思いました」

「あはは……私はまだ戸籍上は独身だよ」

艮は足を崩して胡座《あぐら》をかいた。

「こうして食事につきあってくれたのだから、成尾君にだけは本当のことを話しておこう。私にとって、彼女は単なるスタイリストではない」

奈美は黙ってセーラムを吸っている。

「それは、さっき手を繋がれたことでわかりました」

「彼女のほうは、五ヵ月前まで夫のある身だった。だから、たとえ結婚したくても無理なのはわかるだろう？」

「あ、わかります。法律上、半年は再婚できないのでしたね」

「そういうことだ」

「じゃあ、あと一ヵ月経てば、御結婚ということですか」

「おいおい。芸能レポーターみたいな質問をするなよ」

「ごめんなさい」

「まあ、おそらくそうなるだろうが、きょうはその話題はもうよそう」

「はい」

詩織は奈美のほうに目を移した。紫煙を吐き出しながら、奈美はほんの少しはにかむような横顔を見せていた。先ほどの阪急デパート前で詩織の隣に立っていて、『やあ、待ったかな？』と声をかけてきたイケメンの彼氏に自分から腕を組んだ女性の表情に少し似たものを感じる。

「きょうは、京野菜のフルコースを食べるんだよ。成尾君は野菜は好きかね？」

「嫌いではありません」

詩織の好物は麵類だ。うどん、そば、ラーメン、さらにはスパゲティやビーフンまで、麵類ならとにかく何でも大好きだ。

「彼女は、とにかくベジタリアンだ。肉はともかく、魚介類はほとんど食べない。それに対して野菜は大好物だ。自分で山の中に入って野草を採ってくることだってある」

「そうなんですか」

「四国の田舎育ちだから」

奈美は小さく笑った。

「機嫌が悪いときでも、野菜料理を食べに行こうと誘えばたいていはＯＫしてくれる。けさ、この店をインターネットで探し当てた。京野菜のみを扱って八十年の歴史がある店だよ」

「お待たせしました」

襖が開いて、料理が運ばれてきた。

「前菜は、壬生菜《みぶな》の和《あ》え物でございます」

和服の女性がビールとともにテーブルに並べる。

「みず菜じゃないのか？」

艮が奈美に小さく尋ねる。

「違うわ。みず菜より葉が太いのが壬生菜よ」

奈美は乾杯もせずに、さっそく箸をつける。

和服の女性がビールを注いでくれた。

「じゃ、この三人のこれからの幸せを祈念して乾杯だ」

良の発声でコップを軽く合わせたあと、詩織は一口飲んだ。それから、壬生菜の和え物に箸を運ぶ。

シャキッとした歯応えの中に抑えた辛味を感じる。

「おいしいです。いつもは、学食かコンビニ食ですからよけいです」

詩織は笑った。

「こういうところでデートする相手はいないのかな」

「どうなんでしょうか」

少し前なら、篠原潤治の顔が浮かんだ。だが、今は違う。

「どういうタイプの男の人が好みなの?」

奈美が口を挟んだ。

「かつては、あたしの言うことを聞き入れてくれる人がいいなと思っていました」

父はどちらかと言えば、昔ながらの男女観を持っているタイプだった。〝男は自分が思ったことを通し、女はそれにかいがいしく従っていればいい〟と言ったこともあった。詩織は、その父への反発があった。むしろ逆に、女の望みを叶えるために気を遣い、動いてくれる男がいいと考えた。潤治はまさにそうだった。だが、実際に潤治から転学の話を持ちかけられると引いてしまった。

「今は、違うの？」

「違ってきましたね。強いて言えば、サファリパークみたいな人がいいです」

「どういう意味？」

「あたしの自由にさせてくれているようでいて、実はずっと外側で柵を作って守ってくれているような男性です」

「それは、かなり大人じゃないとできないと思うわ」

「そうですね」

同い年の潤治には、とても期待できそうにない。

「失礼します」

和服の女性が再び登場して、煮ものを運んできた。

「くわいと金時《きんとき》にんじんのたき合わせでございます」

くわいは、芽の出た栗のような形をしている。〝芽出《めで》たい〟ということで京都では正月のおせち料理によく使われる。

そのあと、賀茂《かも》なすの田楽《でんがく》、聖護院《しょうごいん》大根のおろし煮、京菊菜《きょうきくな》の天ぷら、やまのいものとろろ汁、と次々と京野菜の料理が出される。

「普通なら、魚とか海老がセットで使われると思うんですけど、野菜オンリーなんですね」

詩織はその徹底ぶりに驚いた。

「この店は気に入ったわ。何事も徹底していないとあたしは好きになれない」

奈美は長いマスカラを付けた目をパチパチさせた。

「君のほうはフリーなんだから、もう二、三日京都に逗留してこの店に通ったらどう？」

「そうしようかな」

「ついでに、山菜採りに行ってもいいんじゃないか。京都ならではの野草もあるだろう」

「でも、脅しが四つも相次いだのに、のこのこ一人で山の中へ出かけるのは恐いわ」

急に雰囲気が悪くなった。

まず本邦テレビへの〝おまえは殺人鬼だ〟という短いもの、京都映像制作への猿の首をちょん切ったもの、そして再び本邦テレビへの鉄輪の井戸水、さらにホテルに届けられた長めの警告を含んだもの……

それに、きょうの鵜池の水を入れると五つになる。だが、奈美は「四つ」と言った。

おそらく鵜池の水が届いたことは、艮は奈美にまだ話していないのだろう。

「その話題はやめようよ。せっかくの旨いメシがまずくなる」

「だけど、無視はできないわ」

「気にするなって」

艮は声を張り上げた。ますます空気が悪くなる。

「あの、艮先生が奈美さんの山菜採りに同行してあげたらどうでしょうか」

詩織は話題を変えようとした。

「いや、行きたくても行けないんだ。あさってからは韓国で講演会と個別相談をやる。そのあとは香港に飛ぶ。日本に帰ってくるのは、来週の月曜日の夜になる」

「ずいぶんと忙しいんですね」

「かねてから、海外での活動もやりたいと思っていた。それがやっと叶うことになった。方位のことは万国共通だから、この仕事は世界がマーケットになる。さらなる道が開けてきたわけだよ」

「でも、日本を出る前にもう躓《つまず》いている」

奈美は唇を尖らせた。

「おい、気の悪いことを言うなよ」

「気が悪いのはこっちだわ。脅迫状に翻弄されて」

「翻弄されているのは君だろ。あんな脅迫状には何の根拠もない」

襖を開けて野菜鍋を運んできた女性が入室をためらった。

「あ、どうぞ。あたしたち、テレビの関係者なんです。ちょっとリハーサルをしているもので」

詩織はとっさの嘘をついた。

そのあとは詩織の大学生活の話題になっていった。だが、あまり盛り上がることはなかった。

インターローグ

完全無欠の計画が、ワタシの頭の中でき上がった。

あとは実行に移すだけだ。〝あれ〟が、ワタシを守ってくれるはずだ。

ワタシは、被害者の隙を狙うことにした。どんな人間でも、必ず隙はできるものだ。ましてや警戒していない人間ならなおさらだ。

そうして身体を拘束した被害者自身が死を選択せざるを得ない方法を、ワタシは考え出した。

生きるために、死を選択せざるをえない——。そのパラドックスに、被害者自身は何も気づいていない。

このアイデアは、ワタシにとって会心のものであった。

時間をかけてじっくりと苦しむがいい！

五ノ章　京の七不思議――その五

1

翌朝、ロケバスに乗ってきた艮は奈美をともなっていた。

「おはようございます」

奈美に頭を下げた詩織は小さく「きのうはどうも」と付け加えた。小野田には何も言わずに会食しただけに、詩織なりの気遣いをしたつもりだった。

「せっかくだったから、あのあと女二人で飲みに行ってもよかったわね」

奈美はデリカシーのない大声で返してきた。

きのうは食事をしただけで、詩織は奈美たちとは別れた。

「ホテルにじっといるのは退屈だから、きょうは同行するわ」

奈美は大きなバッグを持ち込んできた。

「もうチェックアウトなさったのですか」

小野田が尋ねる。

「そうよ。フロントで精算書にサインもしてきたわよ。費用はあなたのところ持ちという約束だから、よろしくね」

「ええ、それはもちろん」

「朝にチェックアウトしたほうが安く済むでしょ。感謝してね」

「はい」

小野田は苦笑を浮かべた。

「小野田君、きょうのスケジュールを確認しておこう」

良は話題を変えるかのように地図を出した。

「わかりました」

小野田も少し助かったという表情を浮かべた。

「帰りの新幹線はまだ指定を取っていないが、できれば午後六時くらいには乗りたいと思っている」

「頭に入れておきます」

「一つめは崇道神社だ。その前に、長岡京市《ながおかきょうし》のほうへ寄ってほしい。長岡京を前提にしないと、崇道神社の話はできない。そのあと二つめに大文字を取り上げる。大変だが、五山すべてを回る。そして三つめは白峯神宮だ。そのあと、白峯神宮に関連して大原に立ち寄ってほしいんだ」

「わかりました」

「かなりの強行軍になるが、気合いを入れていこう」

「はい」

ロケバスは長岡京市に隣接する向日市《むこうし》にある大極殿《だいごくでん》公園の前で停まった。

あわただしい準備のあと、カメラが回り始める。

「ここから少し行くと長岡京市になるわけですが、その長岡京市という市名に、どうして京という文字が付いているか知っていますか」

艮は詩織に語りかける。

「新潟の長岡市と紛らわしいからじゃないですか」

「それもあるけど、他に理由はありませんか。訊きかたを変えますと、京都府にあるから京と付けられたのでしょうか？」

「あ、質問の意味がわかりました。都が置かれていたことがあったから、長岡京と言うんです」

「そういうことです。では、都が置かれていた時期はわかりますか」

「ええっと、平城京時代と平安京時代の間でしたね」

「何年間ぐらいだったでしょうか」

「それは知りません」

「平城京から長岡京への遷都があったのは七八四年です。そして十年後の七九四年に平安京に遷都しました」

「ちょうど十年間ですか」

「そうです。では、なぜたったの十年間で、せっかくの長岡京をとりやめて平安京に移ったのでしょうか」

「わかりません」

「それを知ることが、平安京の特性を理解することに繋がるのです。今回の七不思議の中でも、最大のポイントかもしれませんよ」

大極殿公園には、長岡京跡の石碑が建っている。

「そもそも、なぜ桓武天皇は平城京から都を移そうと考えたか、そこからスタートしましょう」

「平安遷都の理由は、東寺の謎のときにお聞きしました。奈良の仏教勢力が強くなりすぎて朝廷を脅かすようになってしまったことでしたね」

「そうです。でも、それ以外にも理由がありました。壬申《じんしん》の乱のあとはしばらくは皇統には天武《てんむ》天皇系の即位者が続いてきたのですが、桓武天皇の父親である光仁《こうにん》天皇の代になってようやく天智《てんじ》天皇系に皇統が回ってきました。そのあと、桓武天皇が即位をするわけですが、天武系が長く続いてきた平城京には桓武天皇にとっての抵抗勢力が根強くて、為政がやりにくかったという事情もあったわけです。天皇の系統が変わると、それを支える宮中の官僚も主流が変わるわけです。既存の主流派官僚からの抵抗も強かったに違いありません。人心一新のためにも遷都は意味があったのです」

「古代の天皇というのは、絶対権力者だというイメージがありますけど、官僚の抵抗を受けたのですね」

「天皇は強い権力を持っていました。だからこそ、その地位を得るための争いが凄まじかったのです。官僚や外戚など周りの人間を含めて、血みどろの戦いが行なわれたこともありました」

「恐い話ですね」

「現実というのはフィクションより恐いものですよ」

カメラが回ったまま艮はロケバスに乗り込む。詩織もそれに続く。

今回の撮影で、ロケバス車内での移動シーンが映されるのは初めてだ。二人は並んで座った。

「天武系と天智系との争いにおいても、怨霊がからんできます。さっき言いました壬申の乱ですが、その内容は知っていますか？」

「いえ、壬申の乱という名前はともかく、くわしいことまでは」

詩織は小さく舌を出した。日本史は大学での専攻科目だ。

「大化の改新で蘇我氏を滅ぼした中大兄皇子《なかのおおえのおうじ》は、天智天皇となります。そしてその弟である大海人皇子《おおあま》が、皇太子になります。そのまま天智天皇から大海人皇子に皇位が継承されていけば何の問題もなかったのですが、天智天皇は自分の息子である大友皇子《おおとも》に皇位を譲ろうとしました。大海人皇子は出家をして恭順する姿勢を見せますが、天智天皇が崩御するやいなや挙兵して大友皇子を破ります。そして天武天皇となります。これが壬申の乱です」

「天智天皇の弟と息子による政権争いということですね」

「政権に限らず、世襲の世界で最もトラブルになるのがトップにいる者が亡くなったあとの、弟と息子による後継者争いですよ。だから、伝統芸術などでは一子相伝というトラブル回避の工夫がなされてきたのです。それはともかく、壬申の乱に勝利したあと天武天皇系の人物が皇位に即いていくわけですが、第四十八代の称徳《しょうとく》天皇には子供がありませんでした。それで、やむなく天智天皇系の白壁王《しらかべおう》を次の天皇にし、称徳天皇の妹である井上《いかみ》内親王をそのお后にするということになりました。そして二人の間に生まれた男の子を、その次の天皇にすることにしたのです」

「つまり、天智天皇系と天武天皇系の合体ですね」

「そうです。だから、本来ならこれでめでたしとなる予定だったのです」

「でも、そうならなかったのですね」

「ええ。白壁王は光仁天皇として即位します。そして井上内親王との間に次の天皇となるべき他戸《おさべ》親王が生まれます。ところが、この井上内親王と他戸親王は、突如皇室から追放されることになります。その理由は、他戸親王を一日でも早く皇位に即けるために光仁天皇を呪い殺そうとした、という容疑でした。二人は大和の宇智《うち》に幽閉され、死んでしまいます」

「じゃあ、皇太子には誰がなったのですか」

「光仁天皇と高野新笠《たかののにいがさ》という女性との間に生まれた山部王《やまべおう》です。その山部王が、のちの桓武天皇です」

「じゃあ、天武系の天皇は跡絶えるわけですね」

「そうなのです。皇室から追放され幽閉のあげく死んでしまった井上内親王母子としては、たまらない結果となります。呪い殺そうとしたという容疑なんて、はっきりした証拠があるわけじゃないですから」

「天武系の貴族とかは黙っていなかったでしょうね」

「だから、桓武天皇は遷都をしようとしたわけですよ。それに井上内親王母子の怨霊が、平城京に垂れ込めていることも感じたに違いありません。光仁天皇や桓武天皇の後ろ楯となったのは藤原百川《ももかわ》という人物ですが、井上内親王母子の死後ほどなくして彼も死んでしまうのです。さらに、平城京に季節外れの土砂まじりの豪雨が降ったり、落雷で薬師寺《やくしじ》の西塔が焼失するなどの天変地異も起き続けたのです」

ロケバスは、長岡京市今里にある乙訓寺《おとくにでら》に着いた。艮と詩織はバスを降りた。落ち着いた佇まいの寺で、小さな牡丹園が造られている。

「ところが、そうして遷都を敢行した長岡京もまた血塗られたものになりました。長岡京造営の総責任者として桓武天皇から任命されたのが、藤原種継《たねつぐ》でした。その藤原種継は、昼夜兼行で行なわれていた工事を視察中に、暗闇の中から放たれた二本の矢

長岡京大極殿跡

乙訓寺

によって殺されてしまうんです」

「まあ」

「藤原種継は藤原百川の甥で、桓武天皇は強い信頼を寄せていました。怒った桓武天皇は、反桓武勢力の中心であった大伴継人《おおとものつぐひと》ら二人を藤原種継殺しの犯人だと断じて即刻処刑します。そして、その黒幕として桓武天皇の実弟である早良《さわら》親王を捕えます。早良親王は、父親である光仁天皇によって皇太子に任ぜられていました。つまり、桓武天皇の次は早良親王が即位することになっていたのです。光仁天皇にとっては、桓武天皇も早良親王もどちらも可愛い息子であったに違いありません。しかし、ここでもまた弟と息子の争いが生まれるのです。桓武天皇としては、自分の息子である安殿《あて》親王に皇位を継承させたかったのです。早良親王は、捕えられてこの乙訓寺へ幽閉されます。早良親王は無実を主張しますが、聞き入れられません。そこで、早良親王は抗議の手段として絶食をします。そんな早良親王の存在におびえを感じた桓武天皇は淡路島への配流を決め、実行しますが、その途中で早良親王は衰弱死します。あくまでも無実を訴えての絶食を続けての結果です。早良親王の遺体はそのまま淡路島へ送られて、そこで葬られます」

「壮絶ですね」

「その早良親王の死後、桓武天皇の身辺で凶事が頻発します。まず桓武天皇の生母である高野新笠が亡くなり、続いて皇后の藤原乙牟漏《おとむろ》が死にます。早良親王に代わって皇太子となった息子の安殿親王は重い病に伏します。おまけに伊勢神宮までもが放火されます。こうなると、早良親王の怨霊に強い恐怖を抱かざるを得ません。桓武天皇は、怨霊が取り憑いた長岡京を廃都し、平安京への遷都を決めます」

「それで、十年間という短い都で終わったのですね」

「ええ。そして、桓武天皇は平安京を怨霊から守るためのバリアを幾重にも構築します。そのことは、これまでに見てきたとおりです」

艮と詩織は再びロケバスに乗り込んだ。

「地図を見てください。長岡京というのは、京都から見るとほぼ南西、つまり裏鬼門に当たるわけですよ」

「そうですね」

「最も恐るべき早良親王をこのままにしておいたなら、裏鬼門のほうから怨霊が襲いかかってこないとも限りません。それで、裏鬼門を押さえるために表鬼門のほうに強い装置を設けたのです」

「比叡山の延暦寺ですか」

「いえ、延暦寺は京都全体の守りです。怨霊は早良親王に限りませんから」

「じゃあ？」

「早良親王そのものを奉ることにしたのです。菅原道真の北野天満宮もその例ですが、非業の死を遂げた人物の死霊を鎮めるためには、その生前の功績を讃え、きちんとした待遇を与える方法が採られました。桓武天皇は、早良親王に天皇の尊号を贈ることにしました。その名前を崇道天皇と言います。〝崇拝すべき道にいる天皇だ〟という最大限の敬意を払ったわけです。そして、崇道天皇のための神社を、表鬼門の方位に建てたのです」

ロケバスは京都市内をほぼ鬼門線に沿って斜めに走行した。そして、高野川を挟んで比叡山と対する西明寺山《さいみょうじやま》の麓に着いた。

「これまでに、崇道神社の名前を聞いたことがありますか」

「いいえ、初耳です」

「天皇の尊号が贈られたわりにはマイナーな神社だ、という印象が否めませんよ」

良はロケバスを降りた。

昼間なのに仄暗い神社だった。訪れる人は他に誰もいない。古びた鳥居の下の石段をゆっくりと登る。

「気のせいか、少し寒いですね」

「もしかしたら怨霊の仕業かもしれませんよ」

「そんな」

詩織の足が進まなくなった。しかし、金縛りにあったわけではない。

(こんな番組を作ってもいいのかしら……)

立ち止まって、詩織はそう自問していた。

もしも怨霊が実在していたとしたら、こうしてテレビカメラが入っていくことを歓迎はしないだろう。人の死、それも非業の死というものに対して、こうしてレポーターとカメラが踏み込むことはよくないのではないか。

「怨霊の存在に対して知らん顔を決め込むことには、私は賛成できません」

艮は、詩織の疑問を予測していたかのように言った。

「無視をしてしまうと、怨霊はいつまでも浮かばれません。無念の死や不遇の処置をされた事実を、きちんと白日のもとに晒してほしいというのが怨霊の本意だと私は思っています」

詩織の足がようやく動いた。それほど広い境内ではない。社殿には、菊の御紋が掛けられていた。

「宮内庁がここを管理しているのですね」

「ええ。在位期間はないものの、天皇という称号を贈られているのですから。でも、宮内庁としてもこの神社の扱いはむつかしいでしょうね。直接に手を下したわけではないにしろ、早良親王を死に追いやったのは桓武天皇なんですからね」

詩織は社殿に向かって両手を合わせた。本来なら、桓武天皇の次に即位していたはずの人物である。もっと大きな御陵に眠っていてもおかしくないはずだ。

「桓武天皇の御陵は、伏見桃山城の近くでしたね」

「ええ、そうです。桓武天皇のほうは神門軸の上に永眠しているわけですが、こちらは鬼門軸です」

「こうして崇道神社を造ったことで、早良親王の霊は収まったのでしょうか」

「いいえ、そのあとも天災や疫病が京都を襲いました。早良親王以外にも、その周囲の人物の怨霊があったためだと思います。たとえば、早良親王の側近の人物として大《おお》伴家持《とものやかもち》がいました」

「歌人として有名なあの大伴家持ですか」

「そうです。家持は、早良親王が亡くなる一ヵ月前に陸奥の多賀城で赴任中に病死していたのですが、早良親王の側近だという理由で、桓武天皇はその官位を剝奪し、遺

崇道神社鳥居

崇道神社社殿

骨を掘り返して流罪にしたのですよ。桓武天皇に藤原氏が付き、早良親王に大伴氏が付いていたという構図から、その措置になったと思われますが、遺骨を流された家持の死霊もまた凄かったのではないでしょうか」

「大伴家持がそんなことになっていたとは、まったく知りませんでした」

詩織は崇道神社の境内を見回した。ロケの間、誰一人として訪ねてこない。神社の存在すら、あまり知られていないのだ。

2

「艮先生、すみませんが、もう少し話をしてもらえませんか」

記録係の安本藍子から声をかけられて言葉を交わしていた小野田が、艮のほうを振り向いた。

「どうしてだ？」

「少し時間が余ってしまうんです。今回は、長岡京大極殿跡と乙訓寺とこの崇道神社です。どれもそんなに広いものではないだけに、風景を繋いで残りの時間を満たすという手法が使えないんです」

「どのくらい余っている？」

「一分十五秒ほどです」

「しかたがない。じゃあ、あの鳥居の下で少し話をしよう」

「はい」

一度足が動かなくなった場所だけに気が進まなかったが、詩織は従った。

「時間が余ったと言われてもなあ」

艮の小さな呟きが詩織の耳に入った。

本来、この崇道神社は当初の七不思議に入っていなかったのだ。おそらく、艮は付け焼き刃的にネタを仕入れたように思われる。だが、その弱音を小野田たちスタッフの前で吐くことはできない。

「修学院離宮って、この近くでしたよね」

詩織なりに助け船を出したつもりだった。修学院離宮は当初の七不思議の中に入っていた。天皇という関連で話す材料を、艮なら持っているだろう。

「あれはもう触れない」

艮は言い捨てた。そして、しばらく考えた。

「成功者ではなく、失敗者についてならいいかもしれない……」

艮はまた呟いた。

カメラがセットされる。

「しばらく待ちましょうか」

小野田の声に、艮は「いや、回してくれ」と答える。

カメラが回り始めた。

「こうして、この崇道天皇や藤原種継といった犠牲者を出しながらも、平安京は造営されていきます。そして、桓武天皇の築いたバリアの威力で千年の長きにわたって京都は王城の都であり続けるのですが、その間にほんの半年ほどですが、京都からの遷都が行なわれているのを知っていますか」

「え、そんなことがあったのですか？」

詩織は、カメラを前にしたときの艮の強さに感心していた。呟きをしたときに横顔に浮かんだ不安さは微塵もない。

「歴史の授業で習ったはずですよ。京都から、神戸の福原《ふくはら》への遷都です」

「あ、わかりました。平清盛ですよね」

「そうです。平治の乱によって政治の実権を手中に納めた平清盛の時代に、平氏は栄華を極めます。清盛は自分の娘である建礼門院徳子《けんれいもんいんとくこ》が生んだ子供を安徳《あんとく》天皇として帝位に即けます。そして平氏討伐に立った源頼政を平等院の戦いで敗死させます」

「鵺退治をした源頼政ですか？」

「ええ、そうです。勇猛果敢だった源頼政ですら、平清盛の勢いにはかなわなかったのです。そんな清盛が、平氏の別荘地であった福原——現在の神戸市兵庫区に遷都を敢行します。安徳天皇のほか、上皇も法皇も福原へ行幸します。行幸させられた、と言ってもいいでしょう。京都の人々は、それを『天狗《てんぐ》の所為《しょい》』と批判します」

「なぜ、平清盛は遷都をしたのですか」

「初めての武家政権として、何をするにも旧来の慣例やしきたりが幅をきかせている平安京から脱して新しい地に都を求めた、と一般的には説明されているようです。しかし、私はそんな表面的なことではなく、桓武天皇以来の京都の魔界バリアから清盛は離れたかったのだと思えます」

「どういう意味ですか？」

「清盛は、貴族の治世を初めて否定した人物です。皇室や貴族にとっては、清盛こそが新しい鵺であったに違いありません。その鵺が、源頼政に勝ったのです。そして幼い孫を皇位に即けることで皇室を傀儡《かいらい》化しようとしました。それらによって彼が受けた妬みや反発は大きなものであったに違いありません。清盛はそれを恐れました」

「源頼政が死んでしまったのだから、鵺退治をしてくる人物はいなくなったのではありませんか」

「そんな単純ではないのです。建都以来さまざまな権謀術数がうごめいてきたのが、平安京です。人智を超えたパワーによって覆されることを危惧した清盛としては、魔界のバリアが張りめぐらされた京都からとにかく逃避したかったのです。その平氏に代わって政権を奪取した源頼朝もまた、鎌倉という遠い東国に幕府を開いています」

「源頼朝も、京都のバリアを恐れたのですか」

「私はそう思っています。ただ、悪賢さのある源頼朝は、清盛のような遷都はしませんでしたし、自分の孫を天皇に据えるという暴挙もしませんでした」

「福原遷都は長くは続かなかったのですね」

「ええ。わずか六ヵ月で京都に再び遷都をしています。そして、天狗と揶揄《やゆ》された清盛は、最後には熱病に取り憑かれて、炎熱の中で悶死しました」

「そんな死にかたをした平清盛の怨念というのはないんでしょうか」

「ありますよ。西大路八条《にしおおじはちじょう》にある大楠がそうです」

背後の鳥居に、非業の死を遂げた崇道天皇の怨念を感じながら詩織は聞いた。

「大楠ですか?」

清盛手植えの大楠

伝　平清盛坐像（六波羅蜜寺）

「現在も残っていますよ。見に行く時間がないのが残念ですが」

小野田が、「すみません」と手刀を切って割って入る。カメラが止まった。

「おもしろい話題なので、その大楠とやらを撮っておきたいんですが」

「しかし、時間が」

もう余っていた一分十五秒は消化したはずだ。

「編集で何とかします」

「しかし、崇道天皇のことはカットしてほしくない」

「では、われわれの業界用語で言うところの〝引っ張り〟でやります。『西大路八条まで見に行きましょう』というところで終わって、次の回まで内容を伏せます」

「まあ、それならいいだろう」

艮はやや不満そうながらも了解した。

西大路通に面して、その大楠はあった。大楠に守られるようにして若一《にゃくいち》神社という小さな祠がある。

「ここには、平清盛が営んだ西八条邸があったのですよ。この楠は、清盛の手植えです」

高く枝を張りめぐらせて、鬱然たる繁りを見せる楠だ。

「この西大路八条というのは、京都市内の南西部に位置しますが、そこに平清盛が邸宅を設けていたということは裏鬼門を意識していたということでしょうか」

「おそらくそうでしょう。平清盛は方位にも長けていたと思えるところがあります。福原だって、広い意味で京都の裏鬼門だと言えますから」

「ああ、そうですね」

神戸は京都から見て南西の方角になる。

「しかし、清盛は方位をうまく使いこなせなかったのだと思います。本拠地を六波羅《ろくはら》という場所に置いたことで失敗しています」

「六波羅蜜《みつじ》寺のあるところですね。そこを本拠地にしたのがどうしていけなかったのですか」

「当時は鴨川より東側は〝あの世〟とされていました。そういうところに本拠地を置いたのがよくなかったのですよ。もっとも、その当時武士は一段下に置かれていましたから、そういう場所しか空いていなかったのかもしれませんが」

「別邸があったこの西大路八条も、都の中心からはずいぶんと遠かったのでしょうか」

「当時は湿地帯で住みにくかったと思われます」

艮は大楠を見上げた。

「この大楠には曰く因縁がありましてね。昭和九年に、この前の西大路通に市電が走ることになりました。西大路通は拡幅されることになり、道路のほぼ真ん中にあった若一神社は東に移転することになりました。しかし、その境内にあったこの清盛手植えの大楠だけは移転できなかったのです」

「どうしてですか？」

「大楠を移し替えるために手を掛けた者は、枝から落ちたり、家族に不幸が続いて、平清盛の祟りと恐れられたからです。しかたなく、市電の軌道はこの大楠を迂回して敷設されました」

市電の軌道だけでなく、西大路通自体がこの大楠を避けるようにして曲がっている。現在では市電はなくなり、代わって市バスが走っているが、ここを通ったときにカーブをする原因が詩織はやっとわかった。

「清盛の手植えとなると、樹齢も相当なものですね」

「ええ。何度か枯れかけたことがあるそうですが、そのたびに不思議なほどの回復力で繁りを取り戻すそうですよ」

「凄いですね」

無数の車が行き交う西大路通にありながら、この大楠のある若一神社だけは、なぜか薄暗い。いまだに清盛の怨霊が漂っているということなのだろうか。

六ノ章　京の七不思議——その六

1

ロケバスは大文字山の麓にある銀閣寺の駐車場に着いた。

西大路八条の若一神社まで行ったために、予定より一時間ほど遅れてしまった。

「正午を過ぎていますが、昼食はこのロケが済んでからにします。了解ください」

小野田がバスの中で告げる。スタッフが機材を降ろし始める。

「あたし、先に食べてくるよ」

奈美が面倒くさそうに言った。

「ええ、どうぞ」

彼女がいてもいなくても、ロケの進行には何の支障もない。

「でも、一人だと観光地の食堂へは入りづらいわ。誰かいっしょに来てちょうだい」

「は、はあ」

奈美のわがままぶりに小野田はちょっと困惑した顔を見せながらも、「じゃ、梅津さん。同行してあげてくれますか」と言った。

機材の点検を手伝っていた梅津は、小さくうなずいて腰を浮かせた。

（あれ）

詩織は、奈美と梅津が出ていくのと入れ代わるように駐車場にゆっくりと姿を見せたタクシーに気づいた。二日目の尾行に気づいて以降、詩織はタクシーにはナーバスになっている。

（あのタクシーは、若一神社で見かけた記憶がある）

交通量の多い西大路通で、あのタクシーは詩織たちの撮影を見守るかのようにじっと停まっていた。

詩織は目を凝らして、観察をした。

おとといとは、タクシーの会社も運転手も違う。今度は男性運転手だ。そして後部座席に乗っているのはやはり女性のようだが、あのときの乗客とは別人のように見える。おとといの女性は小柄で痩せていたが、今の乗客はもっと肩幅がある。髪型もストレートのロングだし、年齢も若そうだ。若いと言っても三十代くらいだろうか。ただサングラスをかけているのは同じだ。女性客は座り直した。そして、詩織のほうを見つめてきた。サングラスをかけているにもかかわらず、粘っこい視線が向けられているのを感じる。

女性客はタクシーの運転手に何かを言った。

ほどなくして、タクシーは滑るように静かに発進して駐車場を出ていった。

「あの大文字山と比叡山を遠景で捉えてくれ」

艮はそんな詩織やタクシーのことにはまったく神経がいっていないようで、カメラマンに注文をしている。

（艮先生には言わないほうがよさそう……）

単なる詩織の思い過ごしかもしれないのだ。

大文字山と比叡山のツーショットから、今回のロケは始まった。

詩織は気持ちを切り替えた。

「こうして二つの山を比べてみて、大文字山は、鬼門軸上にある比叡山から少しはずれているのではないかと思いませんか？」

「ええ、そうですね」

大文字山から三キロ北に行ったところに、鬼門軸が通っている。その場所には、修学院離宮がある。

「でも、鬼門軸からはずれていると考えないほうがいいです。大文字山と比叡山は大昔は一つの山だったと言われています」

「本当ですか？」

「地質学的に両者は同じなのだそうです。二つの山頂の間にあった花崗岩が雨や風に削り取られて、二つの山になったのです。削り取られた花崗岩は良質の砂として銀閣寺の庭園などに使われ、白川砂《しらかわすな》と呼ばれています」

カメラは大文字山のほうへシフトした。

「あなたは京都に住んでいるから、大文字の送り火を見たことがありますね」

「はい。でも、五山全部を一度に見たことはないんですよね」

この大文字山のものは〝右大文字〟と呼ばれる。その他に東から順に、松ヶ崎《まつさき》の〝妙法《みょうほう》〟、西賀茂《にしかも》の〝船形《ふながた》〟、大北山《おおきたやま》の〝左大文字〟、北嵯峨《きたさが》の〝鳥居形《とりいがた》〟がある。

「市内に建物がこれだけ増えていますから、五山全部を一度に見るのはむつかしいですよ。五山すべてが見えるスポットは船岡山《ふなおか》くらいでしょう」

「朱雀大路を引く基準になった船岡山ですか」

「ええ。あとは、御所の近くのホテルの展望レストランからなら見えるかもしれません」

「はあ」

船岡山なら無料で登れるが、ホテルの展望レストランはそうはいかない。

「大文字の送り火の起源は知っていますか？」

「いいえ」

「諸説あるのですが、主なものは三つです。時代順に行くと、まず平安初期に空海が創始したというものです。かつて大文字山麓にあった浄土寺《じょうどじ》という寺院が大火に見舞われた際に、本尊の仏像が大文字山まで飛翔をしてそこで光明を放ったと伝えられています。それをもとに、空海が大の字形に火を用いる儀式を始めたというのです」

「平安初期とはずいぶんと古いですね」

「ええ。でも、この時期から送り火が続いているという記録はありません。空海がそういう宗教的行事を行なったことはあったかもしれませんが、毎年継続されてというわけではなかったと思います。二つめは室町時代中期に足利義政《よしまさ》が、近江の合戦で死亡した我が子の義尚《よしひさ》の冥福を祈るために大文字の送り火を始めたというものです。人海戦術で山の斜面に白布を広げて持たせて、下から見てその位置を細かく移動させることで大の字の形を決めたと伝えられています。三つめは江戸初期に、当時の三筆の一人と言われた能書家の近衛信尹《このえのぶただ》によって始められたという説です。大文字に関する文献というのは意外なほど少なくて、行なわれていたことが史料から確実だと断定できるのは江戸初期になってからなのです。そのあたりが、江戸初期起源説の根拠になっているのだと思います」

「艮先生は、どの説が正しいとお考えなのですか」

「私は、時期的には足利義政説を支持したいです。応仁の乱が京都にもたらした影響は想像を絶するものだったのです。京都市内の大半が焼け野原になってしまい、戦火で燃えてしまった寺社も多かったのです。京都が激しい主戦場になったことは、平安京創都以来このとき一度きりですよ」

「そんなにひどかったのですか」

「東京で言えば、関東大震災や太平洋戦争での大空襲に匹敵します。あるいはそれ以上でしょう。たくさんの人間が戦死をし、巻き添えを食ってしまった民衆も少なくありませんでした。それが、十年にわたって続いたのですよ。その応仁の乱の犠牲者を弔うという気持ちが送り火となったと私は考えています。お盆の時期の慰霊として、毎年行なわれるようになったわけです。スケールの大きな精霊流しと言ってもいいでしょう。ただし、足利義政一人の力ではできませんでした。応仁の乱で疲弊し、戦国時代へと傾斜していく流れを止められなかった室町幕府には、そこまでの財力も統率力ももう残っていなかったのです。太平洋戦争のあと、原水爆禁止運動が広がったように市民レベルで行動が始まったと思われます。だから、現在もなお大文字の送り火を支えているのは大文字五山保存会連合会という地元の住民なのですよ」

応仁の乱で身内を亡くした民衆はずいぶんと多かったと思われる。ようやく応仁の乱が終わったあと、その追悼をしようという気持ちが起きるのは当然だと思われる。

「五山のうち、最初に行なわれた送り火がこの右大文字だったと私は考えています。足利義政が建てた銀閣寺から最も間近でよく見えるのが右大文字というのがその根拠です。そして、他の四山に広がっていったわけです」

「どうして、大という字なんですか」

「人が手足を広げた形が、『大』ですよ。〝大の字になって寝る〟という言葉があるでしょう。お盆のときに各家に帰っていた精霊が、ゆったりと手足を伸ばすような気持ちで極楽へ帰ってほしいという願いが込められているのですよ」

「じゃあ、他の四山の意味は？」

「それは、これから一つずつ回って解説しましょう」

2

「こんなものが」

ロケバスに戻ってきた艮に、奈美が涙顔で駆け寄った。手には紙のようなものが握られている。

「どうしたんだ？」

「食事から帰ってきたら、ワイパーのところに挟んであって」

奈美はロケバスのフロントを指さした。

梅津が運転席に座って、やれやれといった顔つきで自分の肩を揉みほぐしている。奈美との昼食につき合わされて戻ってきた梅津は、こうして艮たちが帰ってくるまで、感情的な奈美の相手をさせられてずいぶんと疲れたということなのかもしれない。

「見せてみろ」

艮は紙を奈美から受け取って広げた。紙に書かれてあったのは奇妙な図形だった。野球のホームベースの形をさらに横に長くしたような形だ。Ｂ５サイズの紙に黒のフェルトペンで大きく描かれている。そして、その図形の中に、ひらがなで〝げほう〟と書かれてある。ただ、それだけだ。

「気にするな。単なるイタズラだ」

「イタズラなんかじゃないわ」

奈美は肩を震わせた。

「君は神経質すぎる」

「だって、怖いから」

艮は奈美を抱き寄せた。

詩織は周りを見回した。駐車場の中にも外にも、あのタクシーは止まっていなかった。

「艮先生」

少しためらったが、詩織はタクシーのことを話すことにした。

「関係ないかもしれません。乗っていた女性客は、この前とは別人のように見えましたから」

「おそらく別人の仕業だろう。それだけ、妬み嫉みを抱く人間が多いということだ」

哀しそうに艮は首を左右に振った。

「その紙に書かれた〝げほう〟って、何なのですか？」

「わからん。書いた奴に訊いてくれ」

艮は、奇妙な図形と〝げほう〟が書かれた紙をねじ曲げた。

「どうする？　先に東京へ帰るか」

優しい口調で艮は奈美に訊いた。

「一人で帰るのは嫌よ」

「じゃあ、もう少しだけ我慢してくれ。きょうでロケは終わりだ」

「でも、攻撃は終わらないわ」

「終わるさ」

艮はいきなり奈美を御姫様抱っこの体勢にした。そして、そのままロケバスへ乗り込もうとした。奈美の足がバスの入り口に引っかかる。

運転席にいた梅津が手助けをしようとする。

「かまわんでくれ」

艮は梅津を制して、奈美を肩の上に担いだ。そしてバスの段を登る。かなり無理をしなくてはならない。しかし、艮は強引にそれを実行した。

奈美を最後尾の席に座らせて、艮はさあ早くとばかりにスタッフにロケバスに乗るように手招きした。

「悪いが、薬局があったら止まってくれ。精神安定剤を買って飲ませるから」

ロケバスが走り出してすぐに、薬局は見つかった。

薬を飲むと、奈美は眠そうに身を横たえた。

次に向かったのは、妙法のある松ヶ崎であった。妙の字は万灯籠《まんとうろう》山、法の字は大黒《だいこく》天《てん》山と二山に一字ずつ送り火がなされるが、二山を合わせて妙法という一つの送り火として扱われている。

艮は、二山をバックに解説を始めた。

「一説によると、この妙法は鎌倉末期に日蓮宗の僧である日像《にちぞう》が始めたとも伝えられています。もともとはこの地方は延暦寺系の歓喜寺《かんきじ》が治めていた土地でしたが、日像によって歓喜寺の僧が改宗し、領民もその信徒となりました。これを記念して、妙法の送り火が始まったというわけです。もしそのとおりだったとすると、右大文字より早く始まっていたということになりそうです」

右大文字が空海によって始まったという説を採るならともかく、足利義政の時代からだとすると、(もし鎌倉末期から始まっていたなら)妙法のほうが早くなる。

「ただ、比叡山からそれほど離れていないこの松ヶ崎で、妙法を高々と点火するには、この地域がよほど独立性が高くないと無理です。しかし、そんな記録はありません。応仁の乱のあと、京都の統制が取れなくなったこともあって天文法華《てんぶんほっけ》一揆も起こっています。ですから、妙法の送り火はやはり応仁の乱のあとで始められたのではないかと私は考えています。歓喜寺から寺名を改めた涌泉寺《ゆうせんじ》では、点火終了の午後九時ごろから伝統的な題目踊が今も執り行なわれています。五山の中にあって、最も宗教色が強いのがこの妙法ではないでしょうか」

続いて、船形のある西賀茂にロケバスは着いた。

「そもそも海にあるはずの船が山に上がっているという逆説的なデザインは秀逸だと思いませんか」

カメラの前で、艮は詩織に語りかける。

「そうですね。この船には何の意味があるんですか？」

「これも、いろいろな説があります。遣唐使《けんとうし》船とか、御朱印《ごしゅいん》船とか……でも、私は実在の船がモデルになったと考えないほうがいいと思います」

「どういうことですか」

「送り火は応仁の乱の犠牲者を弔うためのものと考えると、これは精霊流しの船というふうに捉えたほうがいいと思います」

「船は、お盆のときに水の上を流れるものの象徴ということですか」

「そういうことですよ。御朱印船がモデルというのでは、宗教的な意味合いがあまり感じられません」

ロケバスはあわただしく左大文字のある大北山へと向かう。

カメラ機材を何度もセッティングしなくてはならないスタッフは大変だ。まだ昼食も口にしていない。

「この左大文字ですが、どうして左と付いているかわかりますか」

「五山をぐるりと見回して、大文字が二つあるうち、左手に見えるほうだからだと思います」

詩織は、頭の中で五山の位置関係を描いた。右大文字から左回りの順で、妙法、船形、左大文字、鳥居形、となる。

「でも、右京と左京はどうなりますか」

「あ、そうですね……」

右大文字があるのは左京区だ。そしてこの大北山は北区だが、ほんの少し西に行くと右京区になる。

「御所のあるほうから南に向かって右手にあるから右京、左手にあるから左京と呼ぶわけですよね。だとすると、左右逆になりますよね」

「あたし、なぜ左大文字と呼ぶのか、わかんなくなってきました」

詩織は頭を抱えた。

「右大文字と左大文字の字形を比較すると、左大文字のほうは筆順で第一画になる横一本が、左のほうにやや長いのですよ。ですから、左大文字だという説がかなり有力です」

「そこまでは気づきませんでした」

左右の大文字を一度に、それも長さが比較できる真正面の位置から見るということはまず不可能だ。

「でも、私はむしろ、さっきあなたが口にした素朴な意見のほうを採りたいです。五山をぐるりと見回して、大文字が二つあるうち、左手に見えるほうだから左大文字と呼ぶわけです。大文字送り火には、朝廷はほとんど関わっていません。手間のかかる準備を支えたのは名もなき一般市民でした。ですから、応仁の乱で焼け野原になった京都の街から、庶民の視線で見て左に見えるから左と呼んだ——それでいいのじゃありませんか」

「でも、どうして右大文字と同じ大の字というデザインなのですか」

「これは私の考えですが、銀閣寺の麓と金閣寺の麓という対比だと思います。室町時代を代表する二つの寺院をともに見下ろす位置にある山ですから」

「なるほど、そうですね」

金閣と銀閣はワンセットに扱われることが少なくない。

「実は、一時期この左大文字は、『天』と書かれていたそうなのです」

「え、天ですか」

「天に向かって精霊を送るという意味でしょう。でも、五山全体としてみたとき、大と天よりも、大二つのほうが収まりがいいということで、大になったのだと思いますよ」

「天という時期があったとは知りませんでした」

「ついでに言うと、市原野《いちはらの》には『い』の送り火が、そして鳴滝《なるたき》には『一』の送り火があったが、そこの住民の継続的協力が得られずに早くに途絶えたと言われています」

「『い』と『一』ですか。初耳です。でも、どんな意味があったのですか」

「『い』も『一』も、一番目ということでしょう。一番いいところに精霊を送ることで、魂の行き場がないということを避けようとしたのだと思います」

「つまり、今回の七不思議を通してのテーマになっている怨霊を都に漂わせないという意味があるのですか」

「そのとおりです。大文字の送り火というのは、八月十六日のお盆の終わりを迎えた京都全体が、怨霊に悩まされることなく平穏な日々を送りたいという願いに包まれてなされる一大イベントなのです。それだけ、京都というところはさまざまな悪霊に取り憑かれてきた歴史があるのですよ」

最後に、嵯峨の曼荼羅山《まんだらやま》にある鳥居形の前にロケバスは着いた。

「かなり低い山ですね」

「ええ、この鳥居形が五山の中で最も見えにくいかもしれませんね」

「この鳥居は、どういう意味があるのでしょうか」

「神仏習合の表われだと思います。あえて大ざっぱな言いかたをすれば、仏様の力でも神様の力でもとにかく〝精霊をきちんと鎮魂させてほしい〟という願いです」

「壮大なレクイエムという性格がここにも表われているのですね」

「それともう一つ、鬼門軸にある右大文字の大という人間の業が、神門軸にある鳥居で中和されるという意味が込められているのではないでしょうか」

確かにこの鳥居形はほぼ神門軸上にある。鬼門軸に近い右大文字からスタートして、神門軸で見事に終わっている。

「東から西へぐるりと見てみましょう。鬼門の『大』すなわち人間は、『妙法』などの題目により、精霊流しの『船』に乗って『天』に昇ります。左大文字はもともとは天の字だったのです。そして、都にいる人たちは、最も低いこの曼荼羅山の『鳥居』からその精霊を仰ぎ見るのです。精霊は人々から敬意を持って扱われることで、悪霊として漂わずにすむわけです」

「五山全体として、そういう意味があったのですか」

これまで詩織は五山の送り火をワンセットに捉えることはしたことがなかった。それだけに、艮の話は新鮮であった。

七ノ章　京の七不思議――その七

1

ロケの時間が押して、七不思議の最後になる白峯神宮に着いたときは夕方になっていた。遅い昼食は、移動中のロケバスでの車中弁当となった。

白峯神宮は今出川通に面している。ほんの少し西へ行けば堀川通との交差点になる。

「前を通ったことはありましたけど、中に入るのは初めてです」

詩織は境内を見回した。狭いながらも風格を感じる。

「見たところ古そうな印象を受けますが、この神社は、比較的新しいのです。創建は明治維新を目前に控えてのことであり、〝神宮〟を号することになったのは昭和十五年ですよ」

「神宮って何ですか？」

「天皇あるいは天皇の祖先を祀る神社のことです。伊勢神宮とか明治神宮とか、京都では平安神宮が有名ですよね」

「平安神宮は桓武天皇を祀っているのでしたね」

「それと、平安京最後の天皇である孝明《こうめい》天皇も祀られています。平安神宮もまた新しい神社なのですよね。平安建都千百年を記念して造られたのですから、約百年前です」

「この白峯神宮は、どの天皇を祀っているのですか」

「崇徳《すとく》上皇です」

「聞いたことがあるような名前ですが……」

「保元《ほうげん》の乱の悲劇の主人公ですよ」

「どういうかただったのですか」

「鳥羽《とば》天皇の第一皇子として生まれました。母親は名家の出である待賢門院璋子《たいけんもんいんしょうし》です。本来なら、順調に父親の皇位を継承していく立場にありました」

「だけど、皇位を継承しなかったのですか？」

天皇にならなかったら、上皇にもなれないはずだが。

「天皇になるにはなったのですが、わずか五歳で即位しました」

「どうしてそんなことに？」

「鳥羽天皇の時代に、実権を握っていたのは鳥羽天皇の祖父である白河《しらかわ》法皇だったのです」

「後白河法皇ですか」

「いえ、間違えやすいのですが、白河法皇です。その白河法皇は、鳥羽天皇に譲位を求め、五歳の皇子を崇徳天皇にしました」

「なぜそんな幼い子を天皇に？」

「それは、崇徳天皇の出生の秘密が影響しています。崇徳天皇は、母親である待賢門院璋子と曾祖父である白河法皇の間に生まれた子供だったのです」

「ええっ」

「『古事談』という史料によると、鳥羽天皇は崇徳天皇が我が子でないことを知っていて忌み嫌っていたとあります。もちろん、崇徳天皇には何の責任もないことですが」

「かわいそうですね」

「鳥羽上皇は無理やり退位させられた恨みを持っていましたから、今度は崇徳天皇を退位させて、本当の我が子である体仁《なりひと》親王を天皇に即かせることを狙い、それを実現します。崇徳天皇が二十三歳のときです。崇徳天皇は上皇となり、体仁親王は近衛《このえ》天皇となります。ところが、近衛天皇は病弱で、わずか十七歳で死んでしまいます。若い近衛天皇には跡取りの皇嗣はいなかったので、崇徳上皇は重祚《ちょうそ》すなわち天皇として返り咲くことを考えます。ところが、鳥羽上皇はもう一人の我が子である雅仁《まさひと》親王を次の天皇に即位させます。この新しい天皇が、さっきあなたが言っていた後白河天皇なのです」

「そうだったんですか」

「鳥羽上皇の死をきっかけに、崇徳上皇は重祚を狙って、後白河天皇との戦いを始めます。貴族たちも二分してそれぞれに付くことになります。これが保元の乱なのです」

「崇徳上皇は敗れたのですね」

「ええ。崇徳上皇は讃岐《さぬき》へ流され、崇徳側に付いた平忠正《たいらのただまさ》と源為義《みなもとのためよし》は斬首となりました」

「悲惨ですね」

「悲惨なのはむしろ讃岐へ流されたあとです。崇徳上皇はわびしい生活を送りながらも、三年の歳月をかけて大部の経典を写します。そして、鳥羽上皇の御陵へ奉納してほしいと経典を送ります。自分のことを生涯好きになってくれなかった名目上の父親ですが、崇徳上皇なりの和解と謝罪の気持ちを込めての経典奉納だったのでしょう。ところが、この経典奉納は拒絶され、送り返されてくるのです。それで、崇徳上皇は激怒します。『もはや生きていても無益なら、われは日本国の大魔王となりて、人の世を呪わん』と、自分の舌を切ってその血で呪いの言葉をしたためて海へ沈めます。それからは髪も爪も伸ばし放題で、身の毛もよだつ姿になったと言われています。そして、呪いの毎日を続けたあげく四十六歳で生涯を終えます。その遺体が京に帰ることを朝廷は許さず、讃岐の白峰山《しらみねさん》で茶毘に付して葬るようにと宣下を出します」

「それで、ここを白峯神宮と言うのですね」

白峰山と白峯、と少し字は違うが。

「ええ、そうです。宣下どおりに白峰山で茶毘に付されるのですが、いざ火を点けようとしたときに、突如として風が強くなり、雷鳴が轟いたそうです。それでも茶毘は強行されますが、その煙は風に逆らって京の方向へなびいたと伝えられています。そのあと、京ではさまざまな凶事が続きます。病床に伏していた二条《にじょう》天皇が亡くなります。さらに天然痘が流行して多くの死者が出て、そして平安京の三分の一を焼き払う大火も起こります。平安京の人々は『これは怨霊の祟りだ』とおびえます」

「崇道天皇と似ていますね。名前も崇道と崇徳ですし」

「いいところに気づきましたね。『崇』というあがめる字を朝廷は贈ったのです。崇徳上皇は、死亡当時は讃岐院と呼ばれていたのですが」

「でも、その崇という字は、〝祟《たた》る〟という字に似ていますね」

「そこまでの意味は込めてはいないでしょうが、朝廷が崇徳上皇と崇道天皇という二人を恐れていたのは間違いないです。それで、もう一つ気づくことがありませんか。なぜ、流された先が讃岐だったのかということです」

「讃岐という地名に意味があるのですか」

「地名ではありません。これまで見てきた七不思議のことを思い出してください」

「あ、もしかして、方角ですか」

京から見て、讃岐は南西、すなわち裏鬼門にあたる。そして、崇道天皇の配流予定地であった淡路島も裏鬼門の方角だ。

「そのとおりです。何かの乱が起きたあと、敗者を配流するときはその土地の方位を考えて、決められていたのです。たとえば、承久《じょうきゅう》の乱では順徳院《じゅんとくいん》は佐渡へ、土御門《つちみかど》院《いん》は土佐に流されています。それぞれ表鬼門と裏鬼門です。さらに平家打倒のクーデターに失敗した俊寛《しゅんかん》が流された鬼界島《きかいがしま》は、遠く離れた裏鬼門です」

「どうしてその方角を選んだのですか」

「最も京のバリアが厚い方角ですから、たとえ怨念を送っても弾き返すことができると考えたのですよ」

「でも、崇徳上皇の場合は弾き返せなかったのですね」

「そうなのです。そこで後白河法皇は、保元の乱の戦場であった洛東の春日原に崇徳上皇のために粟田宮《あわたぐう》を建てました。当初は御陵を築こうという計画もあったそうですが、遺骨が京に入ることは見送られました」

「この白峯神宮は、比較的新しいものでしたね」

「ええ。明治維新を前にして創建され、太平洋戦争を控えて神宮とされました。いずれも、天皇や皇室にとって大きな正念場を目前にしての時期です。それだけ崇徳上皇の怨念は長きにわたって恐れられ、強いパワーゆえに一目を置かれていたと言えるのではないでしょうか」

ロケバスは夕闇が迫る中、洛北大原へと向かった。崇徳上皇に関するもう一つのロケ地が大原にあった。有名な三千院から約三キロ西へ行ったところに、目的地である金毘羅山《こんぴらやま》があった。

ロケバスで行けるところまで行き、あとは徒歩で山頂をめざす。太陽は沈み、ライトを光源にしなくてはならなくなった。

「この山に何があるんですか？」

道はどんどん険しくなる。

「白峰山で荼毘に付された崇徳上皇の遺骨や遺品は入洛を拒否されたのですが、仕えていた大納言典侍《だいなごんのすけ》という人物が、崇徳上皇の無念をなぐさめるために遺品をひそかに京に持ち帰ります。そして都を見下ろす山に埋めて、その上に讃岐の金刀比羅《ことひら》宮を勧請して祠を建てました。それが、ここ金毘羅山にある琴平元宮《ことひらもとみや》なのですよ」

「それで金毘羅山という名前になったのですか」

「ええ、そうです」

話し続ける艮の横顔は暗くてよく見えない。

「今でこそ、この大原の地は京都市左京区の一部ですが、その当時は京の街をはるか遠くに望む山里だったに違いありません。しばらくの間は、京の朝廷からはその存在を知られることなく、琴平元宮はひっそりと建っていたことでしょう」

勾配がきつくなり、詩織もスタッフも肩で息をする。しかし、艮だけはなぜか呼吸が乱れない。

「この大原は、鴨川に注ぎ込む高野川の水源地です。権勢を極めた白河法皇が、サイコロの目と比叡山の僧兵と鴨川の氾濫の三つは自分の意のままにならないと嘆いた話は有名ですよね。崇徳上皇の怨霊は、鴨川にほとばしる大量の水をあふれさせ、逆巻きながら堤を越えて朝廷を悩ませた……私には、そう見えるのです」

カメラマンが転倒した。重いカメラを肩に担いだ体勢で艮と詩織を撮りながら後ろ向きに歩かなくてはならない彼にとっては、この暗い山道は酷すぎた。

「大丈夫ですか」

詩織はカメラマンに駆け寄ったが、艮はかまわずに前を歩いていく。

「艮先生、待ってください」

詩織は艮の水干の袖をつかんだ。袖は汗でぐっしょりと濡れていた。

「怨霊がひしめく京都で、政権を維持することは簡単ではない……皇居を東京に移した明治政府の判断は正しかったんだ……この地は早く離れたほうがいい」

艮はまるで譫言《うわごと》のようにつぶやいた。

カメラマンは小野田たちに抱え上げられた。たいしたことはなかったようだ。

「もうここらへんで切り上げましょう」

金毘羅山に建てられた琴平元宮

金毘羅山に残る魔王大神の碑

崇徳上皇図（歌川国芳画・「百人一首の内」）

白峯神宮

小野田が艮に声をかける。

「あと少しだ。せっかくここまで来たというのに引き返すことなんかできない」

艮は歩き出した。

やむなく詩織もあとに続く。カメラマンも何とか追いついた。

「ここ大原には、寂光院《じゃっこういん》があります。寂光院は誰で有名ですか」

「ええっと、建礼門院徳子《とくこ》ですよね」

「そうです。平清盛の娘であり、わずか八歳で壇ノ浦の海に沈んだ悲劇の安徳天皇の生母です。『平家物語』の結びの巻である〝灌頂の巻《かんじょうのまき》〟では、寂光院でひっそりと暮らしていた建礼門院を後白河法皇が訪ねます。後白河法皇にとっても、安徳天皇は孫になります。『平家物語』では後白河法皇が、ひたすら我が子の冥福を祈り続けながら質素な生活を続ける建礼門院を慰めるために大原へ足を運ぶわけです。対面した二人は共感を得て、それまでの長い争いの悲劇が吸い込まれていきます。感動的な『平家物語』のエンディングですが、これはあくまでもフィクションだと私は思います」

「どうしてですか？」

「後白河法皇は、安徳天皇とともに沈んだ三種の神器をあっさりと作り直すほどの冷淡な性格です。建礼門院を慰めに行ったというのはまず考えられません。ただ、後白河法皇がこの大原の地を恐れていたのは事実です。それは、崇徳上皇の遺品が埋められていたからです。後白河法皇は、その存在を知り、むしろ崇徳上皇の怨霊を鎮めるために大原へ足を運んだというのが、真相だと考えます。ほら、あそこですよ」

艮はかすかに震える指で差し示した。暗闇の中に、鬱蒼とした木々に囲まれた石碑が建っていた。ライトに照らされて浮かび上がったその石碑には〝魔王大神〟とくっきりと刻まれていた。

(こんなおどろおどろしい石碑が、京都にあるなんて……)

これまでの自分の京都に対する知識が表層的なうわべをなぞるものであったことは、この四日間で思い知らされたが、怨念が滲み出るような〝魔王大神〟の文字には、まさにトドメを刺される思いがした。

2

「本来なら、撮影の打ち上げをすべきなんですが」

小野田は申し訳なさそうに艮に言った。ロケバスは京都駅に向かっていた。

「今夜のうちに新幹線に乗らなくてはならないのだからしかたがない。あいつはまだ京都に残って行きたいところがあるようだが、迷惑になるから連れて帰るよ」

艮は、最後尾の座席でヘッドホンをかけてCDを聴いている奈美のほうに顎をしゃくった。

「迷惑ではありませんよ。明日はオフですから、よろしければ私が案内しますが」

「いや、それには及ばんよ。彼女は、この四日間あまり体調もよくないようだから」

艮はロケバスの中で、来たときと同じジーンズとブレザーに着替えていた。

「四日間、本当にお世話になりました」

詩織は、艮に頭を下げた。

「アシスタントとしてきちんと勉強してきた君の姿勢には、感心したよ」

詩織にはちょっと皮肉にも聞こえた。艮に対して食い下がったこともあった。

「いろいろと生意気を言って、すみませんでした」

「とにかく、ご苦労さんだった」

また一緒に仕事をしよう、とは艮は言わなかった。

時刻はもう午後八時を回っていた。

小野田が腕時計を見たあと、車窓に目をやった。

「もうすぐ京都駅です。打ち上げをしませんでしたからその代わりと言っては何ですが、せめて新幹線車中でお召し上がりになる弁当くらいはうちのほうで用意させてください」

「そんなに気を遣わないでくれ」

詩織は、ロケバスの後ろを振り返った。

もう付けてきているタクシーはないようだ。

「弁当は好みがあるから、こちらで買うよ。もし今度、京都に来たときは彼女が好きな京野菜を食べさせてくれる店にでも連れていってもらうことにするよ」

「承知しました」

先斗町の〝京やさい屋〟へは詩織だけが同行した。小野田はそのことを知らない。

「それから、編集が済んだなら、ビデオのチェックをオンエアまでにしておきたい」

「はい。わかりました。先生のところへ編集済みのビデオテープをダビングしたものを急いで送ります」

「あすから来週の月曜日までは四泊五日の日程で韓国と香港へ行っているから、チェックはそのあとになるけれど」

「ええ。編集が仕上がるのは三、四日後になると思います。先生はよく御存知でしょうが、完パケを本邦テレビさんに納品しないことにはわれわれは制作費をもらえません。うちのような貧乏所帯としてはできるだけ早く完パケを納品したいのです」

完パケというのは、編集もチェックも済んだ完全パッケージつまり〝そのまま放送に使える完成品のビデオテープ〟という意味だ。完パケ納品までは制作費は支払われない、ということは詩織は知らなかった。

「わかった。ビデオのチェックは帰国したならすぐにやるよ」

「よろしくお願いします」

艮のチェックが終わらないと、完パケの納品もできない。

ロケバスの前方に、イルミネーションに彩られた京都駅ビルが大きく見えた。四日間にわたっての〝京都の七不思議〟めぐりはいよいよ終わりを迎えた。

「転んだときのケガは大丈夫かね」

艮は思い出したようにカメラマンに声をかけた。

「ちょっと擦りむいただけですから」

カメラマンは肘をさすった。わずかに血が出ていた。

「無理な撮影をさせてしまって申し訳なかった」

艮は手を差し出した。

「いえ。プロとして、転んだのは恥ずべきことです」

カメラマンは握手に応じた。

「それでは、編集テープの送付をよろしく」

艮は小野田とも握手を交わした。そして後部座席へ足を運ぶと「さあ、行くぞ」と奈美に声をかけた。奈美は小さく頷いた。まだ精神安定剤が効いているのか、トロンとした目をしている。

「艮先生、ありがとうございました」

詩織は自分から握手を求めた。

差し出された艮の手は、びっくりするほど冷たかった。

「君まで脅迫の対象になったが、もうあのことは忘れてくれ。ロケはきょうですべてが無事に終わったのだから」

艮は小さい声で言った。

「ええ、まあ」

詩織はあいまいに返答した。

確かにロケは終わった。だが、厄災はロケ中に起こるという限定があるわけではない。

3

詩織は、三日ぶりに父に電話をかけた。

「もしもし、詩織です。今よろしいですか」

「ああ。かまわんよ」

「前に言っていたテレビのロケがきょうで終了しました」

「そう、お疲れさんだったね」

「でも、まだ何かやり残しているような気がしてしまうのです」

それが正直な心境だった。

「七不思議は、どういうものだったのかね?」

「結局のところ、醍醐寺、三年坂、龍安寺、東寺、崇道神社、大文字山、白峯神宮の七つとなりました」

「さすがに京都だけに、寺社が多いね」

「ええ。でも、単なる観光スポットめぐりにはなっていません。政治都市であった京都を、七不思議というアングルから光を当てる裏の京都案内になったと思います」

その点では、詩織自身もとても勉強になったと思っている。だが、まだ京都のさらなる深層には辿り着いていない気がするのだ。

「その七不思議の共通項は、何だったのだね」

「鎮魂だと思います」

艮は終始、鎮魂というスタンスを重視していた。

「ヨーロッパでは、鎮魂は日本以上に重要視されている。民族間の凄まじい戦いと虐殺が、古来からホロコーストまで繰り返されてきたからね」

「ホロコーストって何ですか」

「ナチスによるユダヤ人の殺戮だよ。アメリカだって、先住民のインディアンを大量に殺したうえで、合衆国が建国されている。日本にはそこまでの歴史がないから、今の日本人は鎮魂にあまり関心がないのかもしれない」

「お父さんは、〝げほう〟という言葉を知っていますか？」

バスのワイパーに挟まれた紙に、野球のホームベースのような奇妙な図形とともに書かれていた言葉だ。

「げほう？　どんな字を書くのかね」

「わかりません。ひらがなでした」

「外の法と書く外法くらいしか、思い当たらないな」

「外法って、何ですか」

「もともとは仏教以外の教えのことを、外法と言ったのだよ。ところが、仏教から分かれた独自の教えができると、今度はそれを外法と呼び始めた」

「少しわかりにくいです」

「要するに、〝外〟という漢字には、二つの意味がある。まずは、はずれてしまった違うものという意味だ。魚釣りで目的以外の種類の獲物を外道《げどう》と言うのが、その例だ。もう一つは、正式ではない別ものという意味だ。本来の伝記から洩れた逸話などを外伝《がいでん》と呼ぶのが、その例だ」

父は、教職者らしい言いかたで説明した。

「もともとは、仏教以外の宗教――たとえばヒンドゥー教などが、仏教とは違うものという意味で外法と言われた。ところが、仏教の中に、別の宗派のようなものができた。それが、新しく外法と呼ばれ出したわけだよ」

「新しく外法と呼ばれたのは、どういう教えだったのですか」

「私も詳しいことは知らないが、教えと言うより、妖術《ようじゅつ》と言ったほうが近いらしい。髑髏《どくろ》を使ってのおどろおどろしい祈りをするが、霊験はあらたかだったとされている」

「髑髏ですか」

「それも、どんな髑髏でもいいというものではなく、外法頭《げほうがしら》でないといけない」

「外法頭って、何ですか？」

「才槌頭《さいづちあたま》のような形のものだよ」

「才槌頭もわかりません」

「詩織の世代は使わない言葉なのかな。外法頭も才槌頭も『広辞苑』とかには載っているよ。頭全体が大きくて、顎が尖っている。そして耳が目より上に位置するような頭蓋骨の形状を外法頭と呼ぶんだ。外法の祈禱に使われたことから、外法頭の名前が付いた」

「あの、それって、野球のホームベースのような形の頭ですよね」

「そういうことだ」

バスのワイパーに挟まれた紙に描かれていたのは、外法頭の形をシンボル化した図形だったのではないだろうか……。

「外法について、もっと詳細に教えてください」

「いや、これ以上のことは知らない。私は、西洋史学者だよ」

「そうでしたね」

「だが、調べることはできるよ。もしも、何かわかったなら、連絡しようか」

「はい、お願いします」

4

それからちょうど一週間が経った。

京都府船井《ふない》郡八木《やぎ》町の渓谷ぞいの山道を、送電鉄塔の保守点検にやってきた電力会社の作業員三人が歩いていた。桂川の上流の、さらに上流にあたる小さな川が岩の多い渓谷の下に流れている。

この上にある林道は車が通れて、林産業者の小型トラックがときどき通るが、そこから一段下の山道になると車は通ることができず、人もめったに歩かない。

「おい、何か臭わないか」

「異臭だな。腐ったような嫌な臭いだ」

「渓流のほうからだぞ」

水量は少ないが、水質はきわめてきれいな川だ。彼らは喉が渇いたときに、渓流まで降りていって飲んだこともある。

「あれは、何だ」

渓谷の中に花が咲いたような黄色いものが見えた。

「ミニテントだ。バーベキューでもやっているんじゃないか」

しかし、彼らはここでハイカーと出会ったことはこれまで二、三度しかなかった。水底が浅いためかあまり魚もいないようで、釣り人もほとんど見かけたことがない。

「バーベキューならもっと香ばしい匂いがしてもいいんだが」

異臭は消えない。

「おおい」

一人が叫んでみる。だが、反応はない。

「世の中には物好きな奴がいるから、放っといてもいいんじゃないか」

「しかし、火の始末とかをきちんとやっておいてもらわないと」

山火事になれば、送電線に被害が及ぶことだってある。

三人は川岸まで降りた。ミニテントは雨や日差しを防ぐためのビーチパラソル代わりのもので、狭くて寝るのにはあまり適さない。だいいち、こんな岩場で寝るのは無理だ。

「こいつが腐っているんじゃないか」

ミニテントの前に置かれた開けっ放しのクーラーボックスの中に臭いの元があった。精肉店の袋に入った牛肉と豚肉が五分の一ずつほど使われた状態で、その多くが残っていた。豆腐も使いさしのまま、腐っていた。

「ここに鍋があるぞ」

石を積んで小さなかまどが作られていた。木の燃えかすが残っていたが、火種はもう消えている。かまどには土鍋が置かれている。中には食べさしの野菜や豆腐が入ったままだ。

「いったいどうしたというんだ」

一人がミニテントをそっと開けた。リュックサックが一つあるだけだ。

「おい、あれを見ろ」

その指さす方向に人間の足が見えた。胴体や頭は岩場に隠れているが、間違いなく人間の足だった。

三人は、岩場で体勢を崩しながらも近づいた。

後ろで髪を結わえた女性がうつ伏せに倒れていた。

「どうした。しっかりしろ」

肩を揺すってみるがまったく反応はなかった。その生気のない白い横顔には苦悶の表情が浮かんでいた。

「救急車、いや警察に連絡だ」

携帯電話は圏外だった。

5

約三十分後に到着した警察官によって、女性の死亡が確認された。着衣の乱れはなく乱暴された可能性はなかった。また八万円余の所持金があり、物盗りの線も考えられなかった。遺体は解剖に回された。

林道から脇に入った雑木林の中にシートをかけたバイクが停めてあった。普通車一台がやっと通れるほどの幅しかない林道だけに、そこに停めることは気が引けたようだ。ナンバーと免許証から女性の身元が割れた。東京都北区に住む長江奈美だった。

彼女には、同居人の艮七星こと飯塚次郎《いいづかじろう》から捜索願がきのう出されていた。

「長江奈美に間違いありません」

京都府警八木警察署の霊安室で、艮七星は長江奈美の遺体を確認した。

「いくつか訊きたいことがあります」

艮は取調室ではなく、刑事部屋の隅にある応接コーナーに連れていかれた。

「単刀直入ですが、長江奈美さんとの関係は？」

「同棲相手です」

「結婚は？」

「いずれはと考えていました」

「知り合ったきっかけは？」

「お客でした。私は今のようにテレビには出演しておらず、週刊誌でのコーナーも持っておらず、電話帳に小さく載せた広告だけが頼りでした。せっかくやって来たお客をのがすまいと、親身になって相談に乗りました」

「どういう相談だったのですか」

「失踪した夫の行方を知りたいという相談でした」

「方位だけでなく、そういうアドバイスもするのですか」

「いえ、お門違いもいいところです。でも、だからといって追い返しては、商売になりません。そして何度か会って話を聞くうちに、お互いに情が移っていったのだと思いますか」

「そうですか。ところで、彼女はツーリングとかはよくするほうでしたか」

「ええ、一人で気ままにバイクで出かける旅が好きでしたね。でも、私と暮らすようになってからはそんなに多くはありませんでした」

「あなたは捜索願を出していますが、一人で気ままに出かけることがあったのなら、あまり心配する必要はなかったのではありませんか」

「実は、彼女は先週京都へロケに行ってから精神的に不安定な状態になりまして、気がかりだったのです。私は韓国と香港での仕事がありまして、いっしょに行かないかと誘ったのですが、彼女は首を横に振りました。そして、帰国してみると、何の書き置きもなしに、いなくなっていました。彼女はこれまでぶらりと出かけるときも、必ずメッセージは残してくれていましたから」

「京都で何があったのですか？」

「嫌がらせを受けました。同業者の妬みというやつですよ」

「そんなことがあったのに、どうして彼女は再び京都へやってきたのでしょうか」

「わかりません。ただ、京都ロケを終えて帰る新幹線の中で、『あたしだけ、もう一日残ってもよかったかな』とポツリと洩らしました。ロケにはずっとつきあっていたわけではなく、一人でホテルにいるときなどは郊外ハイキングなどのガイドブックを読んでいたようです」

「念のため、お訊きするのですが、韓国と香港へはいつからいつまで滞在していたのですか」

「京都ロケの翌日の木曜日から、おとといの月曜日までです。かなりタイトなスケジュールで講演やテレビ出演が続いて、疲れました。それに、海外で仕事をするというのは初めての経験だったもので」

解剖の結果は出ていた。死後四日から五日という死亡推定日だった。日付で言うと、六月の十八日から十九日にかけてだ。六月十七日から二十一日まで四泊五日の行程で韓国と香港に滞在していた艮には、アリバイが成立することになる。

「私を疑っているのですか？」

艮は上目遣いに見た。

「いいえ、そういうわけではありません」

解剖によって死因もはっきりした。胃の中から、有毒な野草が出てきた。毒ゼリだった。毒ゼリは日本の各地に自生し、食用のセリと形状が似ており、とりわけ若葉のころは判別がむつかしい。毒ゼリはシクトキシンやシクチンといったアルカロイド系の毒素を含み、誤って食べてしまうと神経中枢が冒され、強いけいれんによって呼吸困難となり一命を落とすこともある。

「長江奈美さんはハイキングやツーリングに出かけて、野草を採って食べるというのが好きだったのですか」

「ええ、好きでしたね」

6

詩織は、二人の刑事の訪問を自宅で受けた。

「八木警察署の者です。夜分にすみませんな。昼間は大学のほうだとお聞きしたものですから」

年配のほうの刑事が代表して警察手帳を見せた。

「誰からお聞きになったのですか」

「京都映像制作の小野田さんからです」

「何かあったのですか？」

「御存知ないのですか。長江奈美さんが亡くなったのです」

「ええっ、いつですか」

「けさ、発見されました」

きょうは、新聞やテレビに接していない。ロケのために休んだ講義のノートを友だちから借りて写したり、課題レポートを書いたりで忙しかった。

「交通事故か何かですか」

「そこらへんはまだ断定には至っていないのですよ。それで、確認なのですが、長江奈美さんは野菜が好きでしたか？」

「はい。一度、京野菜の専門料理店に御一緒したことがあります。そのことも、小野田さんからお訊きになったのですか」

「いえ、これは艮さんからです」

ようやく若いほうの刑事が口を開いた。

「それで、そのときどんな話をしましたか」

「どんな話って？」

「彼女が自生している野草を採りにいくといったことは、話題に出ましたか」

「ええ、あったと思います」

「そうですか。じゃ、京都でそういう野草採りをしてみたいといったことを彼女は言っていましたか」

「そんな話題も出たような記憶がありますけど、よくは憶えていません。それがどうかしたんですか」

「いえ。単なる裏づけ調査です。どうもすみませんでしたな」

刑事たちはあっけないほど短時間で引き上げていった。

詩織はすぐに小野田の携帯電話に連絡を取った。

「そうなんだよ。私も驚いたよ。さっき本邦テレビのほうへ確認したんだが、長江奈美は撮ったビデオに出演していたわけではないから、オンエアは予定どおり行なうということだ。ホッとしているよ」

せっかく撮ったものが使われないとなると、制作会社としては努力が水泡に帰してしまう。詩織としてもせっかくの全国ネットデビューが幻に終わってしまうことになる。

「艮先生のビデオチェックは終わったのですか」

「先生が帰国した翌日の二十二日朝に着くようにビデオを送った。先生はその日のうちにさっそく見てくれてオーケーの電話をもらったよ」

あさっての金曜日に、シリーズ一回目の醍醐寺の謎がオンエアされる予定だ。

「あたし、いまだに信じられません。奈美さん、元気だったのに」

「同感だよ」

「奈美さんはいったいどういう死にかただったんですか」

やはり、ロケ中に繰り返された脅迫状のことが気になる。〝厄災〟は、艮ではなく、奈美の身に降りかかったということなのだろうか。

そして、クイーンホテルに置かれていた脅迫状には、アシスタントである詩織にも〝厄災〟が及ぶ可能性が記されてあった。詩織としては、奈美の死は他人ごとでは済ませられるものではないのだ。

「うちにやって来た刑事の話によると、人がほとんど通らない渓谷で倒れているところを発見されたということだ。彼女はバイクに乗って一人で京都までやってきて、自生の野草を鍋に入れて、しゃぶしゃぶのようなものを作って食べようとしたようだ。ところが、その野草の中に毒ゼリが混じっていたというわけだよ。川のすぐ近くに遺体はあったそうだから、あるいは苦しんで水を飲もうとしたのかもしれない。同行者がいたなら、すぐに救急車を呼んでもらって助かったかもしれないんだが」

「かわいそうに……」

「警察は毒ゼリを誤って食べたことによる事故死という見方を強めているようだが、

有名人の同棲相手ということもあって慎重にやっているのじゃないかな」

「奈美さんと食事に行ったとき、彼女は四国の田舎育ちでときどき山の中に入って野草を自分で採ってくるという話が出ていましたけど、そこまでの人なら毒草かどうか見分けられなかったのでしょうか」

「毒キノコを食べて死んでしまう人も毎年のように出ているじゃないか。それもまったくのズブの素人ではなくて、ある程度慣れている人間のほうがかえって危ないって聞いたことがある」

「お店で食べたらいいのに」

「そりゃ、自然の中での爽快感とか、自分で採ってくる楽しみとかがあるんだろ。釣り人が自分で釣った魚を船上で食べるのが格別においしいというのと似たところがあるのじゃないかな」

彼女はバイクで京都までやってきたということだが、それも新幹線とか車とは一味違った解放感が得られるからかもしれなかった。

(でも、奈美さんはずいぶんおびえていたのに……)

艮に対する脅しは執拗に続いた。奈美は恐怖に囚われていた。

「とにかく、ニュース性はあるよな。現在売出し中の方位アドバイザーの同棲相手が京都の渓谷で突然の寂しい死を迎えた――マスコミにどんどん取り上げられたなら、うちが制作した七不思議シリーズの視聴率のアップも期待できるよ。いいタイミングになった」

「…………」

人が死んだのに不謹慎じゃないですか、と言いかけてやめた。視聴率が取れるか取れないかは、放送局にとっても制作会社にとっても死活問題だ。

「本邦テレビは自分のワイドショーのレギュラーコメンテーターが艮だという強みを活かして番組作りをしてくるんじゃないか」

小野田の勘は的中した。

本邦テレビは翌日の〝見た者勝ちワイド〟で艮を特別ゲストに呼んだ。

長江奈美のことが紹介されたのは、番組トップだった。

「きのう、最新ニュースのコーナーでお伝えしましたように、京都で女性が死亡しました。まだ三十四歳という若さでした」

奈美の顔写真が画面に映る。

「その女性――長江奈美さんといっしょに暮らしていた男性が、この番組の金曜日のレギュラーコメンテーターである艮七星さんだったのです」

艮がアップで映る。いつもの水干姿ではなく、黒の上下の喪服だ。

「きょうは木曜日ではありますが、艮さんに特別にお越しいただきました。このたびは、心よりおくやみを申し上げます」

司会者が頭を下げる。

「どうも」

「御葬儀はいつなのですか」

「明日に行ないます。この番組は、明日は休ませてください」

「承知いたしました。それで、さっそくなんですが、長江奈美さんはどういう女性でしたか？」

「私の口から申し上げるのも何ですが、とても感性の豊かな、そして純真で心の優しい女性でした」

「知り合われたきっかけは何だったのですか」

「一年ほど前のことですが、私のところへ相談に来たのです。彼女の夫が突然に失踪してしまったのでその行方が知りたいと、私が電話帳に載せていた〝方位アドバイザー〟という広告を見て訪ねてきたのです」

「そういう失踪者の行方といったこともわかるのですか」

「いいえ、正直申しまして無理です。そんな意味の方位ではないですから……でも、いろいろと話をしているうちに、夫のことを心配する彼女の純真さに魅かれました。外に女性を作った可能性もあるのにそれを疑いもせず、とてもけなげでした。お見合いで結婚したということでしたが」

「それで、その男性の行方はわかったのですか？」

「いいえ。ただ相談を受けたあと、突然に夫から離婚届が送られてきました。もう探さないでほしい、という短い手紙が添えられていました。彼女は泣き崩れて、とてもかわいそうでした。何度か会っているうちにお互いに情が移って、いっしょに暮らすようになりました」

「結婚は？」

「彼女が離婚届を役所に出してまだ半年が経っていませんので、したくてもできませんでした」

「なるほど。それで、辛いことを訊くかもしれませんが、遺体とはもう対面なさったのですか」

「はい。毒のある野草を食べてしまったということで、少し苦しそうな表情でした」

「野草を採って食べるということは、彼女はよくやっていたのですか」

「ええ。最初のうちは高校時代の友人といっしょに行っていたということですが、その友人に赤ちゃんができてからは、一人でぶらりと行っていました」

「艮さんは同行したことはなかったのですか」

「一度ありますよ。ただ私はアウトドアが苦手なんです。それに、最近は忙しくなって、つきあいたくてもなかなかつきあえませんが」

「彼女はどうして京都に行ったのだと思いますか」

「よくわかりません。その少し前に、この番組のための京都ロケへ付いてきていました。それで、京都に興味を持ったのかもしれません」

「京都ロケの内容は？」

「京都の七不思議を、私なりの視点から取り上げたものです」

司会者はカメラのほうに向き直った。

「当番組では、京都の七不思議シリーズを来週の月曜日から放送いたします。予定では金曜日ごとに一つずつ七週にわたって放送することになっていましたが、毎日連続で七日間ということにしたいと思います」

本来なら、艮がレギュラーである金曜日ごとに週一つずつという予定であったが、来週月曜日から（この番組のない土日を除いて）、毎日連続放送するということになったのだ。おそらく、艮も毎回出るのだろう。

「みなさんと京都の風景を見つつ、長江奈美さんの御冥福を祈りたいと思います。艮さん、月曜日からよろしくお願いします」

「こちらこそ、よろしくお願いします」

7

詩織は、八木町に足を向けた。ＪＲ嵯峨野線の八木駅で降りて、警察署までタクシーに乗る。

家に訪ねてきた刑事は、警察手帳を見せてくれたが名前は憶えていない。ただ、顔はしっかりと記憶している。

生まれて初めて足を踏み入れた刑事部屋の印象は、とにかくタバコ臭かった。見渡す限り男ばかりで、テレビドラマでよく出てくる女性刑事の姿は見受けられなかった。

「どうかしましたか？」

若いほうの刑事はいたが、年配のほうは姿が見当たらなかった。

「あの、きのういっしょにいらしたかたは？」

「今、犯人の送致中です」

「えっ、犯人！」

「自動販売機荒らしの犯人を逮捕したのです。こういう小さい警察署では、刑事の守備範囲はやたら広いですからね」

「そうでしたか」

「僕ではお役にたてませんか」

「いえ。そういうわけでは……実は、長江奈美さんのことについて、頷けないことがあるのです」

「どういうことですか？」

「きょうのテレビのワイドショーで、艮さんが出ていました。奈美さんのことを〝純真で心の優しい女性だ〟と艮さんは誉めていました。でも正直なところ、京都でのロケでは、〝かなりわがままで神経質な人だ〟という印象をあたしは持ちました。艮さんは、ずいぶんと奈美さんに振り回されていたと思います」

「しかし、それはあなたの主観ではないですか」

「そのとおりです。でも、艮さんが奈美さんにずいぶんと気を遣っていたのは確かです。それと、脅迫状が届いていたことを御存知ですか」

「脅迫状——」

それまで足を組んでいた若い刑事が身を乗り出すようにした。

「しつこいくらいでした」

詩織は記憶を辿りながら順番に挙げた。

まず本邦テレビに〝おまえは殺人鬼だ〟という短いものが届いた。そして次は京都映像制作に首を切られた猿が送られてきた。さらに鉄輪の井戸水が本邦テレビに郵送されたあと、〝いっさいのテレビ番組から降りろ〟という長い脅迫状が宿泊先のクイーンホテルにまで届けられた。追い討ちをかけるように、ロケバスに鵺池の水が便利屋を雇う形で渡され、そしてホームベース形の図形がロケバスのワイパーに挟まれていた。

「そういうことは知りませんでした。参考になります」

若い刑事はメモに書き留めた。

「情報を提供してもらった返礼として教えますが、京都府警本部のほうにも告発の手紙が速達の匿名で届いたばかりでしてね」

「どんな手紙ですか」

「長江奈美は殺害されている。その犯人は艮七星だ……といったことが書かれてあったということです」

「新聞や雑誌の活字を切り抜いたものですか」

「そうです」

「刑事さんたちが裏づけの調査で来られたときに、あたしがお答えしたことはもちろん間違っていません。奈美さんはベジタリアンですし、自分で野草採りに出かけることがあると彼女は話していました。でも、よくよく考えてみると、あたしはその証言をするように仕向けられたのかもしれないのです」

「と言いますと?」

「あたしが誘われて御馳走になる理由はほとんどなかったのです。あたしはむしろ証言者として利用されたのではないかとさえ思っています」

「利用、ですか」

「利用は言い過ぎかもしれません。でも、とにかく毒ゼリを食べたことによる事故死だって断定してしまうことはせずに、もう少し調べてほしいと思うのです」

「断定は、まだしていませんよ。こちらもまだ腑に落ちないことがありますから」

「どういうことですか」

「あまりしゃべると上司に怒られますから」

若い刑事は頭を掻いた。

「ヒントだけでも言ってください。あたし、部外者ではなく、関係者です。それに協力者ですよ。もちろん、これからも何かあったらいつでも協力します」

「長江奈美さんの死因は、間違いなく中毒死です。体には大きな外傷はありませんでした。ただ、もしかすると彼女がロープのようなもので縛られたかもしれないような痕跡はありました」

「どういうことですか」

「それが意味することは、まだわかりません」

八ノ章　京の七不思議——その八

1

詩織は大学の図書館で、京都市内の地図を広げながら考え込んだ。

京の不思議というのは、七つどころではなかった。当初、艮は神門軸上の不思議として、醍醐寺、伏見城、龍安寺の三つを、鬼門軸上の不思議として二条城、比叡山、修学院と桂の離宮の三つを挙げ、その中間に朱雀大路の東寺の謎を加えて七つとした。こうして地図に並べてみるととてもバランスが取れている。

ところが、その中から四つを変更した。伏見城を三年坂に、二条城を崇道神社に、比叡山を大文字山に、そして修学院と桂の離宮を白峯神宮に入れ替えた。これらの急な変更こそ、詩織にとっては八番目の七不思議であった。

四つの変更のうち、三年坂は神門軸からはかなり外れてしまった。大文字山も太古の昔に比叡山と同じ山だったとはいえ、やはり鬼門軸からずれている。崇道神社は鬼門軸上と言えるが、白峯神宮のほうは上皇が流された讃岐が鬼門軸上だったという苦しいコメントをしなくてはならなかった。それに、崇道神社と白峯神宮はともに皇位をめぐる怨念ということで似た部分がある。テーマとしては、こういう重複は避けたほうがいいような気がする。

(修学院と桂の離宮をなぜ避けたのかしら)

伏見城と二条城については調べたが、離宮についてはまだだった。

修学院離宮と桂離宮——先にできたのは桂離宮のほうだ。八条宮智仁《はちじょうのみやとしひと》親王はかつて豊臣秀吉の猶子《ゆうし》(養子よりやや弱い親子縁組関係)だった。その親王に対して徳川幕府は〝離宮を建設してあげましょう〟と持ちかけた。親王は、世が世なら秀吉の後継者に収まっていたかもしれない男だった。そんな親王がもはや政治に関心を持たないように、豪華な離宮に心を向けるように仕向けたわけである。桂は月の名所であり、月は和歌の重要題材の一つになっている。親王は和歌に造詣が深く、惜しげもなく幕府の金を注ぎ込んで月の名所に次々と建築されていく立派な離宮に胸を躍らせたに違いない。

一方の修学院離宮は、智仁親王の甥になる後水尾《ごみずのお》天皇（上皇）のためにやはり江戸幕府が造った離宮だ。徳川家康は豊臣秀頼を滅ぼした直後に、後水尾天皇に〝禁中《きんちゅう》並《ならびに》公家《くげ》諸法度《しょはっと》〟を示す。皇族や貴族を学問や芸事だけに押し込めて政治から遠ざけるというのが狙いである。その実現のため、智仁親王に対する桂離宮と同じように、後水尾天皇に壮大で美しい修学院離宮を徳川幕府はプレゼントしたわけである。

では、なぜ桂離宮と修学院離宮は、その場所に築かれたのか？

スポンサーである徳川幕府に造ってもらうことになった親王や天皇としては、離宮の場所を自由に選べるほどの強い立場にあったかどうかは疑問である。桂離宮については、月の名所という理由のほかに、当時としては郊外地であった桂に親王を追いやるといった意味合いがあったとする説が有力である。また修学院離宮については、後水尾天皇の子供である梅宮《うめのみや》が出家していた円照寺《えんしようじ》を潰すためだったとする説がある。後水尾天皇は徳川秀忠の娘・和子《かずこ》を妻に迎えることになるが、それより前に天皇は公家の娘を寵愛し、その間に梅宮という女の子をもうけていた。徳川和子の入内《じゆだい》に際して、梅宮は邪魔もの扱いされて皇女として宮中で生きることが困難となり、出家して修学院の円照寺に暮らした。その円照寺を壊して修学院離宮は造られた。すなわち、和子の入内までに愛人と関係を持ち子供まで作った後水尾天皇への当てつけを徳川幕府は行なったとする説である。

地図を見つめながら、詩織は考えた。

（けれども……）

もしも艮が、この二つの離宮をテーマにしていたなら、もっと違うことを言ってい

たはずである。

修学院離宮と桂離宮は、どちらも鬼門軸上にある。しかも京都御所を挟む形で、京

都御所からはほぼ等距離にある。そのうえ、同じ鬼門軸上には二条城がある。徳川家

康が、京都における居城として、また京都御所を監視するための基地として、神泉苑

を取り込んで作ったのが、二条城だ。

（これは〃秀吉の東西線〃の分断と共通するものがあるのじゃないかしら）

秀吉の東西線というのは、大学の授業科目である日本近世史で習った。

詩織の通う女子大のすぐ近くの阿弥陀ヶ峰《あみだがみね》と呼ばれる山の頂に、秀吉の遺言に基づ

いてその墓である豊国廟《ほうこくびょう》が設けられている。阿弥陀ヶ峰というのは、京都から東京へ

新幹線で向かうときに最初に潜る東山トンネルのほぼ真上にある山である。

〃日出ずる国〃という言葉に象徴されるように、日本では東から西への方向が重視さ

れた。太陽が沈む西には、浄土があるとされてきたのである。そこで、豊臣秀吉は京

都市内を東から西へと見下ろせる位置に自分の墓を築かせた。そして、そこから西へつながる線上に、秀吉自身を祀る豊国《ほうこく》神社を置き、さらに秀吉が厚い保護をした本願寺（現在の西本願寺）を配置した。秀吉は大半の寺院を寺町通に強制移転させたが、本願寺は例外とした。本願寺の本尊は、阿弥陀仏である。秀吉の豊国廟が築かれた山が阿弥陀ヶ峰と呼ばれるのも、かつて行基《ぎようき》がここに阿弥陀如来像を安置する阿弥陀堂を開いたことに由来する。秀吉としては、京都を常に東から見下ろし続けるとともに、西方の浄土において阿弥陀仏の庇護を受けようという狙いをもっていたと思われる。

その秀吉が築いた東西線を分断したのが家康である。秀吉によって滅ぼされた智積《ちしやく》院《いん》を、阿弥陀ヶ峰のすぐ麓に復活させた。もとは秀吉が長子・鶴松《つるまつ》を弔うために建てた祥雲寺《しょううんじ》があった場所である。さらに秀吉に門主の座を追われた教如《きょうによ》に東本願寺を──豊国神社と本願寺（西本願寺）のほぼ中間に割り込ませるように──建てさせた。東本願寺の別邸である枳殻邸《きこくてい》もまた東西線上に置かれている。

（徳川家康が、このような〝分断する〟という意図を持って、京都の都市計画を決めていたとしたなら……）

修学院離宮と桂離宮も、そして二条城も、いずれも偶然に鬼門軸上に並んだとは考えにくい。

(秀吉が築いた東西線を分断するために、智積院と東本願寺と枳殻邸を建てさせたように、桓武天皇が築いた鬼門軸を分断するために修学院離宮と桂離宮と二条城を建設したのではないだろうか)

家康は亡くなる間際に、愛刀だった〝三池の刀〟の刃先を西に向けて安置するように家臣に命じたと伝えられている。この時期、豊臣は完全に滅んでいる。西にあって家康が警戒する勢力は天皇だけということになる。

秀忠の娘・和子を天皇の妻とし、〝禁中並公家諸法度〟によって皇室や貴族を政治から遠ざけた。それでも、家康はなおも天皇の伝統や権威を恐れた。

そこで、監視の城として二条城を設け、二つの離宮で天皇や親王の関心をそらさせ、それらを桓武天皇の鬼門軸を分断することにも使った。

(家康というのは、凄い……)

その家康のことを、艮は避けようとしていた。

詩織は三たび知恩院に向かうことにした。今回の原点は、やはり知恩院にある。京都人が〝七不思議〟と聞けばまず思い浮かぶ場所だ。そして、徳川家康が菩提所とし

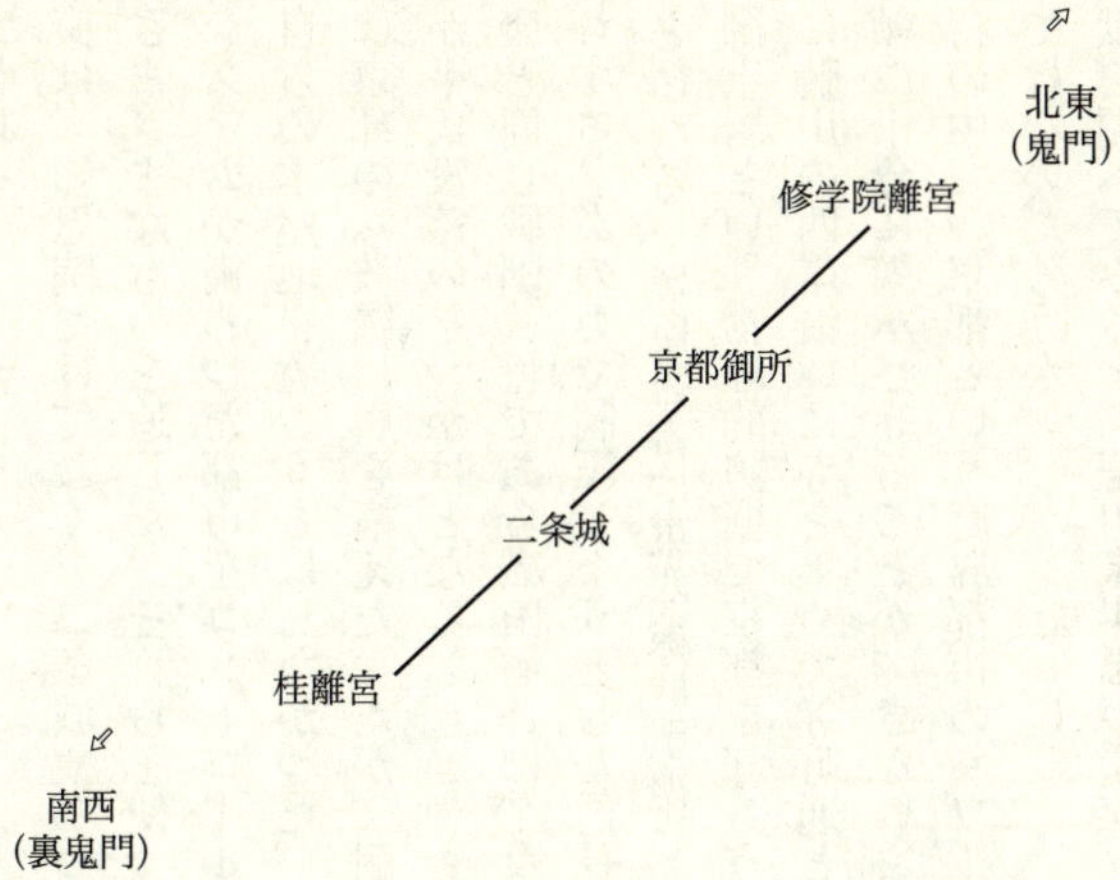
北東
(鬼門)
修学院離宮
京都御所
二条城
桂離宮
南西
(裏鬼門)

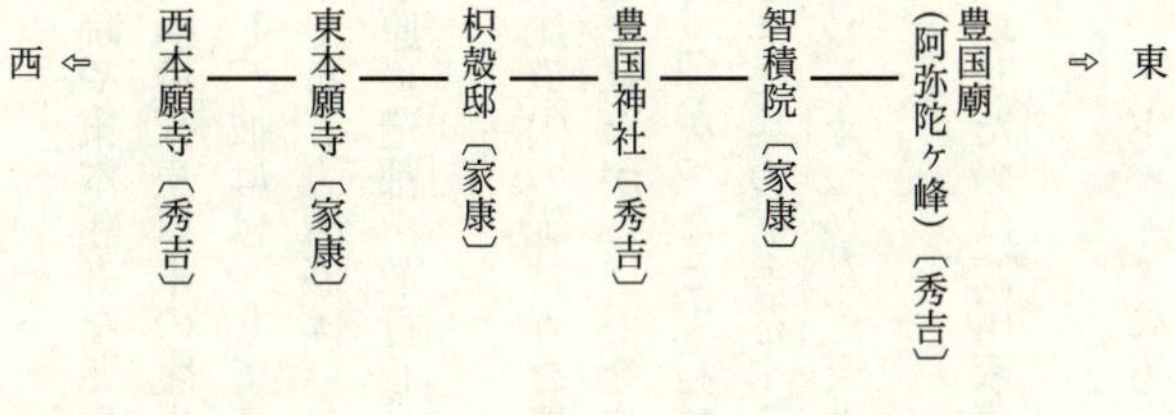
西
西本願寺〔秀吉〕
東本願寺〔家康〕
枳殻邸〔家康〕
豊国神社〔秀吉〕
智積院〔家康〕
豊国廟(阿弥陀ヶ峰)〔秀吉〕
東

た寺でもある。

家康は、知恩院だけでなく、二条城や二つの離宮、そして智積院や東本願寺など京都にさまざまなものを遺した。それらを使って、彼は京都という桓武天皇以来の魔界防御システムが備わった都市をコントロールしようとした。しかし、彼はけっして京都に自らの本拠地を置こうとはしなかった。それが平清盛との差である。清盛はいったんは京都の六波羅に居を構えた。だが、耐え切れなくなって福原に遷都を敢行し、それが平氏没落のきっかけとなる。

家康と同じ戦国武将である織田信長は、京の鬼門の要塞である比叡山の延暦寺を焼き討ちする。炎の力で制圧しようとした信長は、本能寺で炎に包まれながら自刃をすることになる。豊臣秀吉は東西線は重視したが、鬼門や神門には疎かったと思われる。御土居という物理的防壁で京都を守ろうとし、いざというときに兵の宿舎とするために鴨川の西岸沿いに寺を集めて寺町通とした。その秀吉はせっかくつかんだ天下を秀頼に十分に継承させることができないまま、豊臣家は滅んだ。

武将の中で、京都という魔界都市のパワーをのがれることに成功したのは徳川家康だけではないだろうか。

文献を調べてみると、徳川家康は、参謀ブレーンであった天海のアドバイスのもとに、江戸の都市計画にあたっては鬼門や裏鬼門をしっかりと固めていることがわかる。

家康は、まず江戸城の鬼門には東叡山寛永寺《とうえいざんかんえいじ》を建立して、江戸の総鎮守としている。東の比叡山という意味で、東叡山である。比叡山の延暦寺が延暦年間に建てられたことからそう名付けられたことにちなんで、寛永年間ということから寛永寺という名前にした。その近くにある不忍池《しのばずのいけ》は琵琶湖に見立てられた。琵琶湖には、江《え》の島《しま》、厳島《いつくしま》とならぶ日本三弁天の竹生島《ちくぶしま》があるが不忍池には島がなかったので、人工島を築いてそこに弁天堂を置いた。

さらに、やはり江戸城の鬼門にあった浅草寺《せんそうじ》を幕府の祈願所に指定し、また江戸の産土神である神田《かんだ》神社を鬼門軸上に移している。

そして、裏鬼門へは、徳川の菩提寺である増上寺《ぞうじようじ》を移転させている。そして同じく裏鬼門の方角に、日枝《ひえ》神社を置いた。日枝神社は滋賀県の坂本にある日吉大社の分祀である。日吉大社は、比叡山のさらに鬼門を守る神社だ。日吉の分祀ということで、日枝と名付けられたのだろう。この日枝神社の祭が山王祭だが、山王祭では猿のいる山車が出る。魔除けの動物として、京都御所や赤山禅院などの鬼門に置かれているのと同じ猿である。

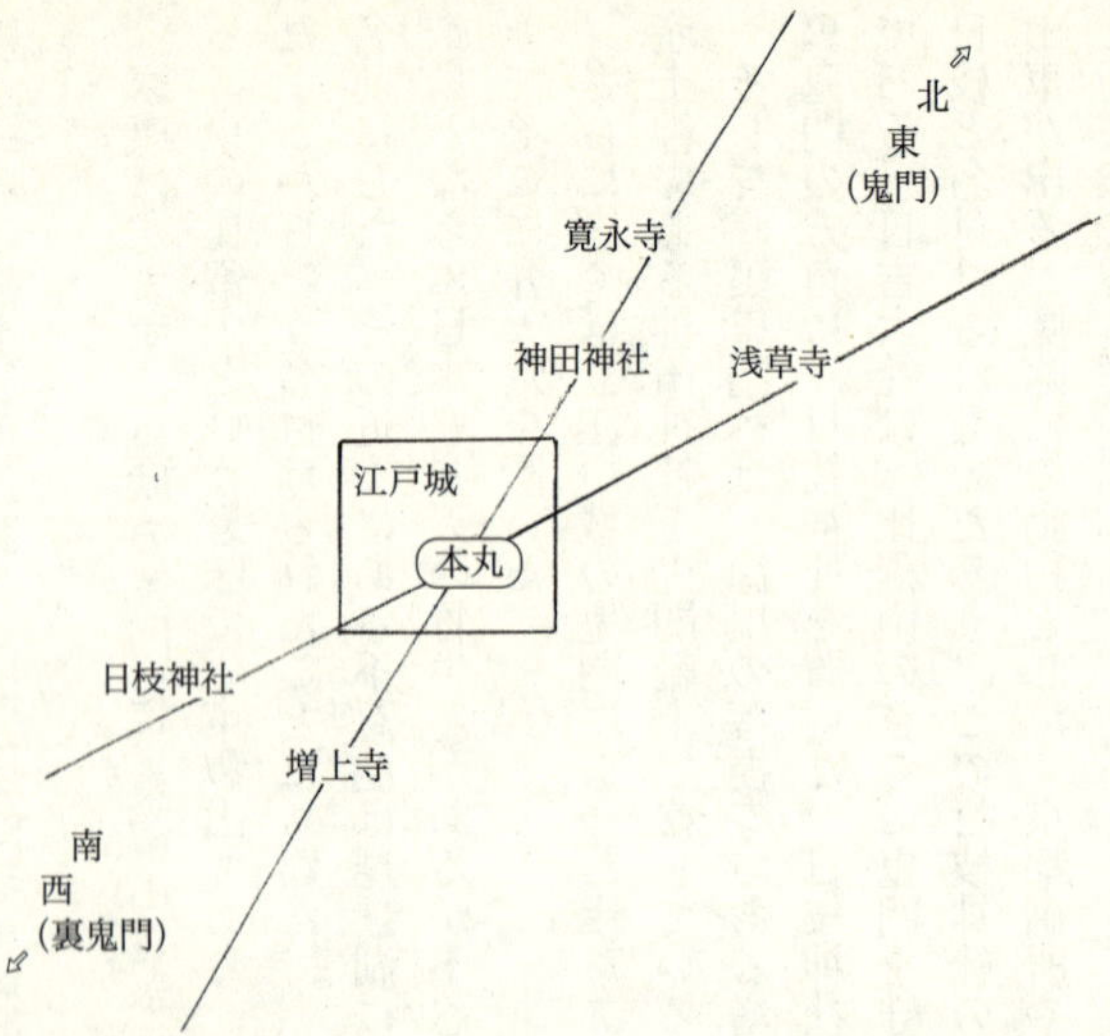

詩織は東京の地図でこれら五つの神社の位置を確かめてみた。寛永寺、神田神社、増上寺が一本の線上に配置されていた。そして、浅草寺と日枝神社が別の線上に置かれている。その二本の線は、江戸城で鮮やかにクロスした。

さらに詳しく調べてみると、そのクロスする地点には、江戸城の本丸が位置していたのだ。

(見事だわ)

この二本線のクロスのことは、艮から似た話を聞いたことがあった。京都に四ヵ所置かれた大将軍神社を、まず西大将軍と東大将軍で結び、そして北大将軍と南大将軍を結んで、それぞれの線をクロスさせるとかつての平安京の大内裏朱雀門に交差点が位置するという話だ。

そして、徳川家康は有名な遺言として、「わが命が終わったなら、遺骸は久能山《くのうざん》に埋め、葬礼は増上寺でとりおこない、一周忌も過ぎたころに、日光山に小さな堂を建てて勧請せよ」と言い残している。静岡県の久能山から見て、日光は鬼門の方位に当たる。そして、その日光東照宮には、魔除けの動物である猿の彫刻が二十四も作られている。神厩舎《しんきゅう》に十六匹、本地堂に二匹、五重塔と東回廊に各一匹ずつだ。その代表格である〝見ざる、聞かざる、言わざる〟の三猿は、東照宮それ自体の裏鬼門に置かれているのだ。

家康の鬼門封じは徹底している。

その家康が、知恩院を京都の菩提所とした。

知恩院には何かがあるような気がしてならない。

日本最大と言われる知恩院の三門を、詩織は見上げた。徳川幕府が建てたこの三門には〝華頂山《かちようざん》〟の額が掛かっている。この額は、霊元《れいげん》天皇の筆による。そして日光東照宮の陽明門に掛かる〝東照大権現《とうしようだいごんげん》〟の額は後陽成天皇による宸筆である。どちらも徳川家が天皇との関係をうまくコントロールしていたことを象徴するものと言える。

これまでの二回とはあえてルートを変えて、三門から真っ直ぐに伸びる勾配が急な男坂《おとこざか》のほうを使って、詩織は境内に入った。そしてロケのときには忘れ傘以外は見なかった知恩院の七不思議を一つずつ目にしていく。御影堂から方丈へかけては鶯張りの廊下がある。確かに歩くとキュッキュッと音がする。そして、大方丈入り口の梁には大杓子が架けられている。長さは二メートル半もある。抜け雀と三方正面真向きの猫はどちらも大方丈の中に置かれているそうだが、本物は非公開で写真が置かれている。あとは御影堂にある忘れ傘と三門楼上の白木の棺、そして敷地外にある瓜生石だ。

詩織はパンフレットを見ながら、知恩院の七不思議の位置を確認していった。瓜生石と鶯張りの廊下と大杓子は、ほぼ同じ線の上にある。三門の白木の棺と忘れ傘と抜け雀と三方正面真向きの猫も、おおよそ一本の線に並ぶ。二つの線のクロスするところには、唐門がある。

（だけど）

ここまで考えるのは神経質なのかもしれない。一つの寺院の中という小さなスケールだ。ただ二本の線は、方位からして鬼門軸と神門軸になるのは間違いない。

（そして……）

千姫の墓と濡髪大明神は、知恩院全体の東北の角――すなわち鬼門に位置するのだ。詩織は、その濡髪大明神に足を向けた。

静寂な緑に囲まれて、千姫の墓はひっそりと建ち、その奥に控える形で濡髪大明神の祠がたたずんでいる。前に二度訪れたときと同じく、ここまで足を運んでくる者はいない。まるで時間が止まったかのように静かだ。だが、いくら観察しても、ヒントになるようなものは得られない。

詩織は、知恩院をあとにした。

携帯電話がメールの着信を告げた。

篠原潤治からだった。

〝あらためて、もう一度、詩織の気持ちを聞いておきたい。きょうが、転学申し込みの最終日だ。転学に賛成なのか、反対なのか〟

潤治から、転学申し込み期限まであまり時間がないということは聞いていた。だが、そのことはすっかり失念していた。

〝あたしのために、あなたの人生を変えないでください。前にそう言ったことは、撤回しません〟

詩織はメールを打ち返した。

すぐに電話が鳴った。

「僕がせっかく用意した最後のチャンスをフイにしたね」

潤治はいきなり、そう言ってきた。

「本当に、詩織はバカだよ。幻覚に惑わされて、大事なものが見えなくなっている」

「幻覚？」

「悪霊とか魂といった非科学的なことに関心を奪われ、テレビなんて電気紙芝居にうつつをぬかしている」

「科学ですべての説明がつくわけではないと思うわ」

「またそんなことを……」

こうして京都の各所を回って、詩織は人々が営々と築き上げてきた精神世界をしばしば感じた。寺院の建物も仏像も、それを信仰してきた名もない大衆の切なる思いが織り込まれているからこそ、相対したときに迫るものがあるのではないか。

「しょせんは、占いを信じる少女趣味の延長だろ」

「あたしは、少女趣味とは思わない」

人間の力を超えたところで、決まる運命がある。桓武天皇の弟として生まれた早良親王も、後白河天皇との争いに敗れた崇徳上皇も、由緒ある血筋を持ちながら悲運にまみれた。

「僕がこうして与えた最後のチャンスを、詩織は放棄した。それだけの女だったということだ」

潤治は涙声になっていた。

「残念ながら、詩織は僕のテストに不合格だ。もう二度と会うことはないと思う」

詩織は黙って聞くことにした。

優等生の潤治は、自分がフラれたのではないということにしたいのだ。だから、〝不合格〟という烙印を詩織に押そうとしている。

彼のプライドを守ることくらいしてあげる。それが、最後の贈り物だ。

「もっといい女になれよ。少女から脱皮しろ」

「そうなれるように努力するわ。いろいろありがとう」

「残念だ」

小さくそう言ったあと、潤治のほうから電話を切った。

脱皮してほしいのは、むしろ潤治なのだ。彼は、確かに理数系の勉強はよくできる。だが世の中は、数学のようにきちんと答えが出せるものばかりでないことを、彼はわかっていない。

そのあたり、たとえ高卒の学歴でも、艮はずいぶんと違った。不遇の死を遂げた人々への鎮魂の気持ちを忘れて刹那的な享楽に溺れる日々を送る若者たちに警鐘を鳴らしたいという彼のポリシーにも、表層的な観光だけで京都を知ってしまったと錯覚することへの戒めとそれに便乗する商業主義的な観光寺院への批判的な姿勢にも、共感できるものがあった。

これまでの〝そうだ 京都、行こう。〟的な安易な捉え方をしていた詩織自身の甘さに気づかせてくれたのは、艮だった。

そうした裏面を捉えることの大切さは、人間に対しても通じるものがあるような気がしてきた。これまでルックスと頭の良さに魅力を感じてきた篠原潤治という男性が、薄っぺらいキャラクターに見えてきたのはその影響かもしれない。

再び携帯が鳴った。

(しつこいな)

詩織は胸の中で叫んだ。せっかく、これで終わったと思ったのに、まだ潤治は未練たらしい行動を続けるつもりなのか。

携帯の画面表示は、父・浩一郎からの着信を教えていた。

（あ）

「今、いいかな」

「ええ」

「約束していた外法のことを調べてみた。充分とは言えないが」

「あ、どうも」

「外法というのは、禁断の密教とも言われる。仏教が表の宗教なら、外法は裏の宗教だ」

ここでも、裏の世界が登場した。すべてには裏と表があるということか……

「外法の成立はいつごろのことなのか、よくはわからない。ただ、仏教とそう遠くない時期に成立しているようだ。日本には、ほぼ同時に伝わっている」

「仏教とはどう違うのですか」

「信仰の対象が違う。仏教はゴータマ・シッダールタを開祖とするが、外法はインドの悪神とされるカーリーの侍女であるダキニへの崇拝が教義だ」

「待ってください」

ダキニという言葉を聞いたことがある。どこだっただろうか……

詩織は、記憶を呼び起こした。知恩院を二度目に訪れたときに、濡髪大明神のことを、若い僧に尋ねた。濡髪大明神は徳川家康の寄進によるものであり、知恩院全体の守護神とされていることや、ダキニと呼ばれるものを祀っていることを教えてくれた。だが、それ以上のことは知らないということだった。

「知恩院で、ダキニという名前を聞きました」

「濡髪大明神かね」

「そうです」

「私が調べた資料には、京都でダキニを祀っているのは、法伝寺《ほうでんじ》のほか知恩院の濡髪大明神だと書かれてある」

「法伝寺、ですか」

「資料には、真如堂《しんにょどう》の塔頭の一つとある」

真如堂は、左京区の吉田《よしだ》神社の近くにある。

「ダキニというのは、どういう字を書くのですか」

「おそらく当て字だろうが、茶毘の茶に、枳の尼と書く」

「茶枳尼僧なのでしょうか」

「そのへんは、よくわからない。悪神の侍女となると、そんなに高い身分ではないだろう。だが、実体はわからない。侍女こそが、悪神を陰で動かしていたという可能性もあるかもしれない。私が文献で調べられたのは今のところここまでだ。禁断の密教ということだから、あまり書き遺されていないのだよ。もう少し調べてみて、またわかったことがあったら連絡するよ」

「忙しいのにありがとう。お父さん」

詩織は、見えないはずの父に向かって小さく頭を下げた。

詩織はその足で、真如堂の塔頭の一つである法伝寺に向かった。

落ち着いた佇まいの静かな寺であった。

哲学者のような風貌の痩せた中年僧侶が応対に出た。

「突然訪れて、申し訳ありません。あの……あたし、大学生なのですけれど」

他に適切な自己紹介が思いつかなかった。アシスタントとしてマスコミの仕事に携わった四日間はもう終わってしまった。

「こちらには、茶枳尼が祀られてあると聞きましたが」

「はい。ここの天尊です」

「知恩院の濡髪大明神とは関係があるのですか」

「徳川家康公を通じての繋がりがあります」

ここでも、家康が登場した。

親切そうな僧侶は、寺の由来書を見せながら説明してくれた。

「徳川家康公は、茶枳尼を深く信仰されました。そして天下を治めることができた報恩として、この法伝寺に祭祀料を供えられました」

「茶枳尼と徳川家康というのは、どういう関わりがあるのですか。茶枳尼はインドの神の侍女だと聞きましたが、どのようなものなのですか」

「ええ、カーリーという神の侍女ですが、あまりいい行状の神ではありません。邪神と言っても過言ではないと思います」

「そんな侍女がどうして祀られているのですか？」

「あなたのような若い娘さんがあまり詮索をしないほうがいいかもしれませんよ」

「どうしてですか。年齢とか性別とかは関係ないと思いますが」

「それはそうですが」

「知りたいんです。単なる好奇心とかそんな生半可なことで知りたいと思っているのじゃありません」

「わかりました。あなたは、外法という言葉を聞いたことはありますか」

「はい。でも、詳しいことは知りません」

「仏教自体を正法とすれば、外法はその枠からはみ出した邪の呪術と言えるかもしれません。霊力はありますが、間違えれば両刃の剣となってしまいます」

「すみません。わかりやすく教えてもらえませんか」

「仏教では、来世があるとされています」

「死んだあと、生まれ変わることですね」

「まあ、そういうことです。現世の次には、来世が訪れてくれます。しかし、外法を信じ、茶枳尼に自分を託した人間には来世はありません。死後に、自分の肝を茶枳尼に捧げなくてはならないのです」

「え」

「外法は、悪魔の契約と言われます。来世を茶枳尼に売り渡す代わりに、現世での栄華を極めることが許されるのです」

「徳川家康は、その外法を信仰していたのですか」

「家康公は、若いときから信仰していたと思われます。三河《みかわ》にある豊川稲荷《とよかわいなり》は、その当時は豊川吒枳尼《だきに》真天《しんてん》という名称の神社で、その本尊は茶枳尼です。関ヶ原の合戦に際しても、家康公はこの豊川吒枳尼真天に戦勝祈願をし、合戦に勝利した御礼として祭祀料を寄進しております」

「でも、外法というのはそんなに有名ではないですね」

「外法は、秘密の邪神信仰です。そう簡単に、中身を明らかにしてはいけないものです」

確かに、奥義や深秘《じんぴ》というものは、簡単には表に出ない。出たのでは意味がなくなる。

「荼枳尼はとても力のある邪神なのです。報恩をきちんとしておかないと、いつ荼枳尼から罰が下らないとも限りません。徳川家康公は、荼枳尼への敬意をこうした寄進だけでなく、形を変えて信仰を広めることで報いたと言われています」

「形を変えて信仰を広めるって、どういうことなのですか」

「荼枳尼の神使は狐なのです。そこで、同じく狐を神使とする稲荷の社を江戸にどんどん作っていったわけです。民衆レベルでは稲荷信仰を広めるという形を採りながら、家康公としては荼枳尼を祀り広げたということになります」

確かに、東京では稲荷の社をよく見かける。京都より多いかもしれない。

「そんな信仰のお代わりって、ありえるのですか」

「豊川吒枳尼真天だって、豊川稲荷となっているじゃありませんか」

「ああ、そうですね」

「おそらく外法を最もうまく自家薬籠中のものにした人物は、徳川家康公でしょう」

「他にはどんな人物が？」

「建武の新政をおこなった後醍醐《ごだいご》天皇は、外法の強力な呪力により鎌倉幕府を倒しました。そして、平清盛も外法を用いて天下を取ったと言われています」

崇道神社でのロケのあと時間が余ったので何か補足をしてほしいと求められた艮は、「成功者ではなく、失敗者についてならいいかもしれない」と呟いて、平清盛の福原遷都についての話を始めていた。

「平清盛は、外法に失敗したのですか」

「灼熱の苦しみという哀れな最期を迎えたのは、荼枳尼の罰だったのではないでしょうか。清盛は家康と違って、十分に報恩することを怠ったのかもしれませんね」

2

それから二日後の日曜日。

詩織は京都駅ビルの中の一室にいた。真正面に、巨大な蠟燭《ろうそく》のような京都タワーが屹立している。

「そろそろ時間だから、迎えに行ってくるよ」

小野田が時刻を確認してから足を動かした。

「あたしも行きます」

「いや、君は待っていたほうがいい」

小野田は手のひらで制して、部屋を出ていった。

がらんどうな部屋で、詩織は一人たたずんだ。窓際に立ち、京都駅から吐き出され、そして吸い込まれていく人々の流れをじっと見つめる。まるで京都駅自体が呼吸をしているかのようだ。

ガイア仮説という地球自体を生命体としてとらえる考えがある。それを敷衍すれば、京都自体が一つの生命体だと考えることもできるかもしれない。建都以来、京都に適した為政者を受け入れ、逆に適さない人物は排除してきた。その選択を、京都という都市自体が行なってきたわけである。

玄関口である京都駅は、その生命体の呼吸器の役割を果たしてきた。場所は少し北にずれているが、現代における羅城門と言える。羅城門は平安京の南面として、そこから龍脈としての気を呼吸するとともに、異界との結合という任務を有していたとも言われている。そのため、羅城門には通気孔が作られていたようである。

　こうした観点から、この京都駅ビルを見ると、外装のガラス張りは魔力を撥ね返すための反射装置のようにも思えてくる。そして駅ビル二階に設けられた正面口から裏正面口へとぽっかりと開いた通り抜けスペースは、羅城門における通気孔に相当するのかもしれない。

　やがて、廊下が少し騒がしくなった。隣室に待機していた撮影スタッフが詩織の部屋に移動してきたのだ。

「御苦労様です」

　四日間ロケをともにして、詩織は彼らとはすっかり顔馴染みだ。一人だけ、きょう初めて顔を合わしたダークスーツの男がいた。小野田から紹介されて、この長身の生真面目な公務員のような風貌をした五十年配の男が、本邦テレビの〝見た者勝ちワイド〟のチーフ・プロデューサーであることを知った。

　スタッフは黙々と撮影の準備をしていった。

　その準備がほぼ終わった頃に、艮七星が小野田に連れられて姿を見せた。

「どうもすみませんな」

　チーフ・プロデューサーが先に謝った。

「まあ、しかたないです。こんな撮り洩れなんて初めてですよ」

艮は小野田のほうに非難を含んだ視線を向けた。

「準備ができたなら自分たちはここをいったん退出しますので、水干姿に着替えてください」

小野田は頭を下げた。

「ああ」

艮はこうしてわざわざ東京から来なくてはならないことになって不満そうだ。けれども、キー局のチーフ・プロデューサー直々の依頼とあれば断れない。

「今回は、君に全権委任するつもりだ」

廊下に出た小野田はささやくように詩織に言った。

「そんなこと言わないでちゃんとフォローしてくださいよ」

詩織は、鼓動を高める胸に手を当てた。

「だが、あくまでも主役は君だ」

「いえ、主役はやはり艮先生です」

「そうだな」

小野田は小さくノックして部屋の中を窺う。

艮は着替え終わって、窓の外の光景をじっと見つめていた。その背中はこころなしか少し痩せたような印象を受ける。

詩織と撮影スタッフが部屋に入る。

詩織は心を落ち着かせるように一度深呼吸した。

「四つめの東寺についての撮り洩れということだね」

艮は詩織たちのほうを振り向いた。

月曜日の〝見た者勝ちワイド〟で、一回目の醍醐寺が放送される予定になっている。東寺のオンエアは木曜日となる。

「撮り洩れというより、撮り直しですよ」

小野田は室内用プロジェクターのスクリーンを下げて、チューナーにビデオテープを入れた。

「東寺のほうへ行かなくていいのか」

「むしろ、この京都の街を背景にしたほうがいいと思うのです。こういうシーンでしたから」

小野田はビデオを再生する。

東寺の五重塔を背景に、艮と詩織が立っている。東寺の収録での最後のシーンだ。

空海と守敏による雨乞い対決の話のあと、西寺が衰退していった理由について艮は触れていく。嵯峨天皇は平城京の轍を踏まないためにも、平安京には二つの官寺はいらないと考えたのだと艮は解説した。

そのあと、艮は東寺と西寺が書かれた平安京のフリップに、将軍塚と四つの大将軍を書き込んで、東寺・西寺を含めた七つの京都の守護地が北斗七星の形に配置されていないことを西寺衰退の原因の一つとした。

「このことで、艮先生に質問があるのです」

カメラが回るのを確認してから、詩織が話しかけた。

「四つの大将軍について、北と南、そして西と東を結んで、その二本線をクロスさせると、大内裏の朱雀門に一致します。もちろん、これは桓武天皇が計算したうえで、四つの大将軍社を設置したのだと思います。こういった二本線のクロスの例は他にもあります。中国の霊廟《れいびょう》を再現したと言われている横浜中華街の関帝廟《かんていびょう》は、中華街の入り口にあたる東門と西門を結んだ線、そして南門と北門を結んだ線の二本がクロスする地点に置かれています」

詩織は自分で用意したフリップを掲げた。

「これは陰陽五行説《いんようごぎようせつ》に基づく配置だと思えます。四つの大将軍は朱雀門における二本線のクロスで、もう完結しているのではありませんか。四方と真ん中で、それで五行になります。そこにわざわざ将軍塚や東寺・西寺をつけ加える必要はないと思うのですが、先生のお考えはどうなのですか？」

「いや、いきなりそう訊かれても……ちょっと待ってくれ。カメラを止めてくれ」

カメラマンは小野田の指示を確認したうえで、ストップさせた。艮は考え込んだ。かまうことなく、詩織は言葉を続ける。

「失礼ながら、あたしなりに調べてみました。北極星を守護する存在として北斗七星を重んじるのは、天台密教の考えなんですよね。京という首都を北極星とすれば、そこから少し離れた場所に位置しています。北斗七星というのは、北極星から少し離れた場所に位置しています。北斗七星というのは、北極星から離れた別の場所が北斗七星のあるべきポジションとなります。艮先生が、以前に番組で言及していた坂上田村麻呂による陸奥の北斗七星形の七つの神社もそうですよね。あれは遠いほうの北斗七星です。そして、近いほうの北斗七星は坂本の日吉大社にあります。比叡山の守護神とされる日吉大社です」

詩織は別のフリップを出した。

「日吉大社の社殿には、北斗七星に対応した七つの本社があります。西本宮《にしほんぐう》、三宮《さんのみや》宮《ぐう》、牛尾宮《うしおぐう》、宇佐宮《うさぐう》、白山宮《はくさんぐう》、樹下宮《じゅげぐう》、東本宮《ひがしほんぐう》です。延暦寺の絵図である『山王北斗《さんのうほくと》一体図《いったいず》』は、上空に北斗七星を描き、その下に比叡山と日吉大社の七社を描いています。延暦寺史料である『山家要略記』には〝天における北斗七星が、地において日吉大社の七社である〟という趣旨のことが書かれています。日吉大社のお祭である日吉山王祭では七基の御輿が出ます。さらに日吉大社には中七社、下七社と呼ばれる摂社と末社があります」

「何が言いたいんだ」

「艮先生は、自分の名前でもある七星にちなんで、京都の七不思議をシリーズとして取り上げるに際して、日吉大社が担っている北斗七星の役割について比叡山とからめて話をしたかったのだと思います。ところが、艮先生は当初予定していた比叡山を大文字山に変更しました。したがって日吉大社についても触れるのをやめました。しかし、先生としてはどこかで北斗七星のことを話しておきたいと考えました。そこで、〝東寺・西寺を含めた七つの京都の守護地が北斗七星の形に配置されていない〟と、少し無理をして言及したのではないですか」

「おい、こういう素人の話につきあっているヒマはないぞ」

艮は小野田のほうを向いた。

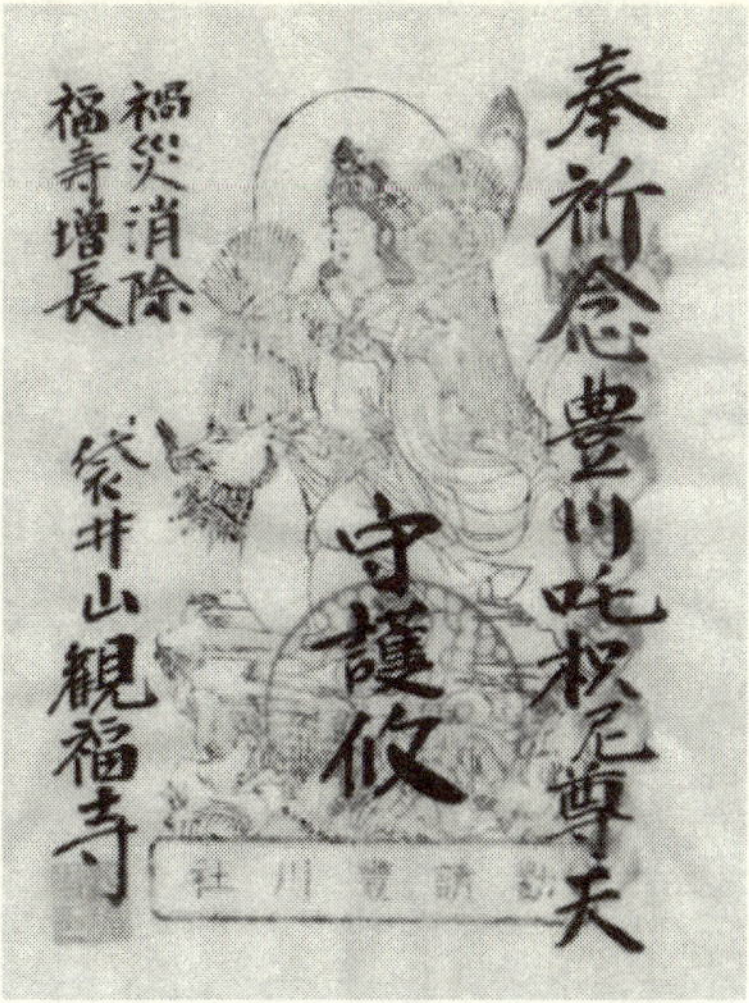

袋井豊川稲荷社の豊
川吒枳尼尊天の御札
（同社 HP より）

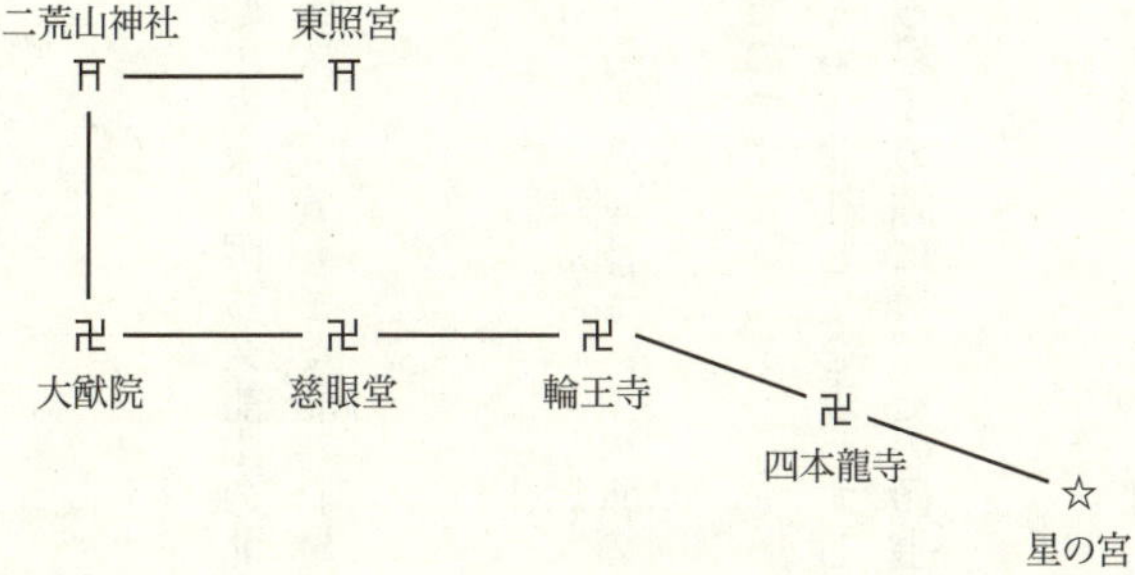

「まあ、そうおっしゃらずに」

小野田はいなすように言った。

詩織は新しいフリップを掲げた。

「鬼門の方角に北斗七星を置いているもう一つの例が、徳川家康が眠る久能山の北東に位置する日光です。久能山を北極星として、日光にあるスポットもまた北斗七星の形に配列されています」

カメラが再び回り始めた。

詩織はそのカメラにフリップを向けた。

日光にある東照宮、二荒山《ふたらさん》神社、大猷院《たいゆういん》、慈眼堂《じげんどう》、輪王寺《りんのうじ》、四本龍寺《しほんりゅうじ》、星《ほし》の宮《ぐう》の七つのスポットは、北斗七星の配列となっている。

「鬼門思想に長けていた家康は、北斗七星を日光に配したのです」

そして、文曲《もんごく》、貪狼《とんろう》、巨門《こもん》、禄存《ろくぞん》、廉貞《れんちょう》、武曲《むこく》、破軍《はくん》という北斗七星を表わす七つの面が東照宮に伝わっている。さらに、東照宮に現存する家康の画には、その頭上に北斗七星が描かれている。

「私の前で、そんなに知識をひけらかしたいのか」

「そうではありません。艮先生の言動が理解できないからお訊きしているのです」

「どう理解できない？」

「最初の打ち合わせでは、番組で取り上げる七不思議は、鬼門軸上のものとして二条城、修学院離宮と桂離宮、比叡山でした。どれも文句なく鬼門軸に関わっています。そして中央の朱雀線上にある東寺と西寺を間に挟んで、神門軸上に醍醐寺、伏見城、龍安寺でした。この伏見城はおそらく伏見稲荷をからめて話をするつもりではなかったでしょうか」

「どうしてそんなことが言える？」

「愛宕山を中心とする神門信仰において、伏見稲荷は裏神門の神社とされています。愛宕山は火を祀っていますが、伏見稲荷も火と関係しています。神使である狐の尻尾が火焔《かえん》の玉になっている絵も描かれています」

「そうであっても、私が伏見稲荷を取り上げるという保証はない」

「保証はありません。でも、伏見稲荷をからめて伏見城を取り上げることはできると思うのです。そうすれば、神門軸上にもきれいに三つが並びます」

「そこまで想像を言われては困る。伏見稲荷と伏見城は関係がない」

「これを見てください」

詩織は引き伸ばした写真を掲げた。

「先生がお住まいになっている東京都北区の高層マンションのすぐ近くにある王子《おうじ》稲荷です。もちろん、御存知ですよね。王子稲荷は、関東稲荷総社であり、江戸における徳川家の祈願所でもありました。先生は、この王子稲荷を北東に見ることができるマンションを購入されていますよね。今から五ヵ月前に」

「そんなことをどうして知っているんだ！」

「本邦テレビのチーフ・プロデューサーさんにお聞きしました」

そのチーフ・プロデューサーの姿は、今はこの部屋にはない。

「王子稲荷の由来書の写しが、ここにあります。〝当社に祀ってあるのは、稲荷ではなく茶枳尼だ〟とはっきり書かれてあります。先生なら、家康による江戸での稲荷普及の理由を御存知でしょう。そして、伏見城にまつわる家康と家臣・鳥居元忠の話も、もちろん御承知ですね」

伏見城と伏見稲荷とは、徳川家康によって架橋することができるのだ。

「先生が今回あえて避けた二条城、修学院離宮と桂離宮、そして伏見城に共通するキーワードは徳川家康です。比叡山もまた、北斗七星というつながりで家康と関わりを持っています」

「こんなバカげたことにつきあってられん」

艮はバッグを手にして、部屋を出ていこうとした。

「すみません。もう少しつきあってください」

小野田が立ち塞がる。

「いったい何の目的なんだ」

艮は小野田を払いのけようとする。

「ですから、今回のロケに関して、あなたにお尋ねしたいのです」

小野田はポケットから紙を取り出した。

「あなたの経歴を調べさせてもらいました。佐賀県の農家の次男に生まれ、地元高校を卒業したあなたは東京へ出て、建築資材メーカーで働きますが、四年後に退職しますね。そのあと池袋でアルバイトのバーテンをしていたときに、客としてやってきた占い師と知り合って、弟子入りします。今から十二年前のことです。それから八年後にその占い師が引退したのであなたはやむなく独立しますが、そのあとあなたは去年までマスコミに名が売れることはありませんでした」

「それがどうしたと言うんだ？」

「今年の二月のことですよね。あなたは、本邦テレビの深夜枠バラエティ番組に出ます。五人の占い師が競馬レースの結果を予想して、それぞれ支持をした若手漫才師たちがなけなしの金を自分の財布からはたいて購入するという企画でした。あなたは、五人の中でただ一人、高配当を的中させました。若手漫才師が大喜びをしたあまり転倒して骨折をしてしまうおまけ付きで話題になりました。そのあと、週刊誌があなたのことを取り上げて、方位アドバイスというあなたのやりかたが、陰りが見えてきた風水占いに取って代わるのではないかと注目が集まり始めました。そして、あなたは〝見た者勝ちワイド〟でコメンテーターの座を獲得します」

「競馬の予想を的中させたのはヤラセではないぞ」

「ヤラセだとは思っていません。でも、あなたにはそのころから大きなツキが回ってきたのです。まるで蟬の幼虫のようにじっと地中で眠っていたあと、ようやく地上に出て脱皮を果たし、大きな樹の上で鳴くことができ始めたのです」

「もう、これ以上ここにいる意味はない」

良は強引に小野田を押し退けた。そして、部屋のドアを開けた。だが、その足が止まった。

ドアの向こうに二人の女性が立っていた。二人とも、詩織がロケ中に見かけた女性だ。年配のほうは円山公園地下駐車場のタクシーの中で、そして若いほうは銀閣寺駐車場でやはりタクシーの中にいた。

「長江総一郎《そういちろう》の母です」

「妹です」

二人の女性の後ろに、梅津がいた。二人を探すために動いてくれたのが梅津だった。彼もまた自分が運転するロケバスのあとを付いてくるタクシーの存在に気づいていた。追尾をされることは、アイドルタレントを乗せているときなど、たまにあることだ。写真週刊誌のカメラマンが追いかけてくることだってある。

ベテランの梅津は、もしもそんなことがあったときは、のちのち何かのトラブルになった場合に備えて、追尾してくる車のナンバーを手帳に控えておく習慣を身に付けていた。今回はそれが役に立った。

そこからタクシー会社と運転手、そして一日貸し切りで乗っていた女性にたどり着くことができた。

二人の女性は、前に進み出た。

そして、長江総一郎の母が艮に迫る。

「長江総一郎のことを知らないとは言わせませんよ。二年前に奈美と結婚して、半年前に失踪——行方不明になりました。総一郎は、自分の名前を書き入れて捺印をした離婚届を送ってきたということでした。奈美は離婚届を出したものの、なおも長江姓を続けることで貞淑な女を演じました。でも、あの女は、とんだ食わせ者でした」

長江総一郎の妹がその言葉を引き取る。

「あなたに対して、脅迫文を送りつけたり届けたりしたのは、私たちです。その罪は認めます。でも、あなたの犯した罪はもっと大きいはずです」

詩織が、艮の腕を引いて部屋に戻した。

「艮先生。あなたは何通もの脅迫状を受けました。新聞や雑誌の切り抜きを使った短いものであったり、鉄輪の井戸水や鵜池の水であったり、野球のホームベースのような図形ということもありました。でも、一つだけ例外がありました。クイーンホテルに届けられたものでした」

詩織が確かめると、〝ロビーにある観用植物の鉢に手紙が置いてあるから、艮七星に渡してほしい〟とフロントに男から電話がかかってきたということだった。〝いっさいのテレビ番組から降りろ。さもないとおまえに果てしのない厄災が降りかかる。今すぐに言うとおりにしろ。従わないときは直ちに魔手が動く。それだけではない。同行しているアシスタントにも、強い厄災が及ぶ〟という内容だったと詩織は艮から聞いた。

「あんなふうに具体性のある脅迫状は、それまでのものとは異質でしたね。長文で、しかもパソコンで打たれたものだということでした。そして、内容は艮先生から聞かされただけで現物は見ていません。このお二人は、あれ以外の脅迫をすべて認めています」

長江総一郎の母は、小さな目を精いっぱい見開いた。

「私たちが、あなたに対して持っている恨みは仕事上のことではありません。あくまでも総一郎のことです。総一郎はいまだに行方がわかりません。奈美のところに離婚届を送りつけてきたなんて嘘です」

「あの長文の脅迫状は、仕事上の妬みで脅迫を受けているとあたしたちに思わせるための艮先生自身によるカムフラージュだったのではないですか。もちろん、ホテルのフロントに電話をしたのは先生です。あたしはその狂言に引っかかってしまいましたけれど」

艮は何も答えない。詩織はかまわずに続ける。

「今回の、京都の七不思議というテーマは、先生が本邦テレビに提案したものでした。先生にとってはここ一番の飛翔のための切り札的カードだったと思います。京都ほど鬼門や神門のはっきりした都市はまず他にありません。だけど、雌伏の時期に勉強をしていた先生は、千年以上にわたる怨霊の棲み処である京都の怖さも熟知していたはずです。先生が尊敬している徳川家康と同様に」

本邦テレビのチーフ・プロデューサーが姿を見せた。

艮は一瞥したが言葉は発しない。

詩織はさらに続ける。

「一日目のロケの最後に知恩院に寄って、放送ではシリーズの冒頭になるシーンを撮りましたね。それを提案した小野田さんのような京都に住む人間にとっては、七不思議と言えば知恩院というイメージが強かったからです。先生はあまり乗り気ではなさそうだったものの、提案を受け入れてくれました。先生は知恩院は初めてだと言いましたけれど、本当はそうではなかったと思います。七不思議の一つである忘れ傘のある場所をちゃんと知っていましたから。そして、先生は『ちょっと寄っておきたいところがある』と濡髪大明神のところへ足を運びましたね。先生がロケバスを降りてすぐに雨が降ってきたので、あたしは傘を持っていくことにしました。そして、濡髪大明神の前にいる先生を見つけました。近づいたあたしには先生の祈りの声が聞こえました。『来世は、八つ裂きにされようが野犬に食われようが文句は言いません』と先生は濡髪大明神に向かって手を合わせていました。この知恩院まで来ていながら濡髪大明神に挨拶をしなかったのでは不義理になると思っての行動だったのでしょう。あたしはそのあまりもの真剣さに圧倒されて、声をかけてはいけないと御影堂まで戻りました。その直後でした。あの地震のような雷鳴が響いたのは……」

凄まじい地響きは、いまだに詩織の体の感覚に残っている。ただし、雷鳴は一発だけだった。

「先生は、まるで腑抜けのような感じで御影堂の前で待つあたしの前に現れました。次の日のロケ予定地だった伏見城を変更したのはその直後でした」

そのとき、艮はおびえを含んだ顔で、菅原道真の怨霊が雷雲となって清涼殿を襲い、左遷に加担した藤原清貫が落雷で即死したことを話した。

「先生は、濡髪大明神に祀られている茶枳尼の力を恐れたのだと思います。茶枳尼はとても強いエネルギーを持った邪神です。濡髪大明神の祠を知恩院に寄進した徳川家康は茶枳尼によってこの世での栄達を極めましたが、平清盛は熱病に冒されたあげく一族は源氏に滅ぼされました」

「…………」

茶枳尼という言葉に、艮は細い眉をぴくっと動かした。だが、まだ沈黙を保っている。

「あたしはこれまで、茶枳尼なんて言葉は聞いたこともありませんでした。でも、本当の深秘というものは、隠されてこそ値打ちがあるのですよね」

きのう、詩織は父から連絡を受けて、荼枳尼と外法についてさらなる知識を得ることができた。

禁断の呪術と言われる外法は、まるで地下水脈のように、ごく一部の者たちの間で綿々と受け継がれてきた。それはまさしく、闇の密教と呼ぶにふさわしいものかもしれない。

極楽への往生を放棄する代わりに、現世での栄華が得られるように庇護してもらう——その荼枳尼との悪魔の約束が、外法の真髄だ。

外法を執り行なうためには、儀式が必要であった。その必需品として、髑髏本尊《ほんぞん》を用意しなくてはならなかった。もちろん、人間の髑髏である。死者の頭を切り取り、人の往来の激しい路傍に埋めておく。そうすれば、六十日後にその髑髏はすさまじい呪力を発揮するようになると言い伝えられているのだ。

ただ、この髑髏はどんなものでもいいというわけではなかった。外法頭——頭の形が才槌のように開き、目が両耳より下に付いていて、顎が小さくすぼんでいるという条件を満たしていなくてはならなかった。

この外法頭は、荼枳尼との悪魔の約束を交わそうとする者にとっては、垂涎の的になる。外法頭が切り取られて、盗まれたことは過去の例にも少なくない。

たとえば鎌倉時代に太政大臣を務めた西園寺《さいおんじ》公相《きんすけ》はその被害者だ。葬儀のあと、棺の中に横たわっていた外法頭の西園寺公相の死体から首が切り取られ、何者かに盗まれた。棺はそのために血まみれになってしまった。

さらに天武天皇の御陵が行広《ぎょうこう》という僧侶によってあばかれるという事件が起きた。行広は検非違使《けびいし》に捕まったが、犯行の動機として大頭で有名だった天武天皇の頭蓋骨がほしかったと告白している。天皇の外法頭を髑髏本尊にすれば、効験は絶大だと考えたということだろう。

「昔ですら、外法頭を確保することはむつかしいものがあったようです。ましてや現代となればなおさらですよね」

詩織は、野球のホームベースのような図形を示した。ロケの最終日にロケバスのワイパーに挟まれていたものを、詩織なりに再現したものだ。

「これが外法頭の持ち主を象徴していたとは、そのときのあたしにはわかりませんでした。でも、艮先生にはわかったはずです」

長江総一郎の母親がバッグの中から一枚の写真を取り出した。

「これが誰なのか知らない、とは言わせませんよ」

写真の男性は、頭の形が開き、目が耳より低い位置にあり、顎が尖っている……典型的な外法頭の持ち主だ。

「息子の総一郎は、半年前から失踪したままです」

長江総一郎の母は迫った。

「私は興信所に頼んで、奈美があなたと同棲していることを掴み、そしてあなたのかつての師匠だった占い師を訪ねることで、外法頭のことを知りました」

艮は黙したままだ。

「総一郎は、奈美と二年前に結婚しました。自動車修理工場の工員だった息子は、仕事柄ほとんど女性と知り合うこともなく、三十歳を迎えました。同僚に誘われて、タウン情報誌に載っていたお見合いパーティに参加しました。内向的で、自分の外見にコンプレックスを持っていた息子は、奈美から声をかけられてとても嬉しい気持ちになりました。それからあとも、奈美に主導される形でトントン拍子で婚約まで進んでしまいました。私は『向こうのほうが二つ年上だし、化粧も濃くって派手好きな印象を受けるから、もう少し慎重に考えたほうがいいのじゃないの』と言いましたが、総一郎は聞き入れてくれませんでした。知り合ってたった三ヵ月で結婚式へと進みましたが、奈美という女性はやはり食わせ者でした。若い頃は水商売をやっていて下心のある男たちを何人もたぶらかしていたようですが、自分の店を持ったものの失敗して自己破産をしていたのです。逃げるように結婚をした相手が総一郎だったのです。そんな過去があったとしても、妻らしいことをちゃんとしてくれるのならまだ許せたのですが、奈美はまったく家事をしないだけでなく、派手な生活が忘れられずに総一郎名義でクレジットカードを作り、ブランド物を買い漁りました。総一郎の貯金はたちまち底をつき、ついには私や妹にまで借金を頼むようになりました。『まだ子供もいないのだから、離婚したほうがいい。そして、勝手に作られた借金についてはきちんと訴えて取り返すべきだ』と私たちは総一郎に言いました。総一郎はようやく私たちの説得に耳を傾けてくれるようになりましたが、その一方でまだ奈美に未練を持っていた様子でした。そして私たちが弁護士さんに相談していた矢先に、行方がわからなくなりました。勤め先の工場も無断欠勤してしまったのです。もちろん、今までそんなことは一度もありませんでした。工場にまで借金取りが来ていたことがあったようで、上司のかたは『もしかしたら追い込みされるのが嫌で姿をくらましたのではないか』とおっしゃいましたが、私にはそうは思えませんでした。警察にも足を運んで、捜索願を出したのですが、自発的な蒸発かもしれないからとあまり熱心には取り合ってもらえませんでした。警察って犯罪性があることがはっきりしないとなかなか動いてくれないんですよね」

「でも、これからは違いますよ」

本邦テレビのチーフ・プロデューサーが言葉を挟んだ。

「警察がわれわれの要請を受けて捜査を開始したなら、あなたは今までのようにはいきませんよ。たとえば家宅捜索をしたなら、あなたのマンションから外法頭の特徴のある頭蓋骨が出てくるのではないでしょうか。髑髏本尊というのは、路傍に六十日間埋めたあとは大事に手元に置いておかなくては効験の出ないものだそうですね」

艮はぴくりと体を強ばらせた。

詩織はそんな艮に追い討ちをかけるように続けた。

「もし頭蓋骨が出てきたなら、ＤＮＡ鑑定をすれば誰の人骨かわかります。おそらく長江総一郎さんのものでしょう。そして、長江総一郎さんの妻である奈美さんの同棲相手は、艮先生——あなたですよね」

「知らん。奈美に訊いてくれ」

艮はようやく言葉を発した。

「訊けるわけないじゃないですか。奈美さんは亡くなっているのですから」

「とにかく、自分は関係ない。奈美が勝手にやったことだ」

「そういうふうに奈美さんに責任をなすりつけることと、奈美さんがおびえを感じて自首でもしたら大変なことになるという二つの動機から、先生は彼女を亡きものにしようとしたのじゃありませんか」

「バカな。私にはアリバイがある。奈美が死んだ日は、海外にいた。入管へ行って調べればわかる」

「確かに、奈美さんが亡くなった日は先生は海外にいました。だけど、彼女の死体が発見された日は、日本にいましたね」

「大事なのは死亡した日じゃないか」

「そうですね。ただし奈美さんが、あの船井郡八木町の渓谷で死んでいたとしたなら、の話です」

「何を言い出すんだ」

「ほとんど人が通らない場所でしたが、奈美さんの死体は、かなり目立つ状態にありました。たとえば、テントです。それから牛肉類が腐っていた臭いです。いかにも、発見されやすいような仕掛けがなされていた気がします。もしも発見が遅れたなら、死亡推定日が幅を持ってしまい、先生のせっかくのアリバイがはっきりしなくなってしまいますからね」

「想像でものを言うな」

「いえ、想像じゃありません」

小野田が答えた。

「地元の役場や農協とかを通じて、あの現場を通った人がいないかどうか呼びかけをしたところ成果がありました。六月二十一日、つまり死体が発見された前々日ですが、地元の主婦二人がワラビ採りに来ています。そのときに、あの渓谷を通ったけれども、テントなんてなかったと話しています。死亡推定日からすると、なければおかしいですよね」

死亡推定は十八日もしくは十九日だ。その日に死んでいたなら、二十一日に通りかかった主婦たちはテントはもちろんのこと、奈美の死体も発見していたのではないか。

「そんな目撃談など証拠にならない。見落としたかもしれないじゃないか」

確かに、『見た』というのと『見なかった』というのは違う。『見なかった』場合には、見落としたケースも含まれる。

しかし、詩織は追及を緩めない。

「疑問として引っかかることは他にもあります。奈美さんはそんなに肉を食べる人ではありませんでした。山菜の入った鍋には少ししか肉は入っていませんでした。それで残りの肉の多くが開けっ放しのクーラーボックスの中で腐ってしまったわけですが、奈美さん一人の食事で、あんなにたくさん買う必要はありません。しかも、牛肉と豚肉の両方です」

「あいつは気まぐれな女だった。説明のつかない行動をよくしたものだ」

「肉のことより、もっと引っかかることがあります。奈美さんの遺体には、縛られたような痕があったのです。あたしは、それが重要な意味を持つと思います」

詩織は、できるなら言いたくなかったおぞましい想像を口にした。

韓国と香港に旅立つ前に、艮は自宅マンションで奈美の体を強引に拘束した。同棲相手だから、タイミングさえ狙えば襲いかかるのは容易だ。彼女の手足を縛り、ほとんど動けないようにした。

かつての刑務所では、脱走未遂や看守への暴行などの懲罰行動を起こした受刑者は暗い特別監房に入れられて腕や足に鎖を付けられ、差し出された食事をするときも四つん這いになって〝犬食《いぬぐ》い〟と呼ばれる姿勢になることを余儀なくされたと言われている。手足には束縛による傷が付かないように何重にも包帯を巻き、排泄のために下腹部は露出されていた。奈美も同じようなことを無理強いされたのではないか。

むろん初めのうちは、何とか縛りから抜け出そうとしたかもしれない。だが、それをあきらめざるを得ないことがわかり、彼女は薄暗い部屋の中で泣きじゃくったに違いない。疲れ果てたあとには、空腹が襲ってくる。彼女はわずかに許された行動スペースに用意されているものを食べざるを得なかった。しかも、その食事は彼女が好物にしている野菜が主体になっていた。

奈美は誰からも助けを受けられない閉塞されたスペースで、用意されたものを口にした。むろんその中に毒ゼリが混じっていたことは知る由もない。「これはペナルティだ。日本に帰ってきたら自由にしてやる」と言い残していった艮を恨みながら、とにかく空腹を満たした。

これによって、〝奈美が死亡したときは海外にいた〟という強固なアリバイが作れた。奈美が致死量を食べて絶命するという確率は百パーセントはないかもしれない。だがもしもそうだとしても、奈美の体を完全に拘束している。艮としては帰国してから次の手段を考えればいいことである。

「艮先生。あなたは日本に帰ってきて、奈美さんの死亡を確認しました。あとはその死体をどうするかです。総一郎さんが行方不明になっているだけに、またもや失踪という形は採りにくいですよね。だからこそ、手の込んだアリバイ工作もしたのだと思いました。詩織を先斗町の料理屋に連れていったときから、艮は計画は立てていた。だから、奈美が野菜好きの人間で、ときには一人で野草を採って食べることもあることを話題にして、詩織の頭に刷り込ませることもした。

「先生は奈美さんの遺体を京都の八木町に車で運びましたね。京都にしたのは二つ理由があると思います。奈美さんの死体が発見されて、警察が調べたときにあたしが証言することを想定して、京都府警の管轄内にしたことが一つです。もう一つは犯人心理として、監禁場所にした東京の自宅から遺体を離しておきたかったからでしょう。京都なら、少し前まで奈美さんは同行していたのですから、彼女が一人で退屈したあげく思い立っていく場所として、そんなに不自然ではありませんよね。そして八木町にしたのは、先生らしく吉とされる神門線を意識したのだと思います」

八木町は、愛宕山のさらに北西になる。

「だけど、先生は少し無理をしましたね。奈美さんの遺体とツーリングバイクを運ぶにはワンボックスカー車のような大きめの車がいりますが、先生の愛車はフェアレディということでしたね。ですから、レンタカーを借りなくてはいけなかったと思います。今、警察が東京のレンタカー会社を調べています。そのうえで高速道路の要所に設置されているナンバー読み取り機の検索もするということです。そうしたことを積み重ねたうえで、艮先生のマンションの家宅捜索をすることになります。あそこが奈美さんの殺害現場だとしたら、きっと何らかの痕跡が残っているでしょう。たとえば、キッチンのシンクのゴミ取りに毒ゼリを切った端が残っているかもしれません。あるいは奈美さんを縛った鎖を繋いだ柱にその痕跡が付いているかもしれません。奈美さんが苦悶しながら残した爪痕が床に見つかるかもしれません」

「艮さん。いいかげんに認めたほうが楽になりますよ。あなたの実家は農家で、食用のセリも栽培していますよね。小さい頃から手伝いをしていたあなたには、食用のセリとは似て異なる毒ゼリの知識があったのではないですか」

本邦テレビのチーフ・プロデューサーが諭すように迫った。

艮は、ふうっと重い息をチーフ・プロデューサーに向かって吐いた。

「恵まれたエリートコースを歩んできたあんたには、わからないだろ……現世を貧しい暮らしのままじっと我慢して過ごして来世に希望を託すなんて、悠長なことは言ってられないんだ」

艮は低い声で言葉を繰り出した。

「地位や知名度がなければ、たとえどんなに芯のあることを主張しても戯言《ざれごと》になってしまうのだ。このままでは、戦争における犠牲者への鎮魂の姿勢を忘れた日本人は、ますます軍備化路線を歩むことになる。そして、祖先の霊を弔うことを置き去りにして、享楽に溺れ、環境破壊を続けることになるに違いない。そんな社会に警鐘を鳴らし、提言をしようとしても、ただの一小市民の声なんて誰も聞いてくれないのだ。そのために、私は這い上がらなくてはならなかった。それを邪魔する権利は、あの奈美にはない」

そう叫んだあと、艮はフッと寂しげな笑いをかすかにたたえた。

「長江総一郎さんを殺したのは、先生だったのですか。奈美さんだったのですか」

「共犯だ。あの女が口を塞ぎ、私が首を刺した」

総一郎の母親は顔を歪めながら、耳を覆った。

「艮先生は、外法のやりかたを間違えていませんか。死んだ人間の頭を埋めて髑髏本尊とするのではなかったのですか」

「死んだ人間の外法頭を探すなんて、簡単にできるわけがない。生きている外法頭の持ち主を見つけて、そいつを殺すほうがはるかにてっ取り早い」

「奈美さんとはどうやって知り合ったのですか。約一年前に電話帳広告を見て相談にやって来たお客さん、というのは作り話でしょ」

「偶然だった。コンビニに買い物に行ったときの路上で、これ以上ないほどの外法頭の持ち主の男が女と言い争っているのを見かけたんだ。話の内容から、彼らが借金のことで揉めていることがわかった。『近いうちに、うちの家族が弁護士に相談しに行く。そのときになって吠え面をかくなよ』と言い捨てて男は走り去っていった。私は、残った女に声をかけたんだ」

「ここ最近の奈美さんがマンション近くの美容室に新しく加わった腕のいい若手の男性美容師を気に入っていて指名をしていたことや、たまに彼といっしょに食事をしていたことを知っていますか」

「知らない。もともと愛情なんか存在しない同棲相手だった。奈美のやつは、〝都合のいい夫〟である長江総一郎が予想外の反抗を始めたために亡きものにしてやりたいと思い、私はあの男の頭蓋骨がほしかった。そのお互いの利益が一致した、というだけの関係だった。それがなければ、あんなわがままで神経質な女といっしょに暮らすことなんかありえない」

「その男性美容師は、ここにいる総一郎さんの妹さんのフィアンセなのです。彼は妹さんから頼まれて、勤め先の美容室を変わり、奈美さんに近づきました」

総一郎の妹は、涙目で艮を睨みつけた。

「兄は殺されたに違いないと思っていましたが、何の証拠もありませんでした。彼はうまく立ち回って奈美に近づいてくれました。だけど、さすがに奈美も殺害の告白はしませんでした。ただ、あなたとの関係が仮面夫婦ならぬ仮面同棲であることや、京都へ取材ロケに行くことやその日程などは彼を通じて知ることができました。私たちは奈美を脅すことにしました。奈美が動揺をして、帰京して彼に殺人を告白するのではないかという狙いのもとでの行動でした。でも、思ってもみなかった結果となりました」

「こっちだって、思ってもいなかったさ。だが、奈美をあのままにしておいたら危険極まりなかった。せっかく築きかけた私の城を壊す白蟻になりかねなかったのだ……城と言っても、土台の危うい一夜城だったが」

艮はうめくように、言葉を搾り出した。

「これもきっと茶枳尼の仕打ちだ……」

茶枳尼の強い威力を知る艮は畏怖の表情を顔に浮かべ、観念したかのように言葉を続けた。

「知恩院で地響きがするような雷鳴に見舞われたとき、『外法や家康の深秘を明かしてはならない』という茶枳尼の声が聞こえた気がしたんだ。テレビでしたり顔で話すことは、満天下に知らしめることになってしまう」

艮はそれ以降、徳川家康のことを徹底的なまでに避けた。

「そして、茶枳尼への謝礼が足りないのだと思い知らされた気がした。家康のように、もっと寄進をして、崇めなくてはならない。そのためにはこれまで以上にテレビに出て、講演も重ねて、本も書いて、金を稼がなくてはならない。そんな私にとって、奈美の存在は足手まといい以外の何ものでもなかったのだ」

「えっ、あのやりとりをテレビで流すんですか」

小野田から電話で聞かされて、詩織はびっくりした。

「本邦テレビさんにとっては大変なスクープだよ。殺人犯である艮七星を追いつめるという生々しい映像が撮れたんだ。ダントツの視聴率が取れることは間違いない」

放送予定だった〝京都の七不思議〟のビデオはもはやオンエアできないだろう。けれども、本邦テレビはそれを補ってなお余りある独占映像を入手した。

「でも」

「長江さん母娘についてはモザイクをかけるだろうけど、他はいっさい手を加えない。だからこそドキュメンタリーとしての値打ちがある」

「だけど、艮先生の人権は……」

艮は、赤裸々に犯行を告白した。そこが全部報道されていいものだろうか。

「人権もへったくれもあるもんか。彼は殺人犯なんだよ」

「はあ」

「君にとっては願ってもないチャンスの到来だよ。真相を追及する理知的な才媛として、君はきっと有名になる。それなのに、どうして喜ばないんだ？」

「喜ぶ気持ちには、なれません」

あまりにもリアルすぎる。事件の陰には、長江総一郎と奈美という二人の死者がいる。そして茶枳尼などの宗教上の深秘も、軽々に扱ってはいけないものだと思う。

詩織としては放送などしてほしくない。だが、いくら詩織がただ一人反対しても阻止できるはずがない。

高い視聴率が取れるかどうかがすべての世界なのだ。

「小野田さん。あたしにもモザイクをかけてください」

「何を言っているんだ。君にとっては、ジャンプのための最高のスプリングボードじゃないか」

「ジャンプなんか、したくありません」

「しかし、せっかくの君の努力が」

「自分を売るためにがんばったのではありませんから。とにかく、モザイクをお願いします。失礼します」

詩織はそう言って、電話を切った。

このままマスコミの世界へ進んでいいのかどうか、詩織には宿題が増えてしまった。

詩織はいったん置いた携帯電話を手にした。

「もしもし。お父さん、今いいかしら？」

「かまわんよ」

「テレビのことなんだけど、京都の七不思議というテーマで出ることは中止になっちゃったの」

「そうか。詩織としては、ずいぶん気合いが入っていたようだったのにな」

記念すべき全国ネットのテレビデビューはモザイクがかかったものになってしまう。

「ええ。でも、しかたないわ」

アシスタント役に決まったときの喜びは、すっかり霧散してしまった。けれども、その代わりに得たものもある。

「今度の土日に、帰省していいかしら」

「おいおい、どういう風の吹き回しだ」

「今回の経緯をお父さんに詳しく報告したいの」

いつの間にか、父に対する〝です・ます調〟の言いかたは消えていた。

「せっかくだから、いっしょに母さんのお墓参りに行きましょう」

詩織が、何よりも鎮魂しなくてはならない人物が実母だった。

「詩織が小学生のとき、私の同僚女性との再婚を反対したのを覚えているかい。新しいお母さんなんかいらないって」

「ええ。ぼんやりとした記憶だけど」

「あれで、私は一度は再婚を見送った。でも、二度目を見送ったら、もう次はない気がしたんだ。詩織には申し訳なかったけれど」

「その話も、帰省したらじっくり聞くわね。綾乃さんとも一緒に食事をしたいと思っている」

「うん、そいつはいいな」

「じゃ、今度の土曜日に帰るから」

携帯電話を置いた詩織は、机に向かった。

そして、京都の地図を広げてみる。

千年にわたって都であり続けたこの都市には、さまざまなものがベールに包まれている。たとえ住んでいても、聞いたこともないことや知らないことはあり過ぎるほどあった。これまでは、その奥深さに気づきもしなかった。

いろいろと自分なりに動いてみて、摑めたことも少なくなかった。だが、それらはまだほんの序の口に過ぎない気がする。

詩織はもっと京都に関するいろんなことを調べて、そこから卒論のテーマを見つけたいと思っている。

（そのためには、とにかく動かないと）

ただ毎日を表層的にのんべんだらりと生きているだけでは、人生の深遠さがわからないのと同じではないだろうか。詩織は、今回のことを通して、少しは人間的に成長できたような気がしている。そうだとしたら、きっとテレビデビューよりも大きな成果だろう。

（七不思議か……）

小野田から今回の話をもらったとき、インターネットで〝京都の七不思議〟を検索したことがあった。

まず知恩院の七不思議が最もよくヒットした。

続いて、逆さ銀杏などの西本願寺、そして木魚蛙などの永観堂が、詩織の検索ではヒット数の二位と三位だった。

そして下鴨神社の御手洗池や伏見稲荷大社のおもかる石も、七不思議として挙げられていた。

そのほかに小野田も言っていたように、清水寺とか北野天満宮にも七不思議があることがガイドブックに書かれてあった。清水寺は弁慶の錫杖と高下駄、北野天満宮は中門にある星の彫刻など、どちらも観光スポット的な色合いが濃い。だが、京都の町衆の間で、この三つの寺社の七不思議が言い伝えられてきたことは確かである。

知恩院、西本願寺、永観堂、下鴨神社、伏見稲荷大社、清水寺、北野天満宮——これで、七つになる。

詩織は、地図でその位置を確認した。神門軸上にあるのが北野天満宮と伏見稲荷大社だ。鬼門軸上にあるものはない。そして、この七つを繋げても北斗七星の形にはならない。

(鬼門軸や神門軸、それに北斗七星を離れてみよう)

あれらはあくまでも、艮が強調したものだ。

下鴨神社と伏見稲荷大社の二つは、南北のまっすぐな一本線で繋がる。この二つの神社は、それぞれ御手洗池やおもかる石以外の七不思議がはっきりしないという特徴を持っていた。

そして永観堂、知恩院、西本願寺も一本線でつながった。インターネット検索での一、二、三位だ。

詩織は、残る清水寺と北野天満宮を一本線で結んでみた。どちらも、民間の言い伝えが根強い寺社だ。

これらの三本線がクロスするところを詩織は見た。それは建仁寺に近い六波羅地区である。かつて平清盛が本拠を構えた場所だ。

六波羅——

それはかつては『髑髏原《どくろはら》』と書いた。六波羅蜜寺の近くには、現在も『轆轤町《ろくろちょう》』という町名があるが、これは江戸時代初期までは『髑髏町』と書いたがあまりにリアルなので『轆轤町』と変えたという由来だ。

この地帯は、鳥辺野に近い一角で、名もなき庶民の人骨がごろごろしていたから、こういう地名が付いたようである。

六波羅地区には、閻魔大王像で有名な六道珍皇寺《ろくどうちんのうじ》がある。六道珍皇寺には、冥界への入り口となっていると伝えられている井戸がある。小野篁《おののたかむら》がこの井戸を使って冥界とこの世を出入りしたとされ、同寺には閻魔大王像と並んで小野篁像がある。

（平清盛か……）

外法を実行しようとした清盛は、この六波羅で最適の才槌頭の髑髏を見つけたのではないだろうか。そして、その御礼の意を込めて、この地に居を構えることにしたことが想像できる。茶枳尼は効験が強いが、きちんと感謝をしないと恐い神である。その当時、鴨川より東は〝あの世〟扱いされていた。そんな葬送の地に本拠地を置いた理由はそれしか考えられない。

（けれども、清盛はせっかくのその居を福原に移してしまった）

結局は、遷都が平氏没落の引き金になったのだ。

恩を忘れることなく茶枳尼を稲荷への信仰にすり替えて江戸で広めた家康との違いはそこにあるのではないか。また知恩院という寺号には、〝茶枳尼への恩を知って忘れない〟という家康の思いが籠められているような気がしてならない。秀吉の東西線を分断するために家康が設けた枳殻邸には、茶枳尼の枳の字が使われている。枳殻というのはカラタチの木のことだが、カラタチの葉にはイバラと同じようにとげが多く、枳棘には〝人のじゃまをするもの〟という意味もある。

（だけど、江戸に住む一般の人は、外法の存在を知っていたのだろうか）

おそらく知らなかっただろう。江戸では、稲荷はあくまでも稲荷として参拝されていたに違いない。

死んだあとも風葬として野ざらしにされる一般庶民にとっては、外法ではなく、本来の仏教が持つ救世《ぐせ》の思想のほうが受け入れられ、普及したはずである。

（七不思議も、一般の人にとっては……）

知恩院の鶯張りの廊下にしても、西本願寺の日暮らし門にしても、参拝すら日常的ではなかった一般の人たちにとっての、珍しいささやかな異界だったのではないだろうか。そして、永観堂の見返り阿弥陀如来像が同寺の七不思議の一つになっているように、そこに〝救い〟の要素をも民衆は求めたのではないだろうか。

そうして考えると、あくまでも庶民のささやかな夢が七不思議だったという図式が見えてくる。

七不思議と関わりある七つの寺社を結んだ線が、この庶民の葬送地であった六波羅でクロスするのは単なる偶然だろうか。

（清盛は茶枳尼の力で潰されたのではない。為政者としては珍しく庶民の葬送の地に居を構えたのに、『平家物語』で言うところの〝おごれる者〟として庶民に背を向けたために没落した。すなわち、身勝手な遷都をした清盛を没落させたのは、茶枳尼ではなく『天狗の所為』と揶揄した庶民のパワーだった……）

詩織は、そう解釈したいと思った。

《参考文献》

『京都の旅』〈第一集〉〈第二集〉松本清張・樋口清之／光文社
『京都の魔界をゆく』か舎＋菊池昌治／小学館
『魔界都市　京都の謎』火坂雅志／ＰＨＰ研究所
『日光東照宮　隠された真実』宮元健次／祥伝社
『京都魔界案内』小松和彦／光文社
『京都の謎』奈良本辰也・高野澄／祥伝社
『京都の謎』〈伝説編〉〈戦国編〉〈幕末維新編〉高野澄／祥伝社
『龍安寺石庭を推理する』宮元健次／集英社
『東寺の謎』三浦俊良／祥伝社
『醍醐寺の謎』楠戸義昭／祥伝社
『京都　恐るべき魔界地図』ミステリーゾーン特報班編／河出書房新社

《筆者注》

本文中に登場する京都府船井郡八木町は、現在では市町村合併によって南丹市の一部になっています。

文庫版あとがき

京都は日本の心のふるさとだ、とも言われます。毎年多くの観光客が訪れます。「京都の見所は？」と尋ねられたとき、私は「できることなら、早朝もしくは夕刻のなるべく人のいない時間帯に、可能なら一人で寺社に足を運んでほしい」と答えることにしています。たとえば、本文中にも登場する東寺の講堂の仏像群と一対一、いや一対二十一の対面をしていただければ、その圧倒的な迫力を真正面から受けながら、二十一体の像が造られた時代の息吹、それを支えてきた人々の敬虔な思い、これまで祈られてきた無数の願かけの重さ……といったさまざまなものを感じてもらえるのではないかと思います。

現在の京都は観光都市として位置付けられるかもしれませんが、かつては権謀術数が渦巻く政治都市であり、最も多くの民衆が集まり住んでいた京《みやこ》の都《みやこ》だったのです。

巻末近くに登場する京都市東山区轆轤《ろくろ》町は、私の本籍地です。普段は静かで庶民的な住宅地なのですが、お盆の時期になると雰囲気が一変します。六道珍皇寺へ向かう人々と、立ち並ぶ縁日で賑わいます。ただし、一般的な神社の初詣のような華やかさはありません。お盆を前にして、人々が亡くなった身内の霊を迎えるために足を運ぶという厳かな空気に包まれています。

私も、子供のころから何度も、お盆を控えた六道珍皇寺に行きました。御開帳された閻魔大王が睨みつける双眸《そうぼう》や、展示された地獄極楽絵図のリアリティのある描写には、何度対峙しても凄さと怖さを感じました。

そうして厳粛に迎えられた精霊が、大文字の送り火によって天空へと戻っていきます。大文字の送り火に向かって両手を合わせて念仏を唱えるかたたちの姿も少なからず目にしました。そんな中で育っただけに、私にはビヤガーデンなどが〝納涼大文字焼き鑑賞会〟と銘打って特別料金を設定している光景には抵抗を覚えてしまいます。

観光や、それによって地域が振興されることを否定する気はありませんが、表層的なサイトシーイングに終わってしまうことは、訪れる側にとっても勿体ないことになるように思えてならないのです。

そんな気持ちを胸に、私はこの本を書きました。方位や外法《げほう》など、これまでベールに包まれてきたものを取り上げることにためらいはありましたが、その是非の判断は読者のかたに委ねたいと考えることにしました。

姉小路　祐

解説

新保博久

姉小路祐の最新長篇は、刊行当時まだ発足していない裁判員制度を扱っていて一種の近未来小説ともいえる『京女殺人法廷』である。これ一冊を読めば裁判員制度の仕組みが理解できるというだけでなく、補充員二名を含む裁判員八人と判事らの群像を描き分け、裁判の展開は逆転また逆転のスリリングさ、裁判員たちが評議を重ねたすえ見抜く意外な真相は京都ならではの動機とトリックに支えられたものだ。啓蒙書であると同時に、法廷推理、人間ドラマ、京都ミステリをも兼ねる充実した内容だった。

ところでその本の題名、あなたなら何と読みますか。

きょうおんなさつじんほうてい？

普通はそうだろう。しかし私はつい、きょうじょさつじんほうてい、と読んでしまう。「京女」とくれば京都女子大学の略だと思い込むのは、私自身、京都に生れ青春時代を過したからにほかならない。

ところで本書『京都七不思議の真実』が二〇〇六年四月、講談社ノベルスから『京都七ふしぎの真実』の題で書下ろし刊行されたさい、カバー袖の著者のことばにはこう書かれていた。

京都に関心のある人も、
京都を訪れたいと思う人も、
京都は日本のふるさとだと感じる人も、
そして、京都が好きな人も、
——ぜひとも、この本を手にとってください！
きっと京都に対する新発見ができるはずです。

そう言われても、私はどれにも該当しない。出身地だけに他の地方都市よりは関心があるとはいえ、そこが京都だからどうだとかは思わない。ごく近しい肉親が誰もいなくなったせいもあって、よんどころない用事がなければ訪れる気もしない。京都在住者はもとより、全国に散らばった京都人の平均よりも、この古都に対して冷淡だと自負している。

だから本書も、少なくとも私には無縁の書物だと軽視していた。読んでみると、それは大きな考え違いであった。「京都に対する新発見ができる」というのも誇大宣伝ではない。単に京都が人気観光都市だから舞台にしてみましたというお手軽ご当地ミステリとは一線を画す、これは恐ろしい本でもある。

ここで著者の筆歴を振り返っておこう。刊行順リストは、サイト「21世紀少年読本」(http://szur.sakura.ne.jp/mystery/anekouji.html) などで見ることができようから、シリーズ別にまとめておく（丸数字は刊行順番号。題名のあとの数字は初刊年、一九八九年から九九年までは上二桁19を、以降は20をそれぞれ略した。出版社名は、角＝角川書店、光＝光文社、講＝講談社、双＝双葉社、中＝中央公論社、徳＝徳間書店、実＝実業之日本社、祥＝祥伝社を示し、↓は文庫化先。「角↓光」とあれば、角川書店より初刊、光文社文庫に収録されたことを意味する。刊年のあとすぐ↓印となっているものは文庫書下ろし、↓印のないものは文庫未収録。③㉒㊹以外は新書判が初刊。京都を舞台にした作品には＊印を付した）。

◆弁護士・朝日岳之助シリーズ
①真実の合奏（89角↓光）　②有罪率99％の壁（89角↓講『逆転法廷』と改題）　⑤殺意の法廷（91角↓光）　⑧野望の賭け（92双）　⑪黄金の国《ジパング》の殺人者（93中↓光）　⑮走る密室（94中↓光）　⑰30年目の真実（95徳）　⑲逆転証拠（95徳↓徳）　㉑検証五・九秒の罠（96徳↓徳）　㊴無罪の方程式（03実）

◆代書屋ブーやん（司法書士・石丸伸太）シリーズ
③動く不動産（91角↓角）　⑬＊死の逆転―京都が危ない（93↓角）

◆デカチョウ岩切鍛治（ダンさん）シリーズ
⑦刑事長（92講↓講）　⑨刑事長　四の告発（93講↓講）　⑫刑事長　越権捜査（93講↓講）　⑭刑事長　殉職（94講↓講）

◆街占師・北白川晶子シリーズ
⑯パンドラの手相（95角）　㉒死をまねく手相（96双）　㉛街占師（00↓祥）

◆検事・香車勇人シリーズ
⑱東京地検特捜部（95講↓講）　㉓仮面官僚（97講↓講）

◆もぐり弁護士・大淀鉄平シリーズ
⑳非法弁護士（96光↓光）　㉔人間消失（97光↓光）　㉕適法犯罪（97光↓光）

◆庭師・松原桜子シリーズ
㉗＊京都「洛北屋敷」の殺人（99光→光）㉟＊風水京都・竹の殺人（02→角）
◆警視庁サンズイ別動班シリーズ
㉙汚職捜査（00講→講）㉜合併裏頭取（01講→講）
◆単発長篇（非シリーズ作品）
⑥期待された死（92双→双）⑩特捜弁護士（93光→光）㉖二重逆転の殺意―見当たり捜査25時（99徳）㉘＊緊急発砲（99徳）㉚旋条痕（00→祥）㉝首相官邸占拠399分（01講→講）㉞特捜検察―雷鳥ファイル（01徳）㊱＊化野学園の犯罪（02講→講）㊵司法改革（03講→講）㊶＊「本能寺」の真相（05講→講）㊷＊京都七ふしぎの真実（06講→本書『京都七不思議の真実』と改題）㊸特捜検察官―疑惑のトライアングル（06講）㊹＊京女殺人法廷（08講）
◆短篇集（④はエッセイ主体）
④推理作家製造学（91講→講）㊲運命星座の殺人（02徳）㊳法廷戦術（02実→講）

　初期作品ほどシリーズ物が多く、近年ほどそうでなくなっているのにお気づきだろう。朝日岳之助弁護士が主人公で依頼人の冤罪を晴らす作品が飛びぬけて多いのは、第一作刊行直後から日本テレビ系の火曜サスペンス劇場で小林桂樹主演によりシリーズ化され、年一冊以上は書く必要があったからにほかならない。TVでは長寿番組となり、二〇〇五年に火曜サスペンス劇場そのものが終了するまで二十三話にも及んだが、こればかり書かされていては作家として欲求不満に陥るだろう。TVシリーズの後半は原案を提供するのみに留めたようだ。

朝日弁護士シリーズと並行して、何人かシリーズ・キャラクターを創造しており、一作きりで終っている作品も続篇が予定されていても不思議でないものが多い。それが二〇〇〇年代に入って、シリーズ人気に負ぶさろうとしない作品が増えてきた。と同時に、従前は東京か、著者が大学時代を過した大阪が主に舞台に選ばれていたのだが、郷里で現在も住む京都が、しかも書割り的でなくテーマと深く関わって描かれる傾向にある。初めて歴史推理に挑んだ前作『「本能寺」の真相』に続いて、本書『京都七不思議の真実』もそうした意欲に満ち溢れた長篇だ。

すでに読み終ったかたには言うまでもないが、本書ではミステリらしい事件が起るのがたいへん遅い。それが苛立たしく思われないほど、京都七不思議をめぐる縦横の考察が興味津々なのだ。「京都人の京都知らず」とか言われるが、「知恩院の七不思議」などは私も知らなかった。そういう京都無関心派の身さえ惹きつけてやまない知的興奮がある。世界七不思議（鯨統一郎『新・世界の七不思議』創元推理文庫）や江戸の本所七不思議（宮部みゆき『本所深川ふしぎ草紙』新潮文庫、誉田龍一『消えずの行灯』双葉社）といった連作ミステリはあったが、京都七不思議を、しかも長篇推理小説として扱ったのは本書が初めてだろう。単なる観光名所でない京都の奥深い怖さ――それは魅力でもある――を、本書を通じて多くの読者に知ってもらいたいと、いたって愛郷心に乏しい私でも思うのである。

本書は二〇〇六年四月に小社より刊行されたものです。

|著者|姉小路 祐　1952年京都生まれ。大阪市立大学法学部卒業。立命館大学大学院政策科学研究科・博士前期課程修了。『動く不動産』で第11回横溝正史賞を受賞。著書は『特捜検察官　疑惑のトライアングル』『「本能寺」の真相』『司法改革』『法廷戦術』『京女殺人法廷——裁判員制度元年』など多数。

京都七不思議《きょうとななふしぎ》の真実《しんじつ》

姉小路《あねこうじ》 祐《ゆう》
© Yu Anekoji 2009

講談社文庫
定価はカバーに
表示してあります

2009年4月15日第1刷発行

発行者——鈴木　哲
発行所——株式会社　講談社
東京都文京区音羽2-12-21　〒112-8001
電話　出版部　(03) 5395-3510
　　　販売部　(03) 5395-5817
　　　業務部　(03) 5395-3615

デザイン—菊地信義
本文データ制作—講談社プリプレス管理部
印刷———豊国印刷株式会社
製本———株式会社千曲堂

Printed in Japan

落丁本・乱丁本は購入書店名を明記のうえ、小社業務部あてにお送りください。送料は小社負担にてお取替えします。なお、この本の内容についてのお問い合わせは文庫出版部あてにお願いいたします。

ISBN978-4-06-276314-1

本書の無断複写（コピー）は著作権法上での例外を除き、禁じられています。

講談社文庫刊行の辞

二十一世紀の到来を目睫に望みながら、われわれはいま、人類史上かつて例を見ない巨大な転換期をむかえようとしている。

世界も、日本も、激動の予兆に対する期待とおののきを内に蔵して、未知の時代に歩み入ろうとしている。このときにあたり、創業の人野間清治の「ナショナル・エデュケイター」への志を現代に甦らせようと意図して、われわれはここに古今の文芸作品はいうまでもなく、ひろく人文・社会・自然の諸科学から東西の名著を網羅する、新しい綜合文庫の発刊を決意した。

激動の転換期はまた断絶の時代である。われわれは戦後二十五年間の出版文化のありかたへの深い反省をこめて、この断絶の時代にあえて人間的な持続を求めようとする。いたずらに浮薄な商業主義のあだ花を追い求めることなく、長期にわたって良書に生命をあたえようとつとめるところにしか、今後の出版文化の真の繁栄はあり得ないと信じるからである。

同時にわれわれはこの綜合文庫の刊行を通じて、人文・社会・自然の諸科学が、結局人間の学にほかならないことを立証しようと願っている。かつて知識とは、「汝自身を知る」ことにつきていた。現代社会の瑣末な情報の氾濫のなかから、力強い知識の源泉を掘り起し、技術文明のただなかに、生きた人間の姿を復活させること。それこそわれわれの切なる希求である。

われわれは権威に盲従せず、俗流に媚びることなく、渾然一体となって日本の「草の根」をかたちづくる若く新しい世代の人々に、心をこめてこの新しい綜合文庫をおくり届けたい。それは知識の泉であるとともに感受性のふるさとであり、もっとも有機的に組織され、社会に開かれた万人のための大学をめざしている。大方の支援と協力を衷心より切望してやまない。

一九七一年七月

野間省一

講談社文庫 最新刊

渡辺淳一　みんな大変
サバンナで暮らす動物達に目を向けた異色の渡辺ワールド。メスもオスも大変なエッセイ。

辻村深月　ぼくのメジャースプーン
ぼくは小学4年生。親友の女の子を救うため、その罪と向き合う。ぼくにとっての正義とは。

首藤瓜於　刑事の墓場
思いがけない転任で不貞腐《ふてくさ》れる雨森が担当した些細な事件が、県警まで巻き込む大事件に。

永嶋恵美　転落
日常に潜む悪の気配が、ホームレスとなった「ボク」の人生を果てしない転落へと導く！

歌野晶午　新装版 白い家の殺人
雪に閉ざされた山荘で連続する殺人。完全犯罪は暴かれるのか!? 新装連続刊行・第二弾！

中島らも　中島らものたまらん人々
「しぶけち」「いばりんぼ」「うんこたれ」などなど、どういうわけか回りには変なヤツばかり。

阿部和重　A B C
〈阿部和重初期作品集〉
これから読むならまずはこの一冊。巻末に特別座談会「阿部和重ゲーム化会議」を収録。

姉小路祐　京都七不思議の真実
京都の七不思議を探りゆく過程で起こる不吉な殺人。女子大生・詩織が謎の核心に迫る！

田中克人　裁判員に選ばれたら
刑事裁判のみ、しかも殺人や強盗など重罪事件だけ、なぜ国民が裁かなければならないのか？

日本推理作家協会 編　セブン ミステリーズ
〈ミステリー傑作選〉
伊坂幸太郎、三崎亜記、北森鴻、明川哲也らミステリーの名手による豪華アンソロジー。

北海道新聞取材班　追跡・「夕張」問題
〈財政破綻と再起への苦闘〉
炭都として栄えた夕張の直面する苛酷な現実。これは特別な例ではない。〈文庫オリジナル〉

キャロル・N・ダグラス 著・編　青木多香子 訳　ホワイトハウスのペット探偵
アメリカ歴代大統領が飼っていた動物たちが事件解決に一役買うユニークなアンソロジー。

講談社文庫 最新刊

- 佐伯泰英　**難　航**〈交代寄合伊那衆異聞〉
  日米交渉が熾烈を極める下田へ急ぐ藤之助。幕末へ疾走する新章開始！〈文庫書下ろし〉
- 長嶋　有　**夕子ちゃんの近道**
  「僕」とフラココ屋つながりの面々とのゆるい半年を描いた第一回大江健三郎賞受賞作。
- 坪内祐三　**ストリートワイズ**
  真に保守的。だからこそ、時に過激。思想と時代を縦横に網羅する鮮烈なデビュー論集。
- 今野　敏　**特殊防諜班　標的反撃**
  「プロトコル」と呼ばれる文書を巡り、真田の十支族の末裔、恵理を護る戦いは激化する。
- 宇江佐真理　**アラミスと呼ばれた女**
  安政三年、坂の町。一人の少女が歴史の波の中へ――。激動の時代を生きた、男装の通訳。
- 西尾維新　**ネコソギラジカル(中)**〈赤き制裁vs.橙なる種〉
  血と知が交錯する戯言シリーズ最終章三部作。結局、終わりとは、始まりとはなんだったのか。
- 古川日出男　**ルート３《サン》５《ゴー》０《マル》**
  虚実の合間を行く路上《ルート》に生まれたストーリー世界。著者唯一の「ストレートな」短編集。
- 赤木ひろこ　**ひ　で　さ　ん**〈松井秀喜ができたわけ〉
  松井秀喜誕生の決定版！　両親の育て方から学生時代の交友関係、さらに初恋までを満載。
- 霧舎　巧　**名探偵はもういない**
  吹雪に閉ざされた山荘で起きる連続怪死事件の謎に、「名探偵」の鮮やかな推理が挑む！
- 五木寛之　**百寺巡礼　第八巻　山陰・山陽**
  山と海に囲まれた山陰・山陽へ。ここはかつて大和と異国を結ぶ文化を受け入れていた。
- 村上　龍　新装版　**限りなく透明に近いブルー**
  福生《ふっさ》のハウスを舞台に退廃の日々を送る若者たち。衝撃のデビュー作が新装版にて登場！